*Grobheit besiegt jedes Argument
und verscheucht allen Geist*

Arthur Schopenhauer (1788-1860)
Deutscher Philosoph

Alfred Zech

Mörder
ohne Namen

Vierter Fall für
Detektiv Erwin Müller

Kriminalroman

Bibliografische Information der Deutschen Nationalbibliothek:
Die Deutsche Nationalbibliothek verzeichnet diese Publikation in der Deutschen Nationalbibliografie, detaillierte bibliografische Daten sind im Internet über http://dnb.dnb.de abrufbar.
Impressum:
© 2019 Alfred Zech
1. Auflage 07/2019
Umschlag/Illustration: Alfred Zech
Lektorat/Korrektorat: Alfred Zech
Autoren-Homepage: www.alfred-zech.de

Herstellung und Verlag:
BoD – Books on Demand, Norderstedt

ISBN: 978-3-7448-9604-7
Printed in Germany

Prolog

Die Tätigkeit des Versicherungsdetektivs Erwin Müller, bezieht sich auf Wirtschaftsverbrechen durch Versicherungsbetrug in größerem Stil, bei Mord, Betrug und Fälschung und um viele andere Leute, die nicht gern mit der Polizei in Berührung kommen. Deshalb tritt Erwin Müller bei seinen Ermittlungen auch immer undercover als Zeitungsreporter auf. Seine Auftraggeber sind namhafte Versicherungsgesellschaften, die er auf Honorarbasis, zuzüglich Tagesspesen, bedient. Gleichzeitig schreibt er für eine Bremer und eine Hamburger Tageszeitung aktuelle Berichte, für ein monatliches Gehalt. In seiner Freizeit schreibt er Bücher, über die von ihm aufgeklärten Fälle.

Mit fast allen Beamten vom Morddezernat in Bremen und Hamburg steht Erwin auf gutem Fuß, und mehrmals hat er schon das Wochenende mit dem Staatsanwalt, der hervorragend Schlagzeug spielt, verbracht.

In seiner Wohnung in Bremen, wo er ein Zimmer als Probenraum für seine Band eingerichtet hat, hängen Fotografien von früheren Musikern, Bands, und berühmten Songwritern. Er weiß genau, wie sich normale und anormale Menschen in jeder Lebenslage benehmen, das hat er bei seiner Tätigkeit gelernt.

***

1

Noch vor Mitternacht erlebte Bremen eine neue Aufregung. Zwei Autos rasten in schneller Fahrt die Hochstraße entlang, fuhren auf der falschen Seite und sausten durch den noch vorhandenen Verkehr in den Breitenweg. Direkt einem Eckhaus gegenüber, neben der Discomeile eröffnete ein Mann, der neben dem Chauffeur des zweiten Wagens saß, das Maschinengewehrfeuer auf den ersten, von dem es sofort erwidert wurde. Beide Fahrzeuge bogen, ständig feuernd, in die Bismarckstraße ein. Aus dem Imbiss an der Ecke kamen gerade die letzten Gäste. Sie ergriffen die Flucht, und es entstand eine wüste Panik. Die Wagen jagten die Bismarckstraße entlang, dann die Sankt-Jürgen-Straße und die Lüneburger Straße hinauf zum Osterdeich ans Weserufer.

Plötzlich geriet das erste Auto ins Schleudern, prallte krachend gegen einen Laternenpfahl und ging mitten in der Sankt-Jürgen-Straße in Flammen auf. Das Zweite raste weiter, aber Zeugen wollen gesehen haben, dass der Maschinengewehrschütze noch in den brennenden Wagen hineinschoss.

Vorüberkommende Taxifahrer bemühten sich, die Flammen zu löschen. Ein Polizist riss die brennende Autotür auf und versuchte, die Leute, die in dem Wagen zusammengebrochen sind, herauszuziehen, aber erst als die Flammen mit einem Feuerlöscher erstickt waren, gelang es. Drei Männer hatten auf dem Rücksitz gesessen. Die Geschosse hatten sie wahrscheinlich schon niedergemäht, bevor der Wagen in Brand geriet. Der Fahrer atmete noch, aber auch er wurde sieben Mal getroffen.

Der gesamte Stadtteil wurde von der Polizei umstellt und mit einem Großaufgebot von Streifenwagen systematisch nach Ungereimtheiten durchsucht, denn die Anzahl der Personen, die an dieser Schießerei beteiligt waren, konnten nicht ermittelt werden. So langsam und vorsichtig kamen auch einige Anwohner auf die Straße, um nachzusehen, was wohl passiert sei.

Am nächsten Tag und Abend war es ruhig in diesem Viertel. Auch am zweiten Abend ereignete sich nichts.

Am dritten Tag lag Nebel über Bremen, und als sich der Dunst in den Straßen immer mehr verdichtete, ahnte jeder, dass jetzt eine Entscheidung kommen würde.

Es war unheimlich ruhig, fast lautlos an diesem Morgen. Ein scheinbar alter, weißhaariger Mann, der etwas gebeugt ging, war in der letzten Zeit häufig krank und deshalb nur selten zu den Sitzungen erschienen. Aber an diesem Tag ging er durch die Vorhalle in das Innere des großen Parlamentsgebäudes am Marktplatz. Der Polizist, der am Eingang Wache hielt, grüßte ihn freundlich und öffnete die Tür.

Einen Augenblick blieb er stehen und putzte seine Brille. Als er in den Sitzungssaal trat, fand er diesen nur mäßig besetzt. Mehrere Mitglieder debattierten eifrig über eine neue Gesetzesvorlage. Er ließ sich auf einer der fast leeren Regierungsbänke nieder.

Verschiedene der Anwesenden lächelten. »Der ist zur Regierung übergegangen«, tuschelten sie.

Er gehörte nämlich zur Opposition. Die für Regierungsmitglieder reservierte erste Sitzreihe im Parlament war fast vollkommen frei. Nur eine Oberstudienrätin, die die Debatte führte, war anwesend.

Unerwartet erhob sich der alte weißhaarige Mann, ging mit unsicheren Schritten auf das Rednerpult zu und hatte schon den Gang erreicht, der zur Tür führte, als er eine Pistole zog und sich plötzlich umdrehte. In kurzer Aufeinanderfolge feuerte er dreimal, sprang über die vorgestreckten Beine des Bürgermeisters, lief am Rednerpult vorbei und verschwand durch die hintere Tür ins Treppenhaus. In wenigen Sekunden war alles vorüber. Ein Mann, der auf einer der vorderen Bänke gesessen hatte, brach zusammen.

Ein Polizist sah den alten Mann, der hinauslief, und versuchte ihn aufzuhalten. Aber dazu kam er nicht, er stürzte mit einem Schuss in der Schulter zu Boden. Offenbar kannte der Mörder die Lage der einzelnen Räume im Parlament sehr genau. Er bog in einen Gang ab und eilte dann auf die Straße, lief die Bredenstraße entlang, bis zur Weserbrücke.

Schnell zählte er die Laternen von der Brücke aus und sprang bei der vierten in die Weser.

Niemand sah es. Als Politiker, Beamte und Polizisten vor dem Parlamentsgebäude erschienen, war er verschwunden. Ein Polizist rannte zur Weserbrücke, sah über das Geländer und entdeckte ein Motorboot, das auf die Mitte der Weser hinausfuhr. Er rief, »Halt kommen Sie zurück oder ich schieße, Polizei.«

Als keine Antwort kam, zog er seinen Revolver und gab zwei Schüsse ab. Unmittelbar darauf blitzte das Mündungsfeuer eines Maschinengewehrs auf, unheimlich hallten die Schüsse über das Wasser. Ein Kugelregen prasselte gegen die Brüstungsmauer, ein paar Fenster in den Häusern drum herum zersplitterten, aber weiterer materieller Schaden wurde nicht angerichtet.

Jetzt war das Boot mitten auf der Weser. Kurz darauf sahen die Zuschauer, die sich mittlerweile an dem Schauplatz versammelt haben, wieder das Mündungsfeuer des Maschinengewehres und hörten das unheimliche Rattern. Die Gangster waren auf ein Polizeiboot gestoßen, aber der Kampf blieb einseitig.

Als Verstärkung herbeikam, war von dem Polizeiboot nichts mehr zu sehen, es war in der Weser versunken.

Zwei Wochen vorher…

Erwin ist gerade aus seinem Urlaub zurück und geht schnurstracks in sein Büro im Polizeipräsidium Bremen. An Schlaf war in der letzten Nacht kaum zu denken. Beim Blick auf seinen Schreibtisch fiel ihm fast vor Schreck die Brille aus dem Gesicht.

Da lagen sie noch, die Berge von Akten aus dem vorherigen Fall. Es hat sich doch keiner von den faulen Säcken hier auf der Etage, damit beschäftigt, dachte er so für sich. Aber er hatte eine einigermaßen gute Laune.

Er zog sich einen Stuhl aus der Ecke des Raumes an den Schreibtisch heran, um darauf die Akten abzulegen die seinen Schreibtisch blockierten. Wenigstens die Schreibtischauflage sollte frei sein, damit er arbeiten kann.

Dieses Büro und den Schreibtisch hat ihm Hauptkommissar Hagedorn zur Verfügung gestellt, damit er nicht immer von zu Hause aus arbeiten muss, sowie die betreffenden Akten hin und her schleppen. Da die Beiden ja mittlerweile Hand in Hand arbeiten, ist dieses die beste Lösung.

Einen Plan, wie Erwin jetzt in einer lukrativen Reihenfolge die Akten studiert, hatte er noch nicht. Er wurde den Gedanken vom letzten Fall nicht los, Wie konnte ein Mensch, der angeblich gelähmt ist, einfach mal eben aus dem Krankenhaus flüchten? Er muss einen oder mehrere Helfer gehabt haben.

Erwin wollte gerade das Telefon in die Hand nehmen, als Hauptkommissar Hagedorn zur Tür hereinkam.

»Einen wunderschönen guten Morgen, Herr Müller«, sagte Hagedorn, mit seiner durchdringenden sonoren Stimme.

Erwin erwiderte freundlich den Gruß, »Guten Morgen Herr Hauptkommissar.«

»Hatten Sie einen schönen erholsamen Urlaub, Herr Müller?«

»Urlaub kann man das ja wohl nicht nennen«, entgegnete Erwin lächelnd, »diese paar Tage waren aber nötig um ein bisschen Abstand von dem Trubel zu haben.«

»Haben Sie denn schon etwas von unserem Flüchtigen aus dem letzten Fall gehört, Herr Hauptkommissar?«

Hagedorn rollte mit den Augen, »Nein, nichts, keine Spur. Auch auf den Flughäfen und Bahnhöfen war nichts zu erfahren, ob sich der Betreffende vielleicht ins Ausland abgesetzt hat.«

Erwin hob den Kopf, »Außer mit falschen Papieren und einer anderen Identität.«

»Dann werden wir ihn nie finden«, antwortete Hagedorn und runzelte seine Stirn.

»Und wenn wir das FBI einschalten«, konterte Erwin.

»Ist schon geschehen«, antwortete Hagedorn, »Aber Sie wissen doch selbst, Erwin, dass das ziemlich lange dauern kann. Bis dahin wird er richtig untergetaucht sein. Denken Sie doch an sein Geständnis, in Amerika. Nach einigen Banküberfällen wurde er nicht gefasst und landete dann in Bremen, wo er einige Jahre seine Schandtaten weiterführen konnte, ohne erwischt zu werden, und das nur, weil er immer wieder seine Identität änderte und jetzt eine Maske trug. Eine Handyortung hatte auch keinen Erfolg.

»Klären Sie Ihre Fälle mit den Schmuckdiebstählen auf Erwin, die mit dem Versicherungsbetrug zu tun haben, dann haben Sie erstmal genug Arbeit!«

»Wann kommt denn ihr Kollege der Herr Schröder wieder aus dem Urlaub, um Ihnen zu helfen«, fragte Hagedorn noch.

»Morgen«, antwortete Erwin und rieb sich die Hände.

Hauptkommissar Hagedorn verließ lächelnd das Büro.

Am nächsten Morgen, pünktlich um sieben Uhr, betrat Wolfgang mit einem lang gezogenen Gesicht das Büro. Wie immer war er ein Morgenmuffel und grummelte nur, »Morgen.« Er setzte sich umständlich auf seinen Stuhl.

Wolfgang Schröder ist schon seit ein paar Jahren der Kollege von Erwin Müller. Er ist achtunddreißig Jahre jung, hat ein eheähnliches Verhältnis mit Bettina und zwei kleine Kinder, die seine Partnerin aus erster Ehe mitgebracht hat. Beruflich ist Wolfgang aalglatt wie eine Schlange, hat ein Gespür für ungerechte Dinge und geht in seinem Beruf als Versicherungsdetektiv voll und ganz auf. Gelernt hat er, genau wie Erwin Müller, Versicherungskaufmann, war bei der Bundeswehr als Fallschirmjäger tätig und hat auch dort seine Nahkampfausbildung absolviert, natürlich ein paar Jahre später als Erwin Müller, denn der ist mittlerweile um einiges älter. Beide sind ein gut eingearbeitetes Team. Sie können über alles reden und lachen, auch über private Dinge. Eine Ehe kam für Wolfgang nicht mehr in Betracht, da er keine regelmäßigen Arbeitszeiten hat. Mal arbeitet er am Tage, oder nachts, oder auch mal ein paar Tage und Nächte hintereinander. Keine idealen Voraussetzungen für eine Ehe, oder Partnerschaft mit Kindern, ist klar und auch verständlich. Nach einiger Zeit fing es in dieser Beziehung an zu bröckeln. Seine Lebensgefährtin war mit den Arbeitszeiten von Wolfgang unzufrieden und auch nicht, dass er oft ein paar Tage unterwegs war, obwohl sie es von Anfang an wusste, dass es in dem Beruf oft unregelmäßige Arbeitszeiten gibt. Kurz gesagt, auch das Liebesleben kam zu kurz. Immer öfter hörte Erwin Wolfgang sagen, »Ich glaube, ich gehe demnächst mal in den Puff, denn zu Hause läuft nichts mehr, es kommt auch kein vernünftiges Gespräch zustande und der Akt wird dann nur noch nach dem Hauruck-Verfahren, zack, zack und erledigt. Die Gelegenheit ist eigentlich passend, denn wir sind ja oft in Hamburg.« Er rutschte auf dem Stuhl hin und her.

Erwin weiß, dass Wolfgang auch manchmal gerne auf die Kacke haut. In Wirklichkeit ist sein Drang zur Handlung und Ausdrucksweise eine andere, eher behutsam und zurückhaltend. Doch manchmal gehen mit ihm die Pferde durch. Es muss schon reichlich kriseln in seiner Beziehung, dass er diese Gedanken ausleben will.

»Wollen wir gemeinsam, einmal, einfach mal so, ein Gespräch mit Bettina anzetteln?«, frage Erwin ihn und klopfte sich dabei auf die Schenkel..

»Können wir gerne machen«, antwortete Wolfgang, »dann lade ich dich für Sonntag um zwölf zum Grillen ein, ok?«

»Geht klar!«, war Erwins Antwort.

...

Zur gleichen Zeit war Tom Martens schon in einer Maschine der Fluggesellschaft Emirates, von Hamburg nach Dubai. Er hatte den Flug schon vor einigen Tagen mit einem falschen Pass gebucht.
Für sich dachte er, gute Vorsorge ist die halbe Miete!

Michael-Anton Michelsen – alias Doktor Tom Martens, aus Bremen - hat sein Zimmer im Hotel »Palm Jumeirah« in Dubai, gerade bezogen, genehmigt sich einen starken Kaffee und sieht erstaunt aus dem Fenster der zweiundzwanzigsten Etage. Er genießt die fantastische

Aussicht und denkt kurz über seine Flucht aus dem Krankenhaus in Bremen nach. Sechseinhalb Stunden Flugzeit mit einem einstündigen Aufenthalt in München, machen doch ein bisschen müde. Auch das andere Klima macht ihm zu schaffen. Die Zeitverschiebung von zwei Stunden im Voraus bezogen auf Deutschland, macht nicht viel aus. Er legte sich auf das Bett, um ein paar Minuten abzuschalten und sich zu erholen.

Dubai ist bekannt für seine Superlative und Weltneuheiten. Ein eindrucksvolles Beispiel ist die Gruppe künstlich angelegter kleiner Inseln im Smaragd färbenden Wasser des arabischen Golfs. Palm Jumeirah, dass von oben wie eine stilisierte Palme aussieht, war die erste Offshore-Siedlung ihrer Art, auf künstlich aufgeschüttetem Grund und ist auch ein Hotel. Wer heute die ausgedehnte Wüstenstadt voll glitzernder Hochhäuser betrachtet, zu der Dubai geworden ist, kann man sich nur schwer vorstellen, dass dieses Monument der Moderne seinen Anfang als kleines Fischerdorf nahm.

Michael-Anton Michelsen betrachtete seine neuen Papiere, die er sich schon vor Wochen in Hamburg anfertigen ließ. Laut dieser Papiere ist er gebürtiger Engländer und Vermögensberater im Bereich Aktien.

Sein Plan war jetzt, erst einmal ein paar Tage Urlaub zu machen, die Gegend und den Strand genießen. Er will sich hier eine Klinik suchen, um sein Äußeres ein bisschen zu verändern, bevor er wieder nach Deutschland zurückkehren wird.

Eine Veränderung im Gesicht bringt schon einiges, um nicht, als der erkannt zu werden, wie er vorher aussah. Die Nase verkleinern, die Haut ein bisschen straffen, reicht in den meisten Fällen schon aus, um ganz anders auszusehen.

Man kann es an manchen Filmschauspielerinnen erkennen, die fast täglich in den Medien erscheinen und sich haben liften lassen, oder die Lippen aufgespritzt wurden. Manche sehen dann richtig entstellt aus. Er lächelte bei den Gedanken und war stolz auf sich selbst. Eine Maske bräuchte er dann nicht mehr.

Es klopfte an der Tür und Michael zuckte zusammen, »Zimmerservice«, hörte er eine Stimme. Da er gerade durch das Klopfen geweckt wurde, konnte er diese Situation nicht richtig einordnen, und war der Meinung er würde noch immer verfolgt werden. Es klopfte noch mal, »Zimmerservice«, ertönte eine freundliche Stimme mit einem typischen englischen Akzent.

Nach ein paar Sekunden war Michael wieder voll da und öffnete die Tür.

»Ihr Frühstück, mein Herr«, sagte die junge Frau und stellte das Tablett auf den Tisch. Sie lächelte ihn an und Michael dachte jetzt an ein Trinkgeld. Er griff in seine Hosentasche und überreichte ihr eine halbe Handvoll Silbergeld. Sie nahm es dankend an und verschwand wieder durch die Zimmertür. Sein Unterbewusstsein spielte ihm jetzt einen Streich und er dachte, sie hätte ihn etwas eigenartig angesehen. Wusste sie, wer er ist und woher er kommt, oder ist das alles Einbildung. Spielt ihm sein Unterbewußtsein einen Streich?

Er setzte sich an den Tisch und nahm hastig sein Frühstück zu sich. Der Kaffee war sehr stark, aber er wurde wach davon. Gesättigt lehnte er sich in dem Sessel zurück und schaute sich systematisch in dem Hotelzimmer um. In jeder Ecke, in jeder Lampe oder hinter dem Klodeckel im Bad vermutete er eine Kamera, die ihn bespitzelt. Leidet er jetzt unter dem Verfolgungswahn.

Als er nach ungefähr zwei Stunden Suche nichts fand, was ihn beunruhigen sollte, ging er duschen. Unter der Dusche berieselte ihn nicht nur das Wasser in einer angenehmen Temperatur, sondern er vernahm auch arabische wohlklingende Geräusche, die aus einem Lautsprecher über ihm kamen. Er schüttelte den Kopf und dachte, es kann mir niemand gefolgt sein. Alles nur Einbildung. Ich muss jetzt erstmal zur Ruhe kommen, dachte er noch und stieg aus der Dusche. Aus dem Spiegel sah ihn sein eigenes Gesicht an. Er erschrak. Seine Narbe im Gesicht konnte er sehr gut erkennen, folglich auch jeder der ihm ins Gesicht schaute. Er hörte auch Stimmen in seiner Einbildung. Sein Handy hatte bereits in Bremen in die Weser geworfen, damit man ihn nicht orten könnte. Er wird sich morgen vor Ort ein Neues kaufen. Seine Gefühle haben ihn eigentlich noch nie getäuscht. Warum hat er jetzt diese eigenartigen Gedanken, als würde er verfolgt. Hat er vielleicht doch irgendjemandem von seinen Plänen erzählt, oder Andeutungen gemacht? Oder im Krankenhaus in seiner Benommenheit etwas von sich gegeben? Er konnte sich nicht erinnern … oder war vielleicht …, nein das ist absurd. Michael-Anton Michelsen ging in die Dubai-

Mall, das größte Shoppingcenter der Welt, mitten in Dubai.

Die Mall bietet ein etwas anderes Erlebnis als traditionelle arabische Märkte. Hier präsentieren bescheidene arabische Händler alles, was das Herz begehrt. Ihre Ware gibt es in unmittelbarer Nähe zu Boutiquen wie Chanel und Valentino zu kaufen. Besucher können ätherische Öle, Schmuck, Tücher, Computer und frische emiratische Backwaren oder Kuchen kaufen. Feilschen wird hier nicht so gern gesehen, dafür gibt es die Möglichkeit, ganz komfortabel mit Kreditkarte oder bar zu bezahlen.

Hier will er jetzt nach einem Prepaid-Handy mit SIM-Karte Ausschau halten. Er brauchte nicht lange. Fast im Eingangsbereich fand er den betreffenden Händler und auch die Emirate-Bank gleich nebenan. Er tauschte seine Euro in die dortige Währung, Dirham, und suchte sich ein Handy nach seinem Geschmack aus, welches er dann bar zahlen konnte. Michael hatte zwar mehrere Kreditkarten von deutschen Banken, doch die wollte er aus verständlichen Gründen nicht nutzen.

Wieder zurück im Hotel bereitete er sein Handy vor, um telefonieren zu können.

Er suchte sich aus dem Internet die Telefonnummer des »Emirates-Hospital« heraus, schilderte sein Anliegen, wie eine Nasenkorrektur, Hautstraffung und ein paar Besonderheiten.

Die neue und sehr luxuriöse Klinik »Emirates Hospital« ist Anziehungspunkt für den Medizintourismus. Die

Klinik beschäftigt überwiegend amerikanische und deutsche Ärzte, die sich auf Schönheitsoperationen spezialisiert haben. Die Kosten für diese Operationen sind hier wesentlich niedriger als in Deutschland und die Qualität ist in der Regel sehr hoch.

Gesagt, getan, der Termin für das Erstgespräch war in zwei Tagen. Einen Termin zur Operation, sollte er sich in circa einer Woche vormerken. Dann noch zwei oder drei Wochen Genesungsurlaub und er kann sich wie neugeboren auf den Weg nach Bremen machen. Niemand würde ihn erkennen und mit seinem neuen Namen könnte auch keiner etwas anfangen.

Der Tag war noch früh am Vormittag und die Luft hatte schon eine Außentemperatur von 42 Grad. Michael fuhr mit dem Fahrstuhl in die oberste Etage zur Dachterrasse mit Swimmingpool und lies sich von dem schönen Damenpersonal mit ausgesuchten Speisen und Getränken verwöhnen.

Als er langsam zur Ruhe kam, war es wieder da, das unbestimmte Gefühl verfolgt zu werden. Ein absurder Gedanke. Hat Bremen vielleicht die Interpol oder den FBI eingeschaltet und sie sind schon auf meiner Spur?

Er muss wohl ein bisschen eingeschlafen sein, als ihn eine sanfte Stimme mit den Worten, »Hallo junger Mann, geht es Ihnen gut?«, ansprach.

Michael zuckte zusammen, aber er beruhigte sich schnell wieder, als er in das Gesicht einer hübschen Frau mit blonden Haaren sah.

»Sie sollten nicht so in der direkten Sonne liegen. Ich habe Ihnen einen kleinen Sonnenschirm mitgebracht, der Sie schützen wird.«

»Danke, sehr freundlich«, erwiderte Erwin, und freute sich über diese Fürsorge.

Er erkannte sofort, dass diese hübsche Dame nicht vom Personal war, denn das Personal trug eine Art Uniform, sie nicht, und sie sprach deutsch.

»Kennen wir uns«, fragte er sofort und setzte sich an den Rand der Liege.

»Nein, kennen ist zu viel gesagt. Ich habe Sie heute Vormittag beim Einkauf gesehen und anschließend hier auf der Dachterrasse«, grinste sie. »Ich hatte das Gefühl, Sie sind deutscher, und dachte mir, ich spreche Sie einfach mal an.«

»Wollen wir zusammen etwas trinken«, fragte Michael spontan, und winkte die Bedienung heran. Die Fremde setzte sich auf den Rand der Nachbarliege.

»Woher können Sie so gut deutsch sprechen«, wollte er jetzt wissen.

»Ganz einfach«, erwiderte sie und schlug die Beine übereinander. »Ich komme aus Deutschland und bin geschäftlich hier.«

Sie machte eine kleine Pause und lächelte Erwin an.

»Nicht das Sie jetzt denken, das sei eine plumpe Anmache, nein, ich bin allein hier und möchte mich nur mit einem netten Mann unterhalten.«

»Danke für das Kompliment«, antwortete Michael und verschränkte die Arme hinter seinem Kopf.

»Woher kommen Sie aus Deutschland, schöne Frau, sind wir uns schon mal begegnet?«

Sie wurde ein bisschen verlegen und antwortete, »Ich komme aus Hamburg und bin in der Finanzbranche tätig.«

»Was für ein Zufall, Entschuldigung, Zufälle gibt es ja nicht«, verbesserte er sich, »Ich bin auch in der Finanzbranche tätig und baue mir gerade eine neue Existenz in Bremen und Umgebung auf.«

»Wollen wir heute Nachmittag zusammen einen Stadtbummel machen, ich brauche noch einen kleineren Koffer«, fragte Michael spontan mit einer gewissen Vorfreude in den Augen, »und bei Kaffee und Kuchen können wir uns dann weiter unterhalten.«

»Gerne, Ich freue mich«, antwortete sie freudestrahlend, »Bis nachher.«

»Ich weiß noch nicht mal wie Sie heißen, junger Mann?«.

»Ich bin Michael, und wie heißen Sie?«

»Ich heiße Elfie, Elfriede Wagner.«

»Wir können doch einfach »du« zueinander sagen, Michael«, schlug Elfie vor und stand elegant von der Liege auf.

»Ok, Elfie«, antwortete er, und sah ihr nach, als sie mit aufreizenden Schritten in Richtung Rezeption ging. Er konnte genau sehen, dass sie keinen Slip unter ihrem dünnen Kleid hatte. Zum Glück hatte er ein Handtuch auf der Liege, um es sich auf den Schoß zu legen, sonst hätte jeder auf der Dachterrasse die Wölbung in seiner Badehose wahrnehmen können.

Wenn das kein Glücksfall ist, dachte er sich. Michael wusste jetzt schon, diese junge Dame zu seiner Komplizin zu machen. Vielleicht klappt es ja. Seinen vollständigen Namen, Michael-Anton Michelsen, hatte er natürlich zur Vorsicht noch nicht genannt. Das werde ich später in Hamburg nachholen, dachte er sich und zog die Augenbrauen hoch.

Sie schlenderten, wie verabredet im Shoppingcenter gemächlich und ohne eine besondere Eile. Sie unterhielten sich über die gemeinsamen Interessen sowie die beruflichen Tätigkeiten.

In einer Auslage sah Michael dann die passenden Koffer in allen möglichen Größen. Sie betraten das Geschäft. Eine freundlich lächelnde Verkäuferin kam auf sie zu und fragte,

»Kann ich Ihnen helfen?«

»Ja, ich brauche einen mittelgroßen Koffer!«, antwortete Michael und deutete mit seinen Händen das ungefähre Maß an.

»Schauen Sie sich in Ruhe um, und wenn Sie etwas Passendes gefunden haben, rufen Sie mich!«, sagte sie lächelnd und ging zum nächsten Kunden.

Nach einigem Suchen fand Michael das passende Stück. Er gelangte nur nicht an das zweitobere Regal, um den Koffer näher anzusehen.

»Welches Model hast du dir denn ausgesucht?«, fragte Elfie freundlich mit einem Lächeln.

»Einen von da oben«, antwortete Michael und zeigte auf das obere Regal und den dritten Koffer von rechts.

»Soll ich dir einen runterholen?«, lächelte sie und sah ihn fragend an.

Michael stockte einen Moment und erwiderte,

»Oh, ja, vielleicht kaufe ich danach auch einen oder zwei Koffer!«.

Sie sahen sich beide an und mussten lautstark lachen, über die schwere, zweideutige deutsche Sprache.

Nach diesem Kofferkauf war jetzt Kaffee und Kuchen an der Reihe. Ein gemütliches Café lud dazu ein. Sie erzählten und redeten, was das Zeug hält.

Am späten Nachmittag verabredeten sie sich noch für den gleichen Abend. Sie waren kaum in seinem Zimmer angekommen, da flogen auch schon die Klamotten vom Leib. Sie ließen sich nackend langsam auf das Bett gleiten. Die Küsse wurden heftiger und verlangten nach mehr. Es wurde eine lange, sehr erotische Nacht.

Am nächsten Morgen wachten beide in seinem Bett auf und anschließend saßen sie, ein bisschen übermüdet, am Frühstückstisch und sahen sich schmunzelnd an. Das Gefühl von beiden, sich schon länger zu kennen war unbenommen vorhanden. Sein Gefühl, verfolgt zu werden, war vollständig verschwunden.

Michael erzählte Elfie, was er hier in Dubai vorhatte. Ein paar kleine Operationen an sich vornehmen zu lassen, wie Nasenkorrektur und ein bisschen liften im Gesicht, waren keine große Sache. Sie lächelte bei der Vorstellung, dass er ein Körperteil nicht operieren lassen musste, das sollte so bleiben. Männer, dachte Elfie, sind ja noch schlimmer als manche Frauen und streichelte dabei seine Hand. Den wirklichen Grund der geplanten Operationen verschwieg Michael natürlich.

Die Gesichtskorrekturen verliefen ohne Komplikationen und Michael sah aus, wie frisch aus dem Ei gepellt.

»Ich hätte dich so nicht wiedererkannt«, lobte Elfie das Ergebnis, »du siehst ja ganz anders aus. Alle Achtung, du wirkst um einige Jahre jünger.

Das war es, was Michael hören wollte, »nicht wiedererkannt!«

Nach fast drei Wochen Genesung war Michael so gut wie narbenfrei, nur zwei dünne kleine Narben auf seiner linken Wange waren noch zu sehen. Er fühlte sich hervorragend. Während dieser Zeit kamen sich Elfie und Michael sehr nahe und verabredeten sich zu einem Treffen in Hamburg, um die Beziehung zu vervollständigen und Einzelheiten einer gemeinsamen beruflichen und privaten Zukunft zu planen. Inwieweit er Elfie in seine Vergangenheit und geplante Zukunft einweihen wird, bleibt noch dahingestellt. Wir werden sehen, dachte er.

***

2

Eine hübsche junge Dame stieg die Stufen zur Haustür der Villa »Haus am Bürgerpark«, an der Parkallee in Bremen hinauf und klingelte energisch. Ihre ungewöhnliche Größe fiel nicht auf, weil ihre Figur durchaus gut proportioniert war. Ihr Gesicht war hübsch, wenn auch nicht im gewöhnlichen Sinne. Alles an ihr verriet eine Persönlichkeit, die weit über dem Durchschnitt stand.

Die Haustür öffnete sich, und ein Butler sah die Dame fragend an.

»Kommen Sie wegen der Stellung?«, fragte er.

»Ist der Posten bereits vergeben?«, fragte die Dame mit einem etwas verlegenen Blick.

»O nein. Wollen Sie nicht nähertreten?«

Er führte sie in ein großes, kühles Zimmer, das sie an das Wartezimmer eines Arztes erinnerte, nur viel größer. Nach fünf Minuten erschien der Butler wieder.

»Kommen Sie bitte mit«, sagte er und machte eine Handbewegung ihm zu folgen.

Diesmal brachte er sie in die Bibliothek. An den Wänden standen Schränke und Regale, und auf dem Tisch lagen eine Menge neuer Bücher. An dem großen

Schreibtisch saß ein hagerer Mann, der das junge Mädchen über seine Brille hinweg betrachtete.

»Nehmen Sie Platz. Wie heißen Sie, schöne Frau?«

»Inga Lange«, antwortete sie und hob etwas den Kopf.

»Sie sind wohl die Tochter eines pensionierten Offiziers oder sonst eines vornehmen Herrn?«

»Nein keineswegs, mein Vater war kaufmännischer Angestellter und arbeitete sich zu Tode, um seine Familie anständig durchzubringen«, erwiderte sie und bemerkte, dass seine Augen aufleuchteten.

»Haben Sie Ihre letzte Stellung aufgegeben, weil Ihnen die Arbeitszeit zu viel war?«, fragte er barsch.

»Ich habe sie aufgegeben, weil der Chef zudringlich wurde.«, antwortete sie.

»Großartig«, antwortete er ironisch.

»Wie ich aus Ihren Zeugnissen sehe, stenografieren Sie unglaublich schnell, auf einer Tastatur und die Handelskammer bestätigt hier, dass Sie vorzüglich Maschineschreiben können. Dort steht ein Computer, die Tastatur ist ähnlich einer Schreibmaschine.« Er deutete mit seinem dürren Finger darauf. »Setzen Sie sich und schreiben Sie nach meinem Diktat. Papier ist genügend im Drucker, Sie brauchen sich nicht vor mir zu fürchten – und nervös brauchen Sie auch nicht zu sein.«

Inga setzte sich entspannt vor den Computer und wartete. Gleich darauf begann er außergewöhnlich rasch zu diktieren. Die Tastatur klapperte leise unter ihren flinken Fingern.

»Sie sprechen zu schnell für mich«, sagte sie schließlich gehetzt und sah ihn an.

»Das weiß ich. Kommen Sie wieder hierher.« Er zeigte auf den Stuhl, der dem Schreibtisch gegenüberstand.

»Welches Gehalt beanspruchen Sie, Frau Lange?«

»Dreitausend Euro brutto im Monat«, antwortete Inga schnell und stotterte fast..

»Ich habe bisher nie mehr als zweitausend Euro gezahlt. Ich werde Ihnen zweieinhalb geben.«

Inga erhob sich und griff nach ihrer Handtasche. »Es tut mir leid«, sagte sie, lächelte und ging in Richtung Tür.

»Also gut, dreitausend Euro brutto. Welche Fremdsprachen beherrschen Sie?«

»Ich spreche und schreibe fließend Englisch und Französisch, und logischerweise fehlerfrei Deutsch.«

Er schob die Unterlippe vor, was sein Gesicht noch abstoßender machte. »Dreitausend Euro im Monat sind eine Menge Geld.« Er wollte noch etwas sagen, aber Inga unterbrach ihn in seinem Eifer, »Englisch und Französisch sind eine Menge Sprachen«, entgegnete sie und sah ihn lächelnd an.

»Wollen Sie sonst noch etwas wissen?«, fragte er.

Sie schüttelte den Kopf.

»Nichts über Ihre Pflichten und über die Arbeitszeit?«

»Nein. Ich nehme es als selbstverständlich an, dass ich nicht hier im Haus wohne.«

»Sie wollen also nicht einmal wissen, wie lange Sie zu arbeiten haben? Sie enttäuschen mich nicht. Hätten Sie nämlich danach gefragt, so hätte ich Sie sofort zum Teufel gejagt. Also, Sie sind engagiert. Hier ist Ihr Arbeitszimmer.« Edgar Degenhardt erhob sich, ging zu einer Nische des großen Raumes und öffnete eine zurückliegende Tür, die in ein kleines Büro führte. Es war vorzüglich ausgestattet. Ein großer Schreibtisch stand darin, ein Computer mit Drucker und in einer Ecke ein großer Safe.

»Morgen früh um zehn treten Sie Ihre Stellung bei mir an. Vor allem haben Sie die Aufgabe, niemanden, wer es auch sein möge, telefonisch mit mir zu verbinden. Sie müssen die Leute selbst abfertigen. Ich will nicht durch unnötige Fragen gestört werden. Ferner haben Sie meine Briefe zur Post zu befördern. Und dann noch eins, Sie dürfen meinem Neffen nichts von meinen Geschäften erzählen.« Mit einer Handbewegung zur Tür entließ er sie.

Sie folgte der Aufforderung und hatte die Türklinke schon halb heruntergedrückt, als er sie zurückrief:

»Frau Lange, haben Sie einen Freund, einen Verlobten oder so etwas Ähnliches?«

Sie schüttelte verneinend den Kopf und wurde ein bisschen rot. »Halten Sie das für notwendig?«, war ihre Frage.

»Nein – im Gegenteil«, erwiderte er nachdrücklich.

Am nächsten Morgen war sie pünktlich kurz vor zehn Uhr in ihrem Arbeitszimmer.

Auf dem Flur traf sie Eliot Danner, den Neffen ihres Chefs, vor dem dieser sie gewarnt hatte. Er machte einen ruhigen, sympathischen Eindruck und hatte angenehme Umgangsformen. Sein Gesicht war glattrasiert, er lächelte gern und trug eine goldumrandete Brille. Inga schätzte ihn auf fünfunddreißig Jahre. Kurz nach ihrer Ankunft trat er in ihr Privatbüro und strahlte sie freundlich an. »Ich möchte mich Ihnen vorstellen, Frau Lange. Ich bin Eliot Danner, Herrn Degenhardts Neffe.«

Sie war etwas verwundert über den amerikanischen Akzent, mit dem er sprach. Er schien ihr Erstaunen als selbstverständlich vorauszusetzen, »Ja, ich bin Amerikaner. Meine Mutter war Edgar Degenhardts Schwester. Ich vermute, dass er Ihnen verboten hat, mit mir über seine Geschäfte zu sprechen. Das tut er gewöhnlich. Aber da es hier nichts gibt, was nicht alle Leute wüssten, brauchen Sie diese Bemerkung nicht sehr ernst zu nehmen. Ich glaube nicht, dass Sie mich brauchen. Aber falls es doch einmal nötig werden sollte, Ich bewohne das kleine Appartement im oberen Geschoß, und es gehört zu Ihren Pflichten, an jedem Sonnabendmorgen für meinen Onkel die Miete bei mir einzukassieren. Ich wohne sehr nett, aber ich muss feststellen, dass Herr Degenhardt durchaus kein Menschenfreund ist. Auf der anderen Seite hat er allerdings auch viele angenehme Charakterzüge.«

Auch Inga konnte das in den nächsten Monaten feststellen. Seinen Neffen erwähnte Degenhardt äußerst selten, und nur einmal hatte sie die beiden zusammen gesehen. Sie wunderte sich, warum Danner überhaupt im Hause seines Onkels wohnte. Allem Anschein nach hatte er ein eigenes großes Privateinkommen und hätte sich eine Reihe von Zimmern in einem guten Bremer Hotel leisten können.

Degenhardt drückte auch selbst einmal seine Verwunderung darüber aus, aber er war sparsam, um nicht zu sagen geizig, und deshalb kündigte er dem Neffen nicht, obwohl er keinerlei Zuneigung für ihn zu fühlen schien. Er war argwöhnisch Eliot Danner gegenüber, der offenbar jedes Jahr zweimal England besuchte und dann bei ihm wohnte.

»Er ist der einzige Verwandte, den ich habe«, brummte der Alte eines Tages. »Wenn er ein bisschen Verstand hätte, würde er sich von mir fernhalten.«

»Er scheint doch einen sehr verträglichen Charakter zu haben?«, entgegnete Inga.

»Wie können Sie das sagen, wenn er mich die ganze Zeit ärgert?«, fuhr er sie an und stellte sich breitbeinig in den Raum.

Edgar Degenhardt hatte seine Sekretärin vom ersten Augenblick an gerne um sich. Eliot Danner verhielt sich ihr gegenüber objektiv. Er blieb stets gleichmäßig freundlich und zuvorkommend. Trotzdem hatte sie den Eindruck, dass ihr eine Seite seines Wesens vollkommen verhüllt blieb. Der alte Degenhardt bezeichnete ihn einmal als einen leichtsinnigen Spieler und Spekulanten, ließ sich aber nicht näher darüber aus. Es war merkwürdig, dass er das sagte, denn er selbst hatte sein großes Vermögen durch Spekulationen erworben, die alle mehr oder weniger gewagt, ja leichtsinnig gewesen waren.

Der ganze Haushalt hatte etwas Ungewöhnliches, und Inga war dankbar, dass sie behaglich in einer eigenen Wohnung leben konnte. Degenhardt hatte unerwartet ihr an und für sich schon hohes Gehalt nach einer Woche verdoppelt.

Sie machte einige seltsame Erfahrungen. Degenhardt war etwas unachtsam und verlegte oder verlor häufig Gegenstände. Manchmal waren es kostbare Bücher, manchmal Wertpapiere oder Verträge. In solchen Fällen benachrichtigte er sofort die Polizei. Und stets fanden sich die Gegenstände wieder, bevor die Beamten erschienen.

Als Inga das zum ersten Mal miterlebte, erschrak sie sehr. Ein seltenes unheimlich wertvolles Manuskript war verschwunden. Während sie eifrig in allen Schubladen suchte, telefonierte Degenhardt schon mit der Polizei. Kurz darauf kam der noch jung aussehende, hübsche Detektiv Erwin Müller. Wie gewöhnlich, hatte sich das verlorene Manuskript inzwischen in dem großen Safe in Ingas Büro wieder angefunden.

»Herr Degenhardt«, bemerkte Erwin freundlich. »Diese Marotte von Ihnen kostet den Staat eine Menge Zeit und Geld.«

»Wozu haben wir denn überhaupt eine Polizei?«, fragte der alte Mann brummig.

»Jedenfalls nicht dazu, um vergesslichen Menschen verlorene Dinge suchen zu helfen.«

Degenhardt räusperte sich ärgerlich und ging in sein Wohnzimmer, wo er den Rest des Tages mit seiner recht unfreundlichen Stimmung zubrachte.

»Ihnen kommt das alles sicher komisch vor?«, wandte Erwin sich an Inga.

»Ja, Herr …«

»Detektiv Müller, Erwin Müller. Ich wage nicht vorzuschlagen, dass Sie mich Erwin nennen.«

Inga lächelte, sein ungezwungen heiteres Wesen wirkte ansteckend. Niemals hätte sie sich einen Detektiv so menschlich und freundlich vorgestellt.

Auch er interessierte sich von Anfang an lebhaft für sie und traf sie natürlich wieder. Sie nahm ihr Mittagessen gewöhnlich in einem kleinen Restaurant in der Stadtmitte ein. Eines Tages erschien Erwin in diesem Lokal und nahm ihr gegenüber Platz, nachdem er sie gefragt hatte. Die Begegnung war nicht zufällig, wenigstens nicht von seiner Seite aus. Im Gegenteil, er hatte alles sehr genau durchdacht.

Ein anderes Mal sah er sie, als sie auf dem Heimweg war. Aber er war klug genug, sie niemals ins Theater einzuladen oder ihr zu zeigen, wie sehr er sich für sie interessierte. Er wusste, dass sie sich dann sofort zurückziehen würde.

»Warum arbeiten Sie eigentlich für den alten Griesgram?«, fragte er einmal.

»Er ist doch kein Griesgram«, verteidigte sie Degenhardt, aber ihre Worte klangen nicht besonders überzeugt, besonders, da sie sich an diesem Tag mehr als einmal über ihren Chef geärgert hatte.

»Ist Eliot Danner ein netter Kerl?«, fragte Erwin.

Sie warf ihm einen schnellen Blick zu und verdrehte die Augen. »Warum fragen Sie mich so etwas?«

»Ach, ich habe nur gedacht? Das tut mir leid. Mein Beruf bringt das so mit sich. Ich interessiere mich nicht besonders für Herrn Danner.«

Inga hatte im Allgemeinen eigentlich wenig zu tun, es waren nur ein paar Briefe zu schreiben, ein paar Bücher zu lesen und über den Inhalt zu berichten. Der alte Degenhardt war ein großer Bücherfreund und verbrachte die meiste Zeit in seiner Bibliothek.

Der zweite ungewöhnliche Vorfall, den Inga in ihrer neuen Stellung erlebte, ereignete sich, nachdem sie ungefähr vier Monate für Edgar Degenhardt tätig war. Sie hatte einige Briefe auf der Post einschreiben lassen und wollte eben wieder zur Haustür hineingehen, als ein Mann sie ansprach. Er war klein und trug einen großen, grauen Hut, den Jackenkragen hatte er hochgeschlagen, es regnete.

»Können Sie Eliot diesen Brief geben?«, fragte er mit amerikanischem Akzent und zog einen Briefumschlag aus der Tasche.

»Meinen Sie Herrn Danner?«

»Ja, Eliot Danner.« Er nickte. »Sagen Sie ihm doch bitte, er käme vom »Großen.«

Sie musste über seine Worte lächeln. Als sie aber im Lift ins oberste Stockwerk hinauffuhr, wo Eliot Danner wohnte, zeigte sich dieser nicht im Mindesten überrascht.

»Vom »Großen«?«, wiederholte er nachdenklich. »Wer hat Ihnen denn den Brief gegeben? War es ein kleiner Mann etwa so groß?«, er hielt seine flache Hand zur Andeutung der Höhe von circa einen Meter fünfzig über dem Boden, »so ungefähr Parkuhrgröße?«

Er legte anscheinend Wert auf eine genaue Beschreibung des Boten. Inga erzählte ihm alles, worauf sie sich besinnen konnte, und erwähnte auch den merkwürdigen steifen Hut, der wie ein Suppentopf aussah.

»Ach, sehen Sie mal an«, entgegnete Danner, »der schon wieder.«

»Ich danke Ihnen vielmals, Frau Lange.«

Inga ging wieder in ihr Büro zurück und fing an die Post für den nächsten Tag vorzubereiten. Immer wieder fiel ihr auf, dass manche Briefe doppelt vorhanden waren.

Sie überlegte, ob sie diese aussortieren sollte, und Herrn Degenhardt informieren müsste. Sie verwarf den Gedanken schnell wieder und träumte vom Feierabend.

Inga ist eine schöne Frau, mit allen Wassern gewaschen und nicht auf den Mund gefallen. Auch durch ihre Weiblichkeit, mit den Kurven an den richtigen Stellen erntet sie von Männern und Frauen immer wieder Blicke, die sie fast ausziehen. Ihr gefällt das, denn sie ist nicht mehr verheiratet, und hat keine Beziehung. Nach dem Verschwinden ihres Mannes hat sie sich geschworen, keine Beziehung mehr einzugehen. Da sie bisexuell veranlagt ist, bleibt es bei ihr nur bei gefühlvollen Sexbekanntschaften, egal ob Mann oder Frau.

***

3

»Es gibt zwei vorherrschende Triebkräfte im Leben der Männer, die Liebe und die Furcht vor dem Tode. Verstehen Sie?«

Hauptkommissar Heiner Hagedorn von der Mordkommission Bremen lehnte sich im Sessel zurück und blies den Rauch seiner Zigarre zur Decke hinauf. Er war groß, schlank und von der Sonne gebräunt wie ein Indianer. Seine Gesichtszüge wurden von ein paar Falten umrandet und machten sein Gesicht interessant.

Erwin Müller grinste. Er amüsierte sich immer über Heiner Hagedorn, meistens.

»Sagen Sie mal, Sie sind doch Versicherungsdetektiv oder so etwas Ähnliches?«, fuhr Hagedorn fort, »Mir scheint, dass man nächstens hier noch Kinder zu höheren Beamten macht. Wie alt sind Sie denn jetzt, Erwin?«

»Fünfunddreißig.«

Hauptkommissar Hagedorn machte ein verächtliches Gesicht. »Das ist eine gemeine Lüge. Wenn Sie älter sind als dreiundzwanzig, dann lasse ich mich erschießen«, sagte er und schüttelte sich vor Lachen.

»Immer wenn Sie Ihren jährlichen Besuch im Polizeipräsidium machen, erzählen Sie denselben faulen Witz. Man könnte doch meinen, dass Ihnen mit der Zeit etwas Neues einfallen sollte? Aber Sie haben eben von zwei Triebkräften im Leben gesprochen«, fragte Erwin und zuckte mit den Augenbrauen.

»Ja – Liebe und Tod.« Hagedorn nickte eifrig.

»Mit der Liebe hat man immer schon viel Geld verdient, aber mit dem Tod haben bisher nur die Ärzte und die Beerdigungsinstitute ihr Geschäft gemacht. Doch passen Sie auf, das wird jetzt anders, Erwin. In den Vereinigten Staaten werden jedes Jahr Unsummen für den persönlichen Schutz wohlhabender Bürger ausgegeben. Und was dort drüben ein gutes Geschäft ist, müsste sich auch in England, Frankreich, Deutschland oder sonst wo bezahlt machen. Die Menschen sind überall gleich, und es wird überall nur mit Wasser gekocht. Jedenfalls, unsere großen Gangster – ich weiß das – haben sich inzwischen in England umgesehen, und zwar einer aus den arabischen Emiraten und einer aus New York. Und wenn die sich was in den Kopf setzen, führen sie's auch durch. Denn diese Burschen, mit denen ich es drüben zu tun habe, denken in Millionen oder gar in achtstelligen Zahlen. Im vorigen Jahr wollten sie ein neues Geschäft in einem anderen Land aufmachen und haben allein für Vorarbeiten zwei Millionen Dollar ausgegeben. Die Sache rentierte sich dann aber nicht, und so haben sie einfach ihre ganzen Ausgaben aufs Verlustkonto gesetzt. Da staunen Sie, was? Diese Leute könnten jedes Jahr aus England hundert Millionen Dollar ziehen, ohne dass es auffällt.«

Heiner Hagedorn war bei seinem Lieblingsthema angelangt. Er hatte sich schon öfter mit Erwin darüber unterhalten, der ihm jedes Mal widersprach. Persönlich wäre er an dieser besonderen Art von Verbrechen interessiert, denn er arbeitete im Dezernat für Betrug, Erpressung und ähnlicher Vergehen.

»Ja, ich weiß«, antwortete Erwin und fuhr weiter fort,

»Ich habe von meiner Versicherungsdirektion den Auftrag in einer bestimmten Betrugsmasche zu recherchieren. Seit Anfang des Jahres wurde eine neue Versicherung ins Geschäft integriert mit der Bezeichnung, Organspende-Diebstahl-Vorsorge-Versicherung.

»Das habe ich ja noch nie gehört. Was ist das denn für eine Versicherung?«, fragte Hagedorn, grinste und hätte beinahe vor Lachen seinen Kaffee verschüttet.

»So genau weiß ich das auch noch nicht, denn die Seminare dafür finden erst in Kürze statt«, erwiderte Erwin und lachte auch. »Nur, soviel weiß ich, können Organspender oder auch die Organempfänger eine Versicherung vor einer Organspende abschließen um sich bei einem Missbrauch wie Organdiebstahl oder den Folgen einer Transplantation abzusichern.«

Hagedorn kam vor Lachen nicht mehr zur Ruhe. »Organdiebstahl«, lachte er, »welch ein Wort, muss ich jetzt immer aufpassen, dass mir keiner meine Leber oder noch weitere Organe klaut und anschließend im Internet, nach dem Motto, »Nimm drei, zahle nur zwei, verscherbelt?«, er klatschte vor Freude dabei in die Hände.

Beide konnten sich vor Lachen nicht mehr halten.

»Spaß beiseite«, sagte Erwin, noch immer grinsend.

»Stellen Sie sich doch bitte einmal vor Herr Hagedorn, ein entnommenes Organ ist, wie auch immer, auf dem Weg zum Empfänger. Auf dem Transport wird dann dieses Organ von einer Organisation gestohlen, um an anderer Stelle damit Geschäfte zu machen. Der geplante Empfänger kann im Voraus eine Versicherung abschließen, dass er in einem solchen Fall eine Entschädigung bekommen wird, weil er ja weiter leiden muss, bis ein neues Organ zur Verfügung steht. Oder es werden Menschen aufgesucht, die ein gesundes Herz haben, anschließend ermordet damit das Herz einem solventen Empfänger eingesetzt wird. Sie können sich also locker vorstellen, welche illegalen Geschäfte damit gemacht werden können.«

Kommissar Hagedorn blieb ruhig und Erwin fügte hinzu, »Wir haben in der Direktion gerade solch einen Verdacht vorliegen.«

Kurz darauf gingen beide in die Kantine. Es gab Schweineleber mit Kartoffelbrei und gerösteten Zwiebeln. Erwin hatte Heiner Hagedorn gern und wusste, dass er noch viel von ihm lernen konnte.

Beide sahen sich schmunzelnd an und sagten fast zeitgleich: »Ich habe keinen Hunger.«

Schnurstracks gingen beide in das, nur ein paar Gehminuten entfernte, Hotel Hilton.

Im Grill-Bistro des Hilton-Hotels erkannte Erwin Herrn Edgar Degenhardt und machte Hauptkommissar Hagedorn auf ihn aufmerksam. »Das ist einer der gemeinsten und gefährlichsten Millionäre, die es auf der Welt gibt.«

»Na, mit dem würde ich schon fertig werden«, erklärte Kommissar Hagedorn und rieb sich die Hände.

»Und wer ist der dunkle Mann, der neben ihm sitzt? Der kommt mir so merkwürdig bekannt vor, aber ich weiß nicht woher ich ihn kenne«, sagte Erwin Müller.

»Sein Neffe. Möglich, dass Sie ihn kennen, er wohnte früher in Amerika.«

»Ist er nicht zufällig mal mit der Polizei in Berührung gekommen?«, fragte Erwin ironisch.

»Nein, aber das hat nichts zu sagen. Die ganz großen Verbrecher haben selten etwas mit der Polizei zu tun, die eigentlichen Drahtzieher, die hinter den Betrügern und ähnlichen Gesellschaften oder Organisationen stehen, werden fast nie erwischt. Ach, jetzt fällt es mir ein, Danner, Eliot Danner heißt der Mann. Ein durchtriebener Junge. Ich hab mich schon oft gewundert, woher er das viele Geld hat. Aber sagten Sie nicht eben, sein Onkel wäre Millionär?«

»Von dem hat er es bestimmt nicht«, erwiderte Erwin überzeugt.

Zwischendurch brachte der Kellner den Nachtisch, Erdbeeren mit Sahne.

Der alte Degenhardt drüben am Tisch saß aufrecht vor seiner einfachen Mahlzeit und sah seinen Neffen böse an. Er war ungewöhnlich groß und stattlich und hatte sich für sein Alter erstaunlich gut gehalten.

»Ich hoffe, du begreifst endlich, dass ich das Geld, das ich besitze, auch behalten will«, sagte er in einem ernsten Ton. »Ich möchte nichts von diesen wilden amerikanischen Fantasien hören, durch die diese Leute schnell zu Reichtum kommen wollen.«

»Ich sehe auch keinen Grund, warum du dich damit abgeben solltest, Onkel«, entgegnete Eliot gut gelaunt. »Ich habe eine private Nachricht über verschiedene Aktienkurse erhalten, und ich glaube, dass es ein gutes

Geschäft ist. Ich persönlich habe nichts davon, ob du einsteigst oder nicht. Aber ich dachte, du spekuliertest gern mit Aktien?«

»Mit derartig windigen Geschäften will ich nichts zu tun haben«, brummte der Alte.

Hauptkommissar Hagedorn und Erwin Müller an der anderen Seite des Speisesaals sahen, wie er aufstand und fortging. Sie nahmen an, er habe sich mit seinem Neffen gestritten.

»Möchte bloß wissen, was die zwei da eben geredet haben. Degenhardt kenne ich nicht, aber Eliot Danner umso genauer. Er ist der beste Psychologe in Deutschland, und ... er stockte, »Donnerwetter, da ist ja auch der »Große« selbst.«

Ein elegant gekleideter Herr von mittlerer Größe war in den Speisesaal getreten. Er trug das Haar kurz geschnitten, sein schmales Gesicht war von vielen Furchen durchzogen und sah nicht gerade vertrauenerweckend aus. Auch die beiden langen, dünnen Narben auf der linken Wange machten es nicht anziehender.

Hagedorn pfiff leise vor sich hin. Er saß in gespannter Haltung, seine Augen glänzten. »Es ist wahrhaftig der »Große«, in eigener Person. Himmeldonnerwetter, was hat das nur zu bedeuten?«

»Wer ist denn der »Große««?«, fragte Erwin.

»Den müssen Sie kennenlernen. In einer Minute wird er bei uns sein.«

»Er hat Sie doch gar nicht gesehen?«

»Sie können Gift darauf nehmen, dass ich der Erste war, den er hier gesehen hat. Der Kerl entdeckt jede

Stecknadel auf dem Boden. Haben Sie noch nie von ihm gehört? Michael Michelsen, oder Michael-Anton Michelsen, kommt ganz darauf an, ob Sie ihn kennen oder von ihm lesen.«

Der Mann, über den sie sprachen, ging anscheinend ziellos durch den Saal. Plötzlich sah er auf und begegnete dem Blick Eliot Danners, der ihn lächelnd anschaute.

»Hallo, Michael. Wann sind Sie denn hierhergekommen? Ich habe nicht im Mindesten erwartet, Sie hier zu treffen.«

Er reichte ihm die Hand, und Michael drückte sie schwach.

»Wollen Sie nicht Platz nehmen?«

»Bleiben Sie lange in Bremen?«, fragte Michael, ohne auf die Aufforderung einzugehen.

»Ich komme zweimal im Jahr nach Deutschland. Mein Onkel wohnt hier.«

»Ach so? Aus Amerika haben Sie ja ziemlich plötzlich Reißaus genommen.«

»Durchaus nicht«, erwiderte Danner eisig und sah verlegen zur Seite.

Michael lehnte sich an den Tisch und sah auf ihn hinunter. Ein verständnisvolles Lächeln spielte um seine Lippen. »Ich habe gehört, dass Sie hier Geschäfte machen wollen. Jemand sagte mir, Sie hätten zwei Millionen investiert. Bleiben Sie noch lange hier?«

Eliot Danner setzte sich bequem zurück und spielte mit einem Zahnstocher. »So lange, wie es mir Spaß macht«, erwiderte er vergnügt. »Hauptkommissar Hagedorn dort drüben verschlingt uns geradezu mit den Augen, als wenn er gleich aufspringen wollte.«

Michael Michelsen nickte. »Ja, ich habe den verdammten Kerl schon gesehen. Wen hat er da eigentlich bei sich?«, fragte er scheinheilig.

»Irgendeinen Schnüffler von der Zeitung.«

Michael Michelsen lächelte, richtete sich auf und legte seine lange, dürre Hand auf Eliots Schulter. »Sie werden nett und lieb sein, mein Junge, entweder machen Sie mit, oder Sie verschwinden. Sie brauchen einen unheimlichen Haufen Geld für dieses Geschäft, Eliot, mehr, als Sie haben.«

Er klopfte ihm auf die Schulter und ging dann zu Hagedorn hinüber. »Sieh mal einer an, da ist ja auch der Herr Hauptkommissar«, rief er mit einem falschen strahlendem Lächeln.

»Setzen Sie sich«, entgegnete Hagedorn ruhig. »Was machen Sie denn hier in Bremen? Ich muss sagen, dass die deutsche Regierung in der Erteilung von Visa sehr fahrlässig ist.«

Michael lächelte. »Das sollten Sie eigentlich nicht sagen. Ich bin nur auf einen Sprung hier in Bremen, und um Ihre Frage zu beantworten, fahre ich heute Abend wieder nach Hamburg zurück. Aber stellen Sie mich doch bitte Ihrem jungen Freund vor.«

»Der kennt Sie schon genau, es ist der Detektiv Erwin Müller. Wenn Sie eine Weile in Bremen bleiben, wird er auch bald Ihre Fingerabdrücke besitzen. Was für einen Betrug haben Sie jetzt wieder vor, Michael?«

»Muss ich denn immer was vorhaben? Ich bin zur Erholung hier und sehe mich dabei natürlich auch nach geeigneten Objekten um. Ich habe mit Aktien spekuliert und den Markt etwas aufgeräumt. Sehen Sie, ich verdiene mein Geld auf diese Weise. Ich mache es nicht wie die Polizeibeamten, die sich die Taschen von den Gangstern spicken lassen und dann noch so tun, als ob sie die Leute fassen wollten.«

Heiner Hagedorns Gesichtszüge nahmen einen harten Ausdruck an, und er wäre dem unverschämten Michelsen am liebsten mit dem Arsch zuerst ins Gesicht gesprungen und hätte ihn zugeschissen.

»Das werde ich Ihnen nicht vergessen, mein Junge. Wenn ich Sie erst mal im Präsidium unter vier Augen habe, werde ich mit Ihnen abrechnen.«

Michael-Anton Michelsen lächelte harmlos und unschuldsvoll.

»Sie fassen immer alles falsch auf. Können Sie denn keinen Spaß verstehen? Ich bin doch durchaus für Ordnung und Gesetz. Einmal habe ich Ihnen sogar das Leben gerettet, Einer von den Kerlen im Norden wollte Sie um die Ecke bringen, aber ich habe dafür gesorgt, dass er seine Absicht nicht ausführen konnte.«

Michael verstand es, gelegentlich anderen Leuten die Hand auf die Schulter zu legen, und das tat er auch jetzt, als er sich erhob. »Mein Junge, Sie wissen nicht einmal, wer Ihr bester Freund ist.«

»Mein bester Freund ist meine Pistole«, sagte Hagedorn, anscheinend gleichgültig, »sie ist immer bei mir, wenn ich sie brauche und wenn ich Sie eines Tages damit zur Strecke bringe, lasse ich die Mündung in Diamanten fassen.«

Michael lachte. »Sie bleiben doch immer derselbe«, meinte er und winkte vergnügt zum Abschied.

Hagedorn folgte ihm mit seinen wütenden Blicken, bis sich der Amerikaner neben einer schönen, blonden jungen Dame an einem Tisch niederließ.

»Diese Art Verbrecher kennen Sie noch nicht Erwin. Die Kerle schießen jeden rücksichtslos über den Haufen, der sich ihnen in den Weg stellt. Und trotz alledem ist der Mann noch nie verurteilt worden. Es konnte ihm nie etwas nachgewiesen werden. Sie ahnen nicht, wie kaltblütig diese Schurken sind. Hoffentlich erfahren Sie es auch niemals.

»Gott sei Dank«, meinte Erwin Müller, »dass wir uns mit dieser verdammten Sorte nicht herumärgern müssen, aber ...«, Erwin stockte, kurz bevor er weiter sprach, »Ich habe das Gefühl diesen Mann zu kennen, diese Ähnlichkeit ist verblüffend. Wie Sie bemerkt haben Herr Hagedorn, hat dieser Mann auf der linken Wange zwei kleine Narben, wie vor ein paar Wochen aus dem letzten Fall der ... der ... na, wie hieß er denn gleich?« Erwin grübelte weiter und bestellte zwei Kaffee, denn der letzte war schon kalt.

»Ich weiß nicht wen Sie meinen Erwin. Warten Sie ab, was die Zukunft bringt«, erwiderte Hagedorn düster.

...

Am nächsten Morgen wurde Erwin gleich nach seiner Ankunft im Amt zu seinem Vorgesetzten gerufen.

»Fahren Sie gleich zum alten Degenhardt in die Parkallee.«

»Was hat denn der schon wieder verloren?«, fragte Erwin, unangenehm berührt.

»Er hat nichts verloren. Es handelt sich diesmal um eine ernste Sache. Die Sekretärin hat eben angerufen und gebeten, dass Sie kommen möchten«.

Erwin ließ sich das nicht zweimal sagen. Er fuhr in die Parkallee. Inga musste ihn erwartet haben, denn sie öffnete selber die Haustür.

»Nun, hat der alte Herr wieder etwas verlegt?«, fragte Erwin.

»Nein.« Sie war sehr aufgeregt. »Entweder ist es eine ernste Sache, oder es handelt sich um einen üblen Scherz. Herr Degenhardt hat heute Morgen einen Brief erhalten. Er ist oben in seinem Zimmer und hat mir den Auftrag gegeben, Ihnen alles zu erklären.« Sie führte ihn in ihr Büro, schloss ein Schreibtischfach auf und nahm ein Formular heraus, auf dem bestimmte Worte handschriftlich eingefügt waren.

Erwin las, »Betrifft Ihren persönlichen Schutz. Menschen mit großem Besitz und Vermögen sind in der gegenwärtigen Zeit stark gefährdet und brauchen deshalb wirksamen Schutz. Die Gesellschaft zur Sicherung wohlhabender Bürger, bietet diesen Schutz Herr/Frau ...« Hier war handschriftlich der Name »Edgar Degenhardt« eingesetzt. »Die Gesellschaft gewährleistet Schutz an Leben und Eigentum und verhütet alle gesetzwidrigen Anschläge gegen die Freiheit der betreffenden Person. Als Gegenleistung verlangt sie die Zahlung der Summe von fünfzigtausend Pfund. Wenn Herr/Frau ...«, hier stand wieder handschriftlich Degenhardts Name», dem zustimmt, wird er gebeten, eine Anzeige in die Samstagsausgabe der örtlichen Tageszeitung zu setzen, und zwar wie folgt, Überschrift »W.B.«, dann das Wort

»Einverstanden«, zum Schluss die Anfangsbuchstaben des Betreffenden, der die Annonce aufgibt.« Darunter stand, fett gedruckt, »Wenn Sie unserer Aufforderung innerhalb dreißig Tagen nicht nachkommen, oder wenn Sie die Polizei verständigen oder zurate ziehen, werden Sie umgebracht.«

Eine Unterschrift war nicht vorhanden. Erwin las die Botschaft noch einmal durch, bis er sie auswendig konnte, dann faltete er das Blatt und steckte es in die Tasche. »Haben Sie noch den Briefumschlag?«

Inga gab ihm den Briefumschlag, ein gewöhnliches Geschäftskuvert. Die Adresse war mit einer gebrauchsüblichen Schreibmaschine geschrieben, der Poststempel stammte aus Bremen.

»Ein Scherz?«, fragte Inga ängstlich.

»Ich weiß nicht recht«, erwiderte Erwin unsicher. »Der Brief kam mit der ersten Post? Hat sonst noch jemand davon erfahren? Zum Beispiel Herr Danner?«

»Nein, nur Herr Degenhardt und ich wissen davon. Mein Chef ist sehr aufgeregt. Was sollen wir nur machen, Herr Müller?«

»Sie können mich ruhig Erwin nennen, wenn Sie nichts dagegen haben. Selbstverständlich wird kein Geld an diese Erpresser gezahlt, und Sie haben das einzig Richtige getan, dass Sie sofort die Polizei verständigten.« Inga schüttelte den Kopf. »Ich weiß nicht«, entgegnete sie zu seinem Erstaunen. »Ich muss Ihnen sogar gestehen, dass ich Herrn Degenhardt überreden wollte, nicht mit der Polizei zu telefonieren. «

»Das war nun nicht gerade die Haltung einer ehrsamen Staatsbürgerin. Aber wahrscheinlich ist das Ganze nur ein Bluff. Auf jeden Fall wollen wir sehen, dass Edgar Degenhardt keinen Schaden erleidet. Es ist doch besser, wenn ich mal mit ihm spreche.«

Er ging die Treppe hinauf und klopfte an die Tür von Degenhardts Schlafzimmer. Erst nach längerer Zeit öffnete der Alte und ließ ihn ein. Panischer Schrecken hatte den Mann gepackt.

Erwin telefonierte ins Präsidium, und drei Beamte erhielten den Befehl, Degenhardts Grundstück zu bewachen. »Ich habe Herrn Degenhardt eindringlich gebeten, nicht auszugehen«, sagte er am Apparat. »Wenn er es doch tun sollte, müssen die beiden Leute, die vor dem Haus Wache halten, ihm folgen. Sie dürfen ihn nicht aus dem Auge verlieren.«

Erwin ließ sich jetzt mit Hauptkommissar Hagedorn verbinden und bat darum, ihn im Präsidium aufzusuchen. Als er zu seinem Büro zurückkehrte, fand er Hagedorn schon dort vor. »Ich habe etwas für Ihren scharfen Verstand«, sagte er und überreichte ihm das gedruckte Formular.

Der Hauptkommissar las den Brief mit hochgezogenen Brauen. »Wann ist das angekommen?«

»Heute Morgen«, erwiderte Erwin. »Was halten Sie davon? Nehmen Sie die Sache ernst? Oder halten Sie diese für einen Scherz?«

»Das ist kein Scherz. Es handelt sich hier um eine ganz gemeine Erpressung. In Amerika ist das schon früher mit Erfolg versucht worden. Wir haben es hier mit einer organisierten Bande zu tun. Ich dachte mir schon, dass so etwas käme«, murmelte Hagedorn.

»Sie glauben also, dass Degenhardt ernsthaft bedroht, oder sonst etwas Schlimmes passiert ist?«, fragte Erwin.

»Aber selbstverständlich«, entgegnete Hagedorn mit Nachdruck. »Ich werde Ihnen auch sagen, warum. Es handelt sich hier um gemeine Erpressungen. Die Drohungen einer solchen Bande wirken zu Anfang nicht. Deshalb müssen zunächst ein paar Leute über den Haufen geschossen werden. Damit wird der Öffentlichkeit bewiesen, dass die Drohungen verflucht ernst gemeint sind. Vielleicht haben auch schon andere wohlhabende derartige Briefe erhalten, andererseits wäre es ebenso wahrscheinlich, dass einstweilen nur Degenhardt das Formular bekommen hat und dass man an ihm ein Exempel statuieren will.«

Er nahm den Bogen wieder in die Hand und hielt ihn gegen das Licht, fand aber kein Wasserzeichen in dem Papier. »Die Art und Weise, wie sie es anfangen, ist allerdings neu. Vorgedruckte Formulare haben sie früher nicht verwendet. Aber das hat auch seine Vorteile. Auf jeden Fall meinen es die Leute wirklich ernst.«

Das Telefon klingelte und Erwin hatte eine längere Unterredung mit seinem Auftraggeber der Industrie-Versicherung-AG. Nach dem Telefonat wurden beide in das Büro des Polizeidirektors gerufen.

Der Polizeidirektor interessierte sich sehr für den Fall, war aber doch etwas skeptisch. »Hier in Deutschland dürfte dergleichen kaum passieren, Hauptkommissar Hagedorn«, sagte er.

»Warum nicht? Wenn in den nächsten Tagen die Schießerei anfängt, werden Ihnen die Augen schon aufgehen«, antwortete Hagedorn etwas ärgerlich.

***

4

Gewöhnlich verließ Inga Lange das Büro um fünf Uhr nachmittags. Degenhardt war aber den ganzen Tag sehr nervös und deprimiert. Als er sie bat, noch zu bleiben, kam sie seinem Wunsch aus Mitleid nach. Außerdem gab es auch noch allerhand für sie zu tun.

Eliot Danner begegnete ihr, als sie vom Tee zurückkam, und war überrascht, dass sie noch nicht nach Hause gegangen ist.

»Warum bleiben Sie denn heute noch im Büro, Frau Lange? Hat der alte Herr so viel zu tun?«

Sie gab eine Erklärung, die aber sehr unwahrscheinlich klang. Der alte Degenhardt hatte ihr streng untersagt, seinem Neffen etwas mitzuteilen, und sie richtete sich selbstverständlich danach.

Ungefähr um neunzehn Uhr an diesem Abend hörte sie Danners Stimme in der Bibliothek. Ob sein Onkel ihm jetzt von dem Brief erzählte? Die Unterredung zwischen den beiden dauerte ziemlich lange. Später hörte Inga das Geräusch des Lifts, der zu Danners Wohnung hinauffuhr. Kurz darauf klingelte es, und sie ging in die Bibliothek.

Der alte Herr schrieb eifrig. Er benutzte stets große Bögen, und seine Handschrift war trotz seines Alters sehr sauber und gut leserlich. Sie sah bei ihrem Eintritt, dass er den Bogen halb vollgeschrieben hatte. »Holen Sie Danes«, sagte er, ohne aufzusehen. »Klingeln Sie doch«, rief er dann ungeduldig, als sie zur Tür gehen wollte.

Sie drückte auf den Knopf, und gleich darauf erschien der Diener Danes im Zimmer.

»Schreiben Sie Ihren Namen, Ihren Stand und Ihre Adresse hierher.« Degenhardt zeigte auf eine Stelle am unteren Rand des Aktenbogens, der Butler nahm den Stift, um zu unterzeichnen.

»Sie wissen doch, was das bedeutet, wenn Sie hier unterschreiben, Dummkopf? Sie sollen meine Unterschrift bestätigen, und die steht doch noch gar nicht da«, brauste der alte Herr nervös. »Sehen Sie auch her, Frau Lange.« Er unterschrieb zuerst, dann unterzeichnete der Diener.

»So – das genügt, Danes.«

Der Mann wollte das Zimmer wieder verlassen, blieb aber stehen als Degenhardt Inga fragend ansah.

»Wenn dies ein Testament ist«, meinte Inga ruhig, »so müssen die Unterschriften beider Zeugen zu gleicher Zeit geleistet werden, damit sie sich gegenseitig bestätigen.«

Der alte Herr starrte sie an. »Woher wissen Sie, dass das ein Testament ist?« Er hatte den Text dauernd mit der einen Hand verdeckt.

»Das vermute ich nur«, entgegnete sie lächelnd. »Ich kann mir nicht vorstellen, welches andere Dokument durch zwei Zeugenunterschriften bestätigt werden müsste«, erwiderte sie ein bisschen zickig.

»Schon gut«, brummte Degenhardt. »Setzen Sie Ihren Namen hierher.« Er beobachtete sie genau, während sie schrieb. »Ich danke Ihnen.« Er löschte die noch feuchte Schrift ab, entließ den Diener durch eine Handbewegung und schob das Dokument in eine Schublade seines Schreibtisches. Dann sah er Inga nachdenklich an.

»Ich habe Ihnen tausend Euro vermacht«, sagte er ernst. »Zum Teufel. Warum lachen Sie denn?«

»Ach, ich lache nur, weil ich diese tausend Euro doch niemals bekomme. Meine Unterschrift als Zeugin annulliert das Vermächtnis.«

Er sah sie unsicher von der Seite an,

»Ich mag Leute nicht leiden, die so viel von Gesetz und Recht verstehen.«

Als er Inga wieder in ihr Büro geschickt hatte, klingelte er und ließ Danes und die Köchin kommen. Inga erfuhr davon nichts. Um halb neun war sie damit beschäftigt, ihren Schreibtisch aufzuräumen. Plötzlich hörte sie ein schwaches Knacken und schaute auf. Es kam ihr fast vor, als ob das Geräusch in ihrem Zimmer gewesen wäre. Sie hatte gerade den Hut aufgesetzt, als es sich wiederholte. Gleichzeitig hörte sie Degenhardt ärgerliche Stimme. Er stritt sich mit jemand, sie konnte aber nicht hören, wer der andere war. Dann vernahm sie einen gellenden Angstschrei, und gleich darauf wurden kurz hintereinander zwei Schüsse abgefeuert.

Einen Augenblick stand sie da, gelähmt vor Entsetzen, dann eilte sie zur Tür, die in die Bibliothek führte, fand sie aber verschlossen. Sie wollte nun vom Gang aus hineingehen, aber auch ihre Bürotür zum Korridor war verschlossen. Sie klingelte heftig und hörte Schritte.

Danes hämmerte mit beiden Fäusten gegen die Tür.

»Was ist los?«, fragte er.

»Die Tür ist verschlossen«, rief sie zurück. »Der Schlüssel steckt außen.«

Im nächsten Augenblick drehte sich der Schlüssel.

»Gehen Sie in die Bibliothek und schauen Sie nach, was geschehen ist.«

Danes und der zweite Diener gingen fort, kamen aber gleich wieder und berichteten, dass auch die andere Bibliothekstür verschlossen war. Der Schlüssel fehlte. Degenhardt hatte die merkwürdige Angewohnheit, die Schlüssel an den Türen stets auf der Außenseite steckenzulassen.

Mit zitternden Händen nahm sie den Schlüssel von ihrer Tür und steckte ihn in das Schloss der Bibliothekstür. Glücklicherweise passte er, und Inga konnte sie öffnen.

Aufgeregt trat sie in den Raum, ging drei Schritte vorwärts und blieb dann entsetzt stehen. Degenhardt lag in einer Blutlache über seinem Schreibtisch, und schon bevor sie ihn berührte, wusste sie, dass er tot war.

...

Erwin hatte Hagedorn zum Besuch einer Operette eingeladen und wollte gerade seine Wohnung verlassen, als das Telefon klingelte. Glücklicherweise fuhr Hagedorn im selben Augenblick vor, und die beiden rasten in seinem Taxi mit größter Geschwindigkeit zur Parkallee.

Vor dem Haus hatte sich schon eine Menschenmenge angesammelt, irgendwie musste sich die Nachricht von dem Verbrechen verbreitet haben. Erwin bahnte sich einen Weg durch die Menge und wurde von dem Polizisten, der an der Tür Wache hielt, sofort eingelassen.

Die beiden Beamten in Zivil, die die Vorderseite des Gebäudes tagsüber bewacht hatten, warteten innen und erstatteten kurz Bericht. Niemand war während der letzten halben Stunde vor dem Mord ins Haus gekommen oder hatte es verlassen.

Erwin ging in die Bibliothek und betrachtete den Toten. Der alte Mann war aus nächster Nähe mit einem schweren Revolver erschossen worden. Die Waffe lag etwa einen Meter vom Schreibtisch entfernt auf dem Boden. Der Detektiv ließ sich eine Zange bringen, und nachdem er die Lage des Revolvers mit Kreide genau bezeichnet hatte, hob er die Waffe auf, legte sie auf einen kleinen Tisch und untersuchte sie beim Schein einer hellen Leselampe. Es war ein verhältnismäßig altmodischer Revolver, der noch vier Patronen enthielt.

Wichtiger war die Entdeckung, dass sich auf den Stahlteilen zwischen dem Griff und der Trommel deutlich ein Fingerabdruck zeigte. Auf dem Schreibtisch entdeckte Erwin einen Bogen Papier, auf dem ebenfalls ein ganzer Satz von Fingerabdrücken klar zu erkennen war. Eine dritte Reihe von Fingerabdrucken fand sich auf dem Rand des blank polierten Mahagonischreibtisches. Es sah so aus, als ob jemand seine Hand dort hingelegt hätte.

Erwin ging jetzt in Ingas Büro und unterhielt sich mit ihr. Sie war bleich, erzählte ihm aber gefasst, was sie von der Sache wusste.

»Ist Eliot Danner benachrichtigt worden?«

Sie nickte.

»Er kam sofort herunter und sah den armen Herrn Degenhardt. Dann ging er wieder in seine Wohnung hinauf. Er sagte, dass nichts angerührt werden dürfe. Aber die Polizei war schon im Haus und hatte alle Anordnungen getroffen. Herr Danner wusste natürlich nichts davon, dass die Beamten den ganzen Tag Wache gehalten haben.«

Erwin ließ Danner durch den Diener rufen, und Eliot kam mit ernstem Gesicht herunter. Ohne zu zögern, ging er in die Bibliothek.

»Es ist furchtbar – einfach entsetzlich«, erklärte er, »Ich kann es kaum glauben.«

»Haben Sie den Revolver vorher schon gesehen?«

Erwin zeigte auf die Schusswaffe, die auf dem Tisch, zwischen einer Blumenvase und einem Tablett lag.

Zu seinem Erstaunen nickte Danner. »Ja, das ist mein Revolver. Ich bin meiner Sache ganz sicher, Ich habe ihn nicht angefasst, als ich vorher hereinkam, aber ich kann einen Eid leisten, dass die Waffe mir gehört. Vor einem Monat wurde mir ein Koffer auf dem Bahnhof gestohlen, in dem auch dieser Revolver lag. Ich habe der Polizei damals die Sache angezeigt und sogar die Nummer der Waffe angegeben.«

Erwin erinnerte sich genau an den Vorfall, denn Diebstahl von Feuerwaffen gehörte zur Abteilung von Hagedorn. »Und seit der Zeit sahen Sie den Revolver nicht wieder?«

»Nein«, antwortete Eliot.

»Herr Danner, auf der Waffe und auf dem Schreibtisch hier haben wir Fingerabdrücke gefunden. In kurzer Zeit werden die Beamten des Erkennungsdienstes mit ihren Apparaten hier sein. Sind Sie bereit, ihnen Ihre eigenen Fingerabdrücke zu geben, damit man sie mit den anderen vergleichen kann?«

»Gewiss. Ich habe nicht das Geringste dagegen.«

Gleich darauf erschienen die Beamten. Erwin nahm einen Beamten einen Augenblick beiseite und erklärte ihm, was zu tun sei. Ein paar Minuten darauf hatten sie klare und gute Abdrücke von Danners Fingern.

Der Beamte machte sich nun daran, die übrigen Abdrücke aufzunehmen. Als er sie auf dem Bogen Papier mit Puder eingestäubt hatte, traten sie klar hervor. Er untersuchte sie, und Erwin sah das Erstaunen in seinen Zügen. »Es sind die gleichen Abdrücke wie die von Herrn Danner.«

»Was?«, rief Erwin verblüfft. Er nahm den Revolver auf und bestäubte selber den Abdruck mit Puder.

»Hier ist es ebenso.« Erwin sah zu Eliot Danner hinüber, der vollkommen ruhig geblieben war und nur leicht lächelte.

»Um sieben Uhr heute Abend war ich in der Bibliothek, Herr Müller, aber ich habe weder den Briefbogen noch sonst etwas im Zimmer angefasst. Die Tatsache, dass ich vorher hier im Zimmer war, würde eine sehr einfache Erklärung für meine Fingerabdrücke auf dem Schreibtisch geben. Damit wären aber nicht die auf dem

Revolver erklärt. Doch auch die hätte ich unmöglich hinterlassen können, denn ich war im Begriff auszugehen und trug Handschuhe. Erst nachdem ich meinen Onkel gesprochen hatte, änderte ich meine Absicht und ging wieder in meine Wohnung.«

»Worüber haben Sie sich denn unterhalten?«

Eine kleine Pause trat ein. »Wir sprachen über sein Testament. Er hatte mich heruntergerufen, um mir mitzuteilen, dass er zum ersten Mal in seinem Leben ein Testament machen wollte.«

»Hat er Ihnen gesagt, wie er über sein Vermögen verfügte?«

»Nein«, antwortete sie kleinlaut.

Erwin ging wieder in Ingas Büro und hörte zu seinem Erstaunen, dass Degenhardt vor seinem Tod tatsächlich ein Testament aufgesetzt hatte, das von Inga persönlich als Zeugin unterzeichnet worden war.

Über den Inhalt konnte sie allerdings nichts sagen. Sie wusste nur, dass der alte Herr ihr ein Vermächtnis von tausend Euro vermacht hatte.

»Ich machte ihn noch ausdrücklich darauf aufmerksam, dass es ungültig sei, wenn ich als Zeugin seine Unterschrift bestätige.«

»Haben Sie eine Ahnung, wo er das Testament verwahrt hat?«

»Er hat es in die linke obere Schreibtischschublade gelegt.«

Erwin ging wieder in die Bibliothek zurück. Inzwischen war der Arzt erschienen und untersuchte den Toten. »Können Sie mir wirklich nicht sagen, wie Ihr

Onkel in dem Testament über sein Vermögen verfügt hat?«

»Nein, das weiß ich nicht«, erklärte Danner zum zweiten Mal. »Er hat mir nichts darüber gesagt.«

Erwin trat an den Schreibtisch und zog die ihm von Inga bezeichnete Schublade auf. Sie war leer.

»Es ist Ihnen doch klar, wie ernst diese Situation für Sie ist, Herr Danner? Wenn Ihre Angabe stimmt, dass Ihr Onkel nie ein Testament gemacht hat, sind Sie, als sein einziger Verwandter, sein Universalerbe. Er hat nun aber, nach Feststellung mehrerer Zeugen, tatsächlich ein Testament hinterlassen, und es wäre möglich, dass er Sie darin enterbt hätte. Die Vernichtung des Testaments und die Ermordung Ihres Onkels sind Umstände, die deutlich auf ein wichtiges Motiv hinweisen.«

Danner nickte. »Wollen Sie damit sagen.?«

»Nein. Im Augenblick will ich noch nichts sagen. Ich möchte Sie nur bitten, die Beamten ins Präsidium zu begleiten und mich in meinem Büro zu erwarten. Das bedeutet noch nicht, dass Sie verhaftet sind.«

Eliot Danner dachte einen Augenblick nach. »Kann ich mich mit meinem Rechtsanwalt in Verbindung setzen?«

Erwin schüttelte den Kopf. »Das ist hier jetzt bei uns nicht üblich. Wenn eine bestimmte Anklage gegen Sie erhoben wird, können Sie selbstverständlich Ihren Rechtsanwalt sprechen. Aber es steht noch nicht fest, ob eine Anklage erhoben wird. Die Umstände sind sehr verdächtig. Sie selbst geben zu, dass die Mordwaffe Ihnen gehört, der Beamte hat festgestellt, dass die Fingerabdrücke den Ihren gleichen. Wir müssen die Sache genauer untersuchen, und es bleibt mir nichts anderes übrig, als in der angegebenen Weise zu handeln und die Befugnis an Hauptkommissar Hagedorn weitergeben..«

»Ich verstehe vollkommen«, entgegnete Danner und machte sich auf den Weg zum Polizeipräsidium. Hagedorn war schweigender Zeuge all dieser Vorgänge. Erwin hatte die Anwesenheit des Hauptkommissars vollständig vergessen. Erst jetzt bemerkte er ihn wieder und trat zu ihm.

Hagedorn beobachtete gerade die Beamten des Erkennungsdienstes, die den Toten fotografierten.

»Ist dies nun schon ein Bandenmord? Oder liegt ein anderes Motiv zugrunde? Ich wage das im Augenblick nicht zu entscheiden.« Er schüttelte den Kopf. »Was ich nicht recht verstehen kann, sind die Fingerabdrücke auf dem Aktenbogen. Haben Sie sich die schon genau angesehen? Sie sind ungewöhnlich grob.«

Erwin sah sich um. »Das ist mir auch aufgefallen. Die Linien sehen so merkwürdig verschwommen aus. Man sollte fast glauben, die Abdrücke seien absichtlich gemacht worden.«

»Zu der Schlussfolgerung bin ich ebenfalls gekommen«, bestätigte Hagedorn. »Dann der Revolver auf dem Fußboden. Haben Sie jemals gehört, dass ein Gangster seine Pistole zurücklässt? Er hätte ja ebenso gut seine Visitenkarte neben sein Opfer legen können.«

Erwins Kollege Wolfgang Schröder kam an, und der Detektiv gab ihm den Auftrag, eine genaue Durchsuchung des Hauses vorzunehmen. »Besonders eingehend nimm dir doch bitte Eliot Danners Wohnung vor. Sieh dich genau nach Patronen, und sonstigen Beweisstücken um, die ihn mit dem Verbrechen in Verbindung bringen könnten. Vor allem suche ich nach einem Testament, das Herr Degenhardt heute Abend geschrieben hat und das verschwunden ist. Schaue auch bitte in allen Kaminen und an anderen Plätzen um, wo Asche liegen könnte. Es besteht der Verdacht, dass Danner das Testament verbrannt hat.«

Wolfgang nickte und sagte, »Ok. Erwin.«

Nachdem der Tote fortgeschafft und die Spuren des Verbrechens beseitigt waren, rief er Inga herein. Ihr Gesicht war blass, und ihre Lippen zitterten, die Reaktion machte sich jetzt bei ihr geltend.

»Gehen Sie jetzt bitte nach Hause, Frau Lange. Ich gebe Ihnen einen der Beamten zur Begleitung mit. Der Himmel weiß, wie ich den Mann darum beneide. Kommen Sie aber morgen um die gewöhnliche Zeit wieder hierher. Ich habe noch einige Fragen an Sie, das kann ich Ihnen leider nicht ersparen.«

»Der arme Herr Degenhardt«, sagte sie leise.

»Ich weiß. Ich weiß.« Erwin wagte es, behutsam den Arm, um ihre Schultern zu legen. »Sie müssen jetzt alles zu vergessen suchen, was Sie heute erlebt haben. Morgen ist ein neuer Tag, da sieht die Sache ganz anders aus. Eines nur möchte ich wissen, Haben Sie gehört, dass Eliot Danner mit dem alten Herrn in der Bibliothek gesprochen, oder gestritten hat? Und wann war das?«

Sie konnte genaue Angaben darüber machen, die mit Danners Aussagen durchaus übereinstimmten.

»Und kurz bevor die Schüsse fielen, haben Sie Stimmen gehört?«

»Ja, aber ich erkannte nur Degenhardts Stimme, die andere nicht«, erwiderte sie.

»Sie hörten doch auch die Geräusche, als die Schlüssel in der Bibliothekstür und in der Bürotür umgedreht wurden? Wir können also annehmen, dass jemand den Gang entlangging, Ihre Tür zum Korridor abschloss, in die Bibliothek eindrang und dann, ohne Rücksicht auf Degenhardts Anwesenheit, die Verbindungstür zwischen Ihrem Büro und der Bibliothek abschloss.«

»Ja, so muss es wohl gewesen sein«, entgegnete sie müde. Er nahm sie am Arm.

»Genug für heute Abend. Jetzt gehen Sie nach Hause, legen sich hin und träumen, wenn möglich, von mir.«

Inga versuchte zu lächeln, aber es gelang ihr nicht ganz, sie war müde aber auch gleichzeitig aufgeregt.

»Was halten Sie von der Sache, Hagedorn?«, fragte Erwin, als Inga gegangen war.

»Ich stimme mit Ihrer Ansicht überein, der Mörder kam von der Rückseite des Hauses.«

»Es kann sehr wohl Eliot Danner gewesen sein.«

»Na klar. Aber ebenso gut mag einer der Dienstboten die Tat begangen haben. Wir wollen uns einmal auf dem Grundstück umsehen.«

Beide gingen den Gang bis zum Ende. Zur Linken sahen sie den Lift, rechts führte eine Treppe zur Küche hinunter. Unter den Stufen befand sich ein großer Schrank, in dem Mäntel, Schirme und Gummiüberschuhe aufbewahrt wurden. Hagedorn öffnete die Tür zum Fahrstuhl, automatisch ging das Licht an. Dann traten die beiden ein. Der Aufzug brachte sie direkt zum obersten Geschoß, man konnte ihn zwischendurch nicht anhalten, wofür auch.

Auf einem schmalen Treppenabsatz stiegen sie aus. Links sahen sie eine Glastür, auf der mit roten Buchstaben, Notausgang, stand. Erwin drückte den Handgriff nach unten, der sofort nachgab. Soviel er sehen konnte, führte eine schmale Eisentreppe im Zickzack in den kleinen Hof hinunter.

Erwin trat wieder zurück, schloss die Tür und ging in Danners Wohnung, die von zwei Beamten durchsucht wurde.

»Ich habe bisher nichts finden können«, berichtete der eine. »Nur dies hier. Ich weiß nicht, was das bedeuten soll.« Er zeigte auf einen Stuhl, auf dem ein Paar schmutziger und zerrissener Stiefel stand. »Ich fand sie unter dem Stuhl«.

Sie befanden sich in Danners Schlafzimmer, und der Beamte machte darauf aufmerksam, dass ein kleiner Sekretär offenstand und eine Anzahl von Papieren auf dem Fußboden lag. Verschiedene Schubfächer mussten eilig ausgekramt worden sein.

»Es sieht so aus, als ob schon vor uns jemand diesen Raum durchstöbert hätte. Vielleicht hat aber Danner hastig etwas gesucht?«, fügte der Beamte hinzu.

Erwin sah wieder auf die Schuhe und schüttelte den Kopf. »Haben Sie keine Papierasche im Kamin gefunden?«

»Nein. Es riecht auch nirgends nach verbranntem Papier.«

»Hören Sie mal, Erwin«, mischte Hagedorn sich ein.

»Sie ließen doch das Haus bewachen? Seit wann standen die Leute auf dem Posten?«

»Seit etwa halb elf heute Vormittag.«

»Haben Sie auch auf der Rückseite jemanden aufgestellt?«

»Ja, einen Beamten.«

»Es ist leichter, an einem Posten vorbei zu schlüpfen, als der Aufmerksamkeit zweier Beamter zu entgehen. Wir wollen mal die Feuerleiter hinunterklettern und sehen, ob jemand auf diesem Weg hereinkommen konnte. Sie haben doch schon bemerkt, dass alle Fenster im Zimmer offenstehen? Es ist auch ein bisschen kühl.«

Erwin war diese Tatsache nicht entgangen. »Ich glaube, die Idee mit der Feuerleiter hat etwas für sich«, meinte er.

Sie wandten sich wieder dem Notausgang zu. Erwin ließ seinen Begleiter vor dem Fahrstuhl zurück, während er nach unten ging, um sich von einem Polizisten eine Taschenlampe zu leihen. Als er wiederkam, stand der Notausgang offen, und Hagedorn war verschwunden. Erwin leuchtete nach unten und entdeckte den Hauptkommissar auf dem zweiten Treppenabsatz.

»Das ist besser als Streichhölzer«, rief Hagedorn. »Sehen Sie mal hierher, Erwin.«

Der Detektiv eilte die eisernen Stufen hinunter und bemerkt, dass Hagedorn einen Gummischuh in der Hand hielt. Beim Licht der Taschenlampe untersuchte er ihn schnell. Der Schuh war alt und abgetragen, später stellte es sich heraus, dass er Eliot Danner gehörte.

»Wie mag das Ding nur hierhergekommen sein?«, fragte Hagedorn.

Sie stiegen die Feuertreppe weiter hinab, konnten aber nichts mehr finden. Die Treppe mündete unmittelbar auf dem Hof. Hagedorn ging voraus, Erwin folgte ihm und leuchtete mit der Taschenlampe, er selbst wäre fast vor eine Mauer gelaufen.

»Dort drüben ist eine Tür in der Mauer«, stellte Hagedorn fest. »Wohin mag die führen? Etwa auf die hintere Straße? Das wäre…« Plötzlich blieb er stehen. »Um Himmels willen«, sagte er leise. »Sehen Sie mal hier Erwin«, und zeigte auf den Boden.

Dicht vor ihren Füßen lag eine zusammengekrümmte Gestalt, ein Mann in zerlumpten Kleidern. An dem einen Fuß trug er einen Gummischuh, am anderen einen Lederpantoffel, sein Hut lag in einiger Entfernung auf dem Boden.

»Hier hätten wir schon den zweiten Toten«, murmelte Erwin düster. »Wer aber mag es sein?«

Hagedorn stieg über den Leichnam weg, lieh sich von Erwin die Lampe und stellte eine genaue Untersuchung an. »Er sieht wie ein Obdachloser aus. Man hat ihn aus nächster Nähe durch den Kopf geschossen, mit einer kleinkalibrigen Waffe. Er ist schon mindestens eine halbe Stunde tot. Können Sie sich das erklären?«

Erwin ging zum Haus zurück und fand eine Tür, die in die Küche führte. Er schickte einen der erschrockenen Dienstboten zum Polizeiarzt Doktor Rudolf, der oben in Ingas Büro seinen Bericht schrieb. Während er auf ihn wartete, untersuchte er die Füße des Toten. Der Mann trug weiche Lederpantoffeln, die etwas zu klein für ihn waren, und darüber hatte er offenbar die Gummischuhe gezogen.

In diesem Augenblick kam einer der Polizisten in den Hof, und Erwin schickte ihn zurück, damit er den Beamten Lindholm vom Erkennungsdienst holt. Jetzt begann er, die Kleidung des Toten sorgfältig zu durchsuchen.

In der linken Tasche des schäbigen Jacketts fand er einen kleinen Blechkasten, der einer Kindersparbüchse glich, schwarz lackiert war und ein kleines Zahlenschloss hatte. Erwin versuchte vergeblich, ihn zu öffnen.

»An dem Blech werden wir wohl seine Fingerabdrücke finden. Er hat das Ding in der Tasche getragen. Haben Sie sonst noch was entdeckt, Herr Hagedorn?«

Hagedorn hatte inzwischen Erwins Arbeit fortgesetzt, und der Detektiv hörte das Klingen von Münzen, als Hagedorn ihm den Fund zeigte. »Das ist außergewöhnlich.«

Erwin staunte, als er zehn zwei Euro Münzen sah.

»Die fand ich in seiner Westentasche, in ein Stück Papier eingewickelt. Umso sonderbarer, da der Mann doch offenbar arm war. Wie kam er zu den Münzen?«

Sie überließen dem Arzt die genaue Untersuchung des Toten und fuhren in einem zivilen Dienstwagen zum Präsidium zurück.

Dort wartete Eliot Danner schon in Erwins Büro. Er rauchte eine Zigarette und las eine Zeitung, als die beiden eintraten.

»Warum haben Sie sich noch keinen Kaffee aus dem Automaten geholt«, fragte Hagedorn.

»Ich habe kein Kleingeld bei mir«, antwortete Danner.

»Für unseren Automaten brauchen Sie kein Klein-geld«, antwortete Erwin, »einen Tritt gegen das untere Drittel des Automaten reicht, und der Kaffee läuft.«

»Ich hole uns jetzt erstmal einen.«

Hagedorn sah Erwin erstaunt an, ohne etwas zu sagen, und wandte sich an Eliot Danner,

»Haben Sie das Testament gefunden?«, fragte Danner.

»Nein«, antwortete Hagedorn, »aber wir haben ver-schiedene andere Dinge entdeckt. Wann waren Sie zu-letzt in Ihrem Schlafzimmer?«

Danner runzelte die Stirn. »Sie meinen in der Parkallee? Seit heute Morgen bin ich nicht mehr dort gewesen.«

Erwin sah ihn scharf an, er stand in der Tür mit drei Bechern Kaffee in der Hand, »Sind Sie Ihrer Sache ganz sicher?«, fragte er.

Danner nickte.

»Haben Sie in Ihrem Schreibtisch etwas gesucht?«

»Schreibtisch ? Ach, Sie meinen den kleinen Sekretär? Nein.«

»Lag etwas Wertvolles darin?«

Eliot Danner überlegte. »Ja – ich hatte etwa ein Dut-zend zwei Euro Stücke darin aufbewahrt. Es machte mir Spaß, sie zu sammeln. Übrigens fällt mir eben ein, dass ich heute Nachmittag noch einmal in mein Schlafzim-mer wollte. Die Tür war aber verschlossen. Ich dachte, die Haushälterin hätte das getan. Ab und zu macht sie das nämlich. Später hab' ich nicht mehr daran gedacht. Ist das Geld verschwunden?«

»Ich habe es hier in meiner Tasche«, erwiderte Erwin grimmig, »aber ich kann es Ihnen nicht geben.«

Unterdessen hatte er den kleinen Blechkasten aus der Tasche gezogen und ging damit zu seinem Schreibtisch. Aus der Schublade nahm er eine Büroklammer und versuchte das Zahlenschloss zu öffnen. Es dauerte auch nicht lange, bis er Erfolg hatte. Der Deckel sprang auf, und Erwin sah ein Farbkissen. »Das ist ja ein Stempelkasten«, rief er überrascht.

Hagedorn nahm die drei Gummistempel heraus und betrachtete sie verblüfft.

»Da hört doch alles auf.«

Es waren Gummistempel von Fingerabdrücken, deren Oberflächen noch Spuren von Feuchtigkeit zeigten.

»So erklären sich also die Fingerabdrücke«, sagte Erwin langsam. »Degenhardts Mörder wollte die Schuld auf einen anderen abwälzen.«

Er blickte zu Eliot Danner. »Sie müssen allerdings sehr mächtige Feinde haben.«

»Ja, ich habe einen Feind, dem viele Freunde und Helfer zur Verfügung stehen.«

Als Danner aufsah, begegnete er dem fragenden Blick Hagedorns und lächelte.

»Wollen Sie mich verarschen, Herr Danner?«, brauste Hagedorn auf und schlug mit der Faust auf den Schreibtisch. Dabei hatte er sicherlich übersehen, dass neben seiner Faust der noch halbgefüllte Kaffeebecher stand. Jetzt war dieser leer, lag auf der Seite und die braune Flüssigkeit verteilte sich gleichmäßig auf seiner Schreibtischunterlage und den darauf befindlichen Akten. »Was für eine Scheiße ist das alles heute«, sprach er etwas lauter, nahm ein paar Papiertaschentücher und versuchte die Akten zu trocknen. Jetzt bemerkte er auch, dass die Hälfte der Flüssigkeit langsam vom Schreibtisch auf seine Hose tropfte.

Erwin sah das Malheur und konnte sich ein schelmisches Grinsen nicht verkneifen, »Ich muss mal eben zur Toilette«, sagte er schnell und verschwand durch die Tür.

Der arme Eliot Danner saß jetzt allein vor Hagedorn und grinste ebenfalls.

»Was grinsen Sie so dämlich«, sprach Hagedorn ihn an, »Sorgen Sie sich lieber darum, mir die Wahrheit zu sagen.«

***

5

Um drei Uhr morgens hielten die höheren Beamten vom Polizeipräsidium eine Konferenz ab. Es war ein Zeichen für die Hochachtung, die man Hagedorn entgegenbrachte, dass man ihn dazu einlud.

Der Leiter des Erkennungsdienstes konnte einige interessante Tatsachen melden. »Der Obdachlose ist identifiziert worden. Es handelt sich um einen gewissen Wilhelm Pohlmann. Er war einige Male wegen Landstreicherei und kleiner Diebstähle vorbestraft.«

Hagedorn schüttelte nachdenklich den Kopf. »Der Mann hat keinen Mord begangen. Ich habe noch niemals einen Tramp getroffen, der sich ein solches Verbrechen hätte zuschulden kommen lassen. Möglich ist allerdings, dass er die Fingerabdrücke mit den Stempeln gemacht hat. Wie mag er in den Hof gelangt sein?«

»Meiner Meinung nach hat Degenhardts Mörder auch diesen Pohlmann erschossen«, meinte einer der Inspektoren. »Ich erkläre mir die Sache so, dass der arme Kerl als Werkzeug diente und dass man ihn nachher aus dem Weg räumte, um einen lästigen Zeugen los zu sein. Der Arzt schreibt ja in seinem Bericht, dass der Mann mit einer Kleinkaliber-Pistole aus kürzester Entfernung erledigt worden wäre. Haben Sie übrigens Eliot Danner aus der Haft entlassen?«

Erwin nickte. »Ja. Nach Auffindung der Gummistempel konnten wir ihn nicht gut in Gewahrsam behalten. Die einzig haltbare Erklärung ist, dass Pohlmann schon früher am Tag in das Haus einbrach, und zwar, bevor die Polizei auf der Bildfläche erschien. Er muss sich in Danners Schlafzimmer versteckt haben. Er trug übrigens Danners Hausschuhe und Überschuhe. Wir haben auch festgestellt, dass seine Stiefel im Schlafzimmer standen. Ich kann nur nicht verstehen, warum er eine derartig gewagte Sache übernahm. Danner ist doch den ganzen Tag in der Wohnung aus und ein gegangen.«

»Wäre es nicht möglich, dass Danner ihn absichtlich in seine Wohnung kommen ließ?«, warf Hagedorn ein.

Alle Anwesenden sahen den Hauptkommissar erstaunt und mit großen Augen an.

»Warum sollte er das getan haben?«, fragte Erwin, »um Verdachtsmomente gegen sich selbst zu häufen?«

»Es klingt zunächst unlogisch«, entgegnete Hagedorn liebenswürdig. »Vielleicht bin ich auch um diese späte Nachtzeit schon ein bisschen müde und abgespannt. Eines aber ist sicher, der erste Schuss in diesem Kampf ist gefallen. Und morgen früh werden die Zeitungen die Geschichte von dem Drohbrief und von der Forderung der fünfzigtausend Euro bekanntmachen. Durch Degenhardts tragischen Tod will man die Leute in Schrecken und Angst versetzen. Fragt sich nur, ob auch der andere Plan zur Ausführung gelangt. Ich glaube schon.«

Erwin Müller lachte. »Sie sprechen in Rätseln, Herr Hagedorn.«

»Leicht möglich.«

»Haben Sie schon mal darüber nachgedacht, meine Herren, das wir es hier eventuell auch mit einer Organspende Maffia zu tun haben?«, fügte Erwin hinzu und verabschiedete sich höflich.

Erwin ging in sein Büro zurück und setzte sich an seinen Schreibtisch. In der Stille der Nacht versuchte er all die verschiedenen Tatsachen in einen fassbaren Zusammenhang zu bringen, was ihm aber einstweilen nicht gelang. Er hielt den Kopf in die Hände gestützt und war fast am Einschlafen, als plötzlich das Telefon läutete.

Der Beamte in der Zentrale meldete, »Eine Dame möchte Sie sprechen. Meiner Meinung nach kommt der Anruf aus einer Telefonzelle.«

Gleich darauf hörte der Detektiv eine ängstliche, ziemlich gewöhnliche Stimme, »Sind Sie Herr Erwin Müller, der Detektiv?«

»Jawohl, hier Erwin Müller.«

»Entschuldigen Sie bitte die Störung. Ich möchte nur fragen, ob Frau Lange bald nach Hause kommt. Ich ängstige mich ein bisschen um sie.«

»Frau Lange?« Erwin richtete sich erstaunt auf. »Die hat doch schon längst Feierabend gemacht und ist in ihre Wohnung zurückgekehrt.«

»Ja, ja – das stimmt. Aber nachher ist sie durch einen Beamten der Polizei wieder abgeholt worden. Es muss ein Amerikaner gewesen sein. Man hat ihr gesagt, dass sie zu Ihnen kommen soll.«

»Wann war das?«, fragte Erwin rasch.

Die Frau meinte, es könne um zehn gewesen sein, genau wusste sie das nicht mehr.

»Wo wohnen Sie denn?«

Sie nannte eine kleine Straße in der Innenstadt und die Hausnummer.

»In fünf Minuten bin ich bei Ihnen. Warten Sie an der Haustür auf mich.«

Erwin raste die Treppe hinunter. Etwa zehn Minuten später stand er schon im Wohnzimmer der Anruferin.

Aber sie konnte kaum mehr erzählen, als sie schon telefonisch berichtet hatte. Als jemand an der Haustür klopfte, hatte sie geöffnet und einen Mann vor sich gesehen. Auf der Straße wartete ein Wagen mit Chauffeur. Der Mann erklärte, dass er vom Polizeipräsidium geschickt worden sei und Detektiv Müller ließe Frau Lange bitten, sofort ins Präsidium zu kommen.

»Würden Sie den Mann wiedererkennen?«, fragte Erwin mutlos.

Die Frau hielt das kaum für möglich. Es war eine sehr dunkle Nacht, und sie hatte nicht besonders auf ihn geachtet. Inga war eingestiegen, und das Auto hatte sich in Richtung Innenstadt entfernt. Zufällig hatte sich die Frau die Nummer gemerkt, HH-XY-333.

Erwin nahm sein Handy, setzte sich mit dem Präsidium in Verbindung und nannte die Nummer. »Finden Sie heraus, wer der Eigentümer des Autos ist. Das Überfallkommando soll mir einen Wagen mit Mannschaft zur Verfügung stellen.«

Als er in das Präsidium zurückkam, war sein Auftrag ausgeführt. Das Auto gehörte zur Firma City-Car, einem

Kfz-Verleih in Hamburg. Wer den Wagen gemietet hatte, konnte nicht gleich festgestellt werden. Aber nach einiger Zeit wurde gemeldet, dass es ein Arzt war. Während er einen Besuch machte, war ihm das Auto gestohlen worden.

»Soweit wäre die Sache also aufgeklärt«, stöhnte Erwin. »Schicken Sie eine Nachricht an alle Polizeistationen, dass sie sich nach dem betreffenden Wagen umsehen und seine Insassen festnehmen sollen.«

Fieberhafte Tätigkeit setzte ein. Eine Abteilung des Überfallkommandos nach der anderen wurde abgesandt. Sie fuhren in alle Himmelsrichtungen. Als der Tag langsam dämmerte, entdeckte eine Motorradstreife auf einem Feld in der Nähe vom Bürgerpark einen verlassenen Wagen, der die gesuchte Nummer trug. Der Beamte riss die Tür auf und sah eine junge Dame in der Ecke des Wagens. Es war die fest schlafende Inga Lange.

***

6

Erst als sich die Geschwindigkeit des Autos mehr und mehr steigerte und einer ihrer beiden Begleiter sich zu ihr umdrehte, erkannte Inga Lange, dass ihr Gefahr drohte.

»Was wollen Sie von mir«, fragte sie energisch.

»Bleiben Sie ruhig sitzen und reden Sie nicht. Wenn Sie meiner Aufforderung folgen, passiert Ihnen nichts, verstanden?«

Sie fiel beinahe in Ohnmacht, als sie merkte, dass sie das Opfer einer Entführung geworden war.

»Wohin fahren wir?«, fragte sie, erhielt aber keine Antwort.

Sie mochten ungefähr eine Stunde unterwegs gewesen sein, als der Wagen plötzlich um eine Ecke bog. Kurze Zeit ging es auf einer unebenen Straße weiter, dann fuhren sie noch einmal nach links und hielten an. Einer der Begleiter zog ein Tuch aus der Tasche und verband Inga die Augen, was sie sich ruhig gefallen ließ. Man half ihr aus dem Wagen und führte sie über einen mit Steinplatten belegten Weg zu einem Haus. Schließlich hatte sie den Eindruck, in einem Zimmer zu stehen, in dem sich noch mehrere Leute befanden. Scharfer Zigarrenrauch kam ihr entgegen.

»Sagen Sie ihr, dass sie sich setzen soll«, bemerkte jemand. Als sie der Aufforderung nachkam, sprach er sofort weiter, »Also, nun erzählen Sie mal. Ich fordere Sie auf, die Wahrheit zu sagen und alle Fragen zu beantworten. Wenn Sie das tun, geschieht Ihnen nichts.« Der Mann sprach mit einer hohen, rauen – offenbar verstellten – Stimme.

Sie war von panischem Schrecken ergriffen, aber sie fühlte, dass es keinen Zweck hätte, hier Widerstand zu leisten oder etwas zu verheimlichen. Deshalb erzählte sie der Wahrheit entsprechend, was geschehen war, und beantwortete alle Fragen ohne Zögern.

Die Leute schienen sich besonders für Eliot Danner zu interessieren, denn ihre Erkundigungen richteten sich hauptsächlich auf ihn. Sie wollten wissen, wo er war, als sich die Geschichte abspielte, und ob man seine Fingerabdrücke gefunden hätte. Als sie den Revolver erwähnte, lachte einer der Anwesenden, doch der Mann, der Inga ausfragte, wies ihn ärgerlich zurecht.

Später herrschte Ruhe. Das Verhör hatte zwei Stunden gedauert. Dann brachte man ihr heißen Kaffee, wofür sie dankbar war.

»Es ist alles in Ordnung, mein Kind«, sagte der Mann schließlich. »Sie können der Polizei über Ihr Erlebnis berichten. Aber erzählen Sie den Beamten nur die absolute Wahrheit.«

Inga wurde wieder zum Auto geführt. Dann erinnerte sie sich noch dunkel daran, dass ein anderer Wagen dauernd dem ihren folgte. Sie fiel in einen tiefen Schlaf und erwachte erst, als die beiden Polizisten der Motorradstreife sie weckten.

Inzwischen war man dem Vorleben des Landstreichers Wilhelm Pohlmann nachgegangen. Er hatte in einem billigen Quartier gewohnt, war aber in den beiden letzten Nächten vor dem Mord nicht in seinem Zimmer gewesen. Er wurde als zurückhaltender, stiller Mann bezeichnet, der nie mit anderen über seine Verhältnisse gesprochen hatte.

Während der Nacht hatte der Polizeioberinspektor mit dem Morddezernat Hamburg regen Email Verkehr und erreicht, dass Hauptkommissar Hagedorn zeitweise dem Beamtenstab in Hamburg, unter der Leitung von Hauptkommissar Thalheimer zugeteilt wurde. Hagedorn hatte dann den nächsten Vormittag in Degenhardts Haus mit Untersuchungen zugebracht. Als er in sein Büro zurückkehrte, fand er Erwin Müller bei der Lektüre einer Zeitung.

»Nun, haben Sie etwas entdeckt?«, fragte Erwin.

Hagedorn nickte. »Der alte Degenhardt hatte eine kleine Küche für Eliot Danner einrichten lassen, und dort fand ich einen Gasofen.« Er zog einen Briefumschlag aus der Tasche, öffnete ihn behutsam und nahm einen dünnen Draht von ungefähr fünfzehn Zentimeter Länge heraus. »Der war um einen der Brenner gewickelt. Und draußen, auf dem Podest der Feuertreppe, ist erst vor Kurzem ein Haken in die Wand geschlagen worden, um etwas daran zu befestigen.«

»Und was schließen Sie daraus?«, entgegnete Erwin erstaunt fragend.

Hagedorn rieb sich nachdenklich das Kinn. »Eine ganze Menge. Welche Windrichtung hatten wir gestern Nacht?«

Erwin nahm die Zeitung und suchte nach dem Wetterbericht. »Mäßigen Nordwestwind.«

»Großartig. Am meisten war ich nämlich über das Verschwinden der Pistole erstaunt, mit der der Obdachlose erschossen wurde.« Hagedorn lehnte sich über den Tisch und sprach nachdrücklich weiter, »Es gab nur einen Weg, die Pistole wegzubringen. Ich ahnte sofort, wie es die Leute angestellt hatten, als ich von einem Dienstmädchen des Nachbarhauses erfuhr, dass jemand ihr Fenster eingeschlagen habe, und zwar ein paar, Minuten nachdem der Mord passiert war. Ich meine, die Erschießung des Landstreichers.«

Er nahm einen Kugelschreiber aus der Tasche und zeichnete einen rohen Plan. »Also, hier ist der Hof. An einer Seite grenzt er an das nächste Grundstück. Das betreffende Dienstmädchen schläft im vierten Stock. Sie war früh ins Bett gegangen, weil sie am nächsten Morgen zeitig hatte aufstehen müssen. Als sie gerade im Begriff war einzuschlafen, wurde ihr Fenster von draußen eingeschlagen. Das ist natürlich nur ihre Auffassung. Ich bin der Ansicht, dass es von einem Gegenstand getroffen wurde. Die vierte Etage des Nachbargebäudes liegt etwa ein Stockwerk höher als das Dach von Degenhardts Haus. Als ich von diesem Vorfall hörte und als ich den Draht um den Gashahn und den Haken in der Mauer fand, ließ ich in allen Geschäften in Bremen nachfragen, die Gasballone verkaufen. Ich wollte herausfinden, wer in der letzten Zeit einen ziemlich großen Spielballon verkauft hatte, der in gefülltem Zustand ein paar Pfund tragen konnte.«

Erwin starrte ihn verwundert an. »Ich hab' allerdings gehört, dass so etwas früher schon einmal gemacht wurde.«

»Nun hören Sie's zum zweiten Mal, Herr Müller. Der Ballon wurde in der kleinen Küche gefüllt, das Ende wurde um den Gasbrenner gebunden – der Gasdruck ist in jener Gegend ziemlich stark. Kurz vor dem Mord wurde der Ballon abgebunden und mit einer Schlinge an dem neu eingeschlagenen Haken befestigt. Nachdem Pohlmann hinterrücks erschossen worden war, band der Täter die Pistole an den Ballon und ließ ihn steigen. Der Wind muss ziemlich stark gewesen sein. Als der Ballon in die Höhe stieg, wurde er schnell abgetrieben, und die Pistole schlug gegen die Fensterscheibe des Zimmers vom Dienstmädchen. Also – nun habe ich Ihnen etwas von meinen Methoden gezeigt«, beendete Hagedorn ironisch seine Erklärung.

Erwin dachte ein paar Minuten nach und antwortete fragend:

»Aber warum soll ein Mörder seine Waffe mit einem Ballon abtransportieren und nicht einfach in die Weser werfen, um sie verschwinden zu lassen«.

»Trotz alledem, Herr Hagedorn, wenn Ihre Theorie stimmt, muss der Mörder die Feuerleiter in die Höhe gestiegen sein, nachdem er Pohlmann niedergeschossen hatte.«

Hagedorn nickte bedächtig. »Da haben Sie recht, mein Junge.«

»Glauben Sie immer noch, dass Eliot Danner der Mörder ist?«

Hagedorn lächelte. »Es handelt sich hier nicht mehr um glauben. Ich weiß bestimmt, dass er der Täter ist.«

»Sie nehmen wirklich an, dass er Spuren hinterließ, die ihn verdächtigen könnten?«, fragte Erwin.

»Nun, Sie sehen doch, Er ist auf freiem Fuß. Man hat keinerlei Beweise gegen ihn, aufgrund deren man ihm den Prozess machen könnte. Die Gummistempel mit seinen Fingerabdrücken sprechen sogar zu seinen Gunsten. Ich glaube nicht, dass es möglich wäre, eine Verurteilung Danners zu erreichen. Ich habe schon früher gesagt, dass er ein ausgezeichneter Psychologe ist. Nehmen wir mal an, wir hätten keine Fingerabdrücke und keine Schusswaffe gefunden. Auf wen wäre der Verdacht gefallen? Doch nur auf Eliot Danner. Degenhardts Testament ist verschwunden, und er darf als einziger Erbe gelten. Er hat sehr schlau gehandelt, indem er den Verdacht auf sich lenkte, da er ihn ja gleich wieder zerstören konnte. Wie weit sind wir hier von der Nordsee entfernt?«

»Ungefähr achtzig Kilometer«, antwortete Erwin.

Heiner nickte. »Er macht niemals einen Fehler. Der Gasballon, den er benutzt hat, konnte sich mindestens einige Stunden in der Luft halten. Die Pistole werden wir also nicht zu sehen bekommen, die ist wahrscheinlich irgendwo ins Meer gestürzt.«

»Wir hatten übrigens keine weiteren Klagen von Leuten, die man erpressen wollte«, bemerkte Erwin.

»Die kommen schon noch. Die Bande lässt nur eine gewisse Zeit verstreichen – aus taktischen Gründen.« Der Hauptkommissar sah auf die Uhr. »Ich gehe jetzt in die Musik-Bar. Ich hab' so eine Ahnung, als ob ich dort interessante Dinge erfahren könnte.«

»Ok«, sagte Erwin, »machen Sie das, ich fahre jetzt erstmal zum Bahnhof um eine vernünftige Bratwurst zu essen.«

»Sie essen wohl nur noch, Erwin, oder?, Wie viel wiegen Sie denn jetzt?«

»Sie meinen ich hätte zugenommen«, lächelte er Hagedorn an, »Das glauben Sie doch selbst nicht, dass ich bei diesem Stress hier zugenommen haben könnte.«

»Tschüss, bis später«, fügte Erwin noch hinzu und verschwand durch die Tür.

Die Musik-Bar galt als Treffpunkt für Musiker und Bands, und ein paar Rocker, die sich in Bremen aufhielten. Der große, moderne Raum war ziemlich besucht, als Hagedorn dort eintraf und aus der Musikbox ertönte gerade »Satisfaction«, von den Rolling Stones. Er ließ sich an einem kleinen Tisch nieder und wartete.

An der Theke standen ein paar Rocker und hatten einige Gläser mit Bier vor sich stehen. »Los, geht's«, rief der eine und alle kippten sich das Bier in den Hals, als wenn sie am Verdursten wären. Der kleine Dicke rechts außen an der Theke stellte sein leeres Glas als erster wieder mit einem lauten Gegröle auf die Theke, »Herr Wirt, die nächste Runde, aber zack, zack.«
Eine große Klappe hat der Kleine ja, dafür wird sein Gehirn im Verhältnis dazu viel kleiner ausfallen, dachte

Hagedorn und lächelte bei diesem Gedanken, je kleiner desto lauter.

Es war beinahe Mitternacht, als Michael Michelsen gemächlich in die Bar schlenderte, er hatte das knochige Kinn vorgereckt und trug das übliche freundliche Lächeln zur Schau, nahm seine Sonnenbrille ab und sah sich gelangweilt um. Er übersah Hagedorn allem Anschein nach und ging wieder zur Tür.

Hagedorn trank seinen Cocktail aus, winkte dem Kellner und steckte die Hand in die Tasche. Er hatte nicht die Absicht zu gehen, er wollte nur Michael herbeilocken.

»Aber Herr Hauptkommissar, warum brechen Sie schon auf?« Michael Michelsen kam liebenswürdig auf Hagedorn zu, streckte die mit Brillantringen geschmückte Hand aus und drückte herzlich die Rechte des Beamten. »Sie gehen doch hoffentlich noch nicht? Ich möchte ein wenig mit Ihnen plaudern.« Er setzte sich. »Es ist doch wirklich schlimm, dass der Alte so sterben musste. Ich wette mit Ihnen, dass Eliot die Sache ziemlich an die Nieren gegangen ist. Ich glaube, er trauert um seinen Onkel.«

»Sie reden ja wie ein Buch. Wo haben Sie denn all die Ausdrücke her?«

»Ach, das hab' ich so irgendwo gelesen«, erwiderte Michael unverschämt. »Hat der Alte ihm nicht sein Vermögen hinterlassen? Nun, er braucht das Geld ja auch dringend. Es fehlte ihm gerade noch eine Million.«

»Es wird Monate dauern, bevor er einen Cent von der Erbschaft anrühren kann.«

»Ach?« Michael Michelsen runzelte die Stirn. »Daraufhin kann man sich aber doch Geld borgen? Soviel ich weiß, war Eliot heute morgen schon bei verschiedenen Banken und Sparkassen.«

Hagedorn zeigte höfliches Interesse. »Sagen Sie mal, was für ein Geschäft betrieb er eigentlich, als er noch in Amerika war?«

Michael schüttelte missbilligend den Kopf. »Ich kenne den Mann kaum, und ich weiß nicht, warum Sie immer von Geschäften reden.« Er sprach vollkommen ruhig und blickte den Hauptkommissar offen an. »Es sieht so aus, als ob einige Gangster hier Fuß fassen wollen«, fuhr er fort, »Hat schon jemand Eliot aufgefordert, eine Summe zu zahlen? Er ist ja jetzt ein schwerreicher Junge geworden«, ist doch eigenartig, oder?«

»Sagen Sie mir lieber, was er früher getrieben hat«, wiederholte Hagedorn. Er hoffte allerdings nicht auf eine befriedigende Antwort, denn ein Gangster, spricht nicht einmal über die Geschäfte seiner schlimmsten Feinde.

»Er verkehrte in Spielerkreisen. Meiner Meinung nach hat er da sein Geld gemacht.«

Hagedorn lehnte sich über den Tisch und sprach leise, »Michael, Sie erinnern sich doch noch daran, dass einer von Ihren früheren Leuten erschossen wurde? Man lauerte ihm auf, als er eines Morgens aus der Messe kam. Der war doch ein Freund von Ihnen, oder?«

Ein harter Ausdruck zeigte sich in Michaels Blick, aber das Lächeln verschwand nicht aus seinem Gesicht. »Ich kannte den Mann.«

»Er gehörte zu Ihren Leuten. Wer hat ihn denn niedergeknallt?«

»Wenn ich das wüsste, hätte ich es doch der Polizei gesagt. Er war ein feiner Kerl. Schade, dass der dran glauben musste.«

»Hatte Eliot etwas mit der Sache zu tun?«

Michael schüttelte gelangweilt den Kopf. »Ach, welchen Zweck hat es denn, so alberne Fragen zu stellen, Herr Hauptkommissar? Ich habe Ihnen doch bereits erklärt, dass ich nichts über ihn weiß. Er scheint ein ganz netter Kerl zu sein, und ich möchte kein Wort gegen ihn sagen, besonders jetzt nicht, da er in Trauer ist.«

Hagedorn bemerkte den schnellen Seitenblick, mit dem ihn der andere betrachtete, und deutete ihn auf seine Weise.

»An einem der nächsten Tage fahre ich nach Paris«, fuhr Michael fort. »Wenn man amerikanische Gangstermethoden in Bremen und Hamburg einführt, möchte ich lieber nicht hier sein. Bremen ist ja wohl auch der letzte Ort, an dem man so blöde Schießereien erwarten sollte. Stimmt es übrigens, dass Sie jetzt auch in Hamburg angestellt sind?«

»Wer hat Ihnen denn das erzählt?«, fragte Hagedorn.

»Ach, man spricht darüber, dass Sie für einige Zeit ausgeliehen worden sind.« Michael legte eine Hand auf die Schulter des Beamten. »Ich mag Sie im Grunde sehr gern. Sie sind ein tüchtiger Mann, und an Ihrer Stelle würde ich mich nicht hier herumtreiben. Wissen Sie, Sie könnten tatsächlich Besseres anfangen und ordentlich Geld verdienen. Einer meiner Freunde hat dringend einen Detektiv nötig und zahlt hunderttausend Dollar, wenn ich ihm einen brauchbaren nachweise. Zu tun hätte der nicht weiter viel, braucht nur ruhig dazusitzen und nichts zu merken, wenn was passiert. Wahrscheinlich könnten Sie meinem Freund sehr viel nützen.«

»Will sich Ihr Freund scheiden lassen? Oder will er sich nur vorm Knast retten?«, fragte Hagedorn direkt.

»Sagen Sie bitte Ihrem Bekannten, mit mir wäre in dieser Hinsicht nichts anzufangen. Teilen Sie ihm aber auch mit, dass ich mit zwei Pistolen schießen kann, falls sie versuchen sollten, mich auf andere Weise taub und stumm zu machen. Sie müssen verdammt schnell sein, wenn sie mir zuvorkommen wollen, Michelsen.«

Michael seufzte. »Sie reden wie ein Filmstar aus Hollywood.« Er winkte dem Kellner, zahlte, nickte Heiner freundlich zu und schlenderte dann zur Bar.

Hagedorn machte sich auf den Weg zu seinem Hotel, passte aber unterwegs genau auf. Nichts entging seiner Aufmerksamkeit. Er wusste, dass es noch vor Ende der Woche allerhand Aufregung in Bremen oder Hamburg, oder in beiden Städten geben würde.

Warum Heiner Hagedorn immer noch im Hotel wohnt, hatte er seiner Arbeit zu verdanken. Seine Frau hat sich von ihm getrennt, weil sie die unzumutbaren Arbeitszeiten nicht hinnehmen wollte. Das ist nun schon fast zwei Jahre her. Es wird Zeit, dass ich mir ein kleines Appartement zulege, dachte er manchmal. Im Hotel zu leben ist zwar bequem, aber man ist immer ein Fremder und allein mit seinen Gefühlen und Sorgen. Manchmal ließ er sich eine Prostituierte aufs Zimmer kommen, doch außer das er sein Herz ausschüttete und seine Sorgen preisgab, tat sich nichts. Er spürte schon mal die Lust auf ein schönes, liebevolles sexuelles Abenteuer, aber nicht mit einer Prostituierten, sondern in einer festen Beziehung, mit allem Drum und dran. Es wird Zeit, dachte er weiter, sonst bin ich später im Rentenalter allein oder im Altersheim verschollen.

Im Speisesaal seines Hotels traf er mehrere Bekannte, die über Degenhardts Ermordung sprachen. Keiner schien jedoch die Tragweite der Ereignisse zu begreifen. Keiner erkannte, wie sehr sie in ihrer eigenen Sicherheit bedroht waren.

Während des Essens wurde Hagedorn ans Telefon gerufen. Erwin meldete sich.

»Ich komme zu Ihnen ins Hotel. Die Dinge entwickeln sich. Können wir in Ihrem Zimmer miteinander sprechen?«

»Natürlich«, erwiderte Hagedorn.

Er erwartete den Detektiv in der Halle und fuhr dann im Lift mit ihm nach oben.

»Hier haben wir einen weiteren Brief.« Erwin nahm ein zusammengefaltetes Blatt aus der Brieftasche. Es hatte genau dieselbe Größe wie das an Degenhardt gerichtete Schreiben, war aber in grüner Farbe gedruckt und hatte einen anderen Wortlaut.

Erwin begann vorzulesen:

Sehr verehrter Freund. Es ist unser Bestreben, Ihnen und Ihren Kindern Sicherheit und Wohlergehen zu garantieren. Wir sind eine Vereinigung entschlossener Männer, die Sie gegen Ihre Feinde und selbst gegen Ihre

Freunde schützen will. Sie brauchen sich nicht mehr um Diebe oder andere Verbrecher zu kümmern, wenn Sie uns Ihr Vertrauen schenken. Sind Sie gewillt, unsere Hilfe in Anspruch zu nehmen, so stellen Sie heute Abend zwischen acht und halb neun eine Kerze in das Fenster Ihres Speisezimmers. Wir bieten Ihnen unsere Hilfe für tausend Euro an, die Sie innerhalb der nächsten drei Tage zu zahlen haben. Falls Sie unsere Dienste ablehnen, so laufen Sie und Ihre Kinder in eine Gefahr für Leib und Leben. Sollten Sie diese Mitteilung der Polizei übergeben, so sind Sie ein Mann des Todes. Stecken Sie tausend Euro in einen Briefumschlag. Wenn Sie uns durch die Kerze Ihr Einverständnis mitgeteilt haben, erhalten Sie sofort telefonisch eine Anweisung, wie Sie uns die Zahlung zukommen lassen sollen.

Das Schreiben war unterzeichnet mit, »Gesellschaft für Schutz und Sicherheit.«

»Die drucken ihre Briefe also mit grüner Farbe«, meinte Hagedorn und kräuselte seine Nase. Es fehlt noch das er gleich grunzt, dachte Erwin.

»Die beiden Banden sind nun an der Arbeit, die »Green Letters«, wie die »Blue Letters«. Wer hat diese Nachricht bekommen, Erwin?«

»Herr Sallmann, ein sehr reicher junger Mann. Er wohnt in der Oberneulander Straße und erhielt den Brief heute Morgen mit der Post. Wir haben nicht erfahren, ob noch anderen Personen derartige Aufforderungen zugeschickt wurden. Sallmann jedenfalls hat uns das Schreiben sofort übersandt, und wir haben daraufhin sein Haus unter Bewachung gestellt.«

»Ist er persönlich ins Präsidium gekommen?«

»Nein, das haben wir vermieden. Er setzte sich telefonisch mit uns in Verbindung und schickte den Brief dann durch einen Boten.«

Hagedorn lächelte ironisch. »Die werden trotzdem schon alles wissen. Welchen Rat haben Sie ihm gegeben?«

»Eine Lampe ins Fenster zu stellen. Wir werden heute Abend einen Beamten in seine Wohnung schicken, der das Telefongespräch entgegennehmen soll.«

Das machte wenig Eindruck auf Hagedorn.

»Ich sage Ihnen, Die Bande weiß längst, dass sich Sallmann mit der Polizei in Verbindung gesetzt hat. Was für ein Typ ist er denn?«

Erwin verzog das Gesicht mit einem Grinsen. »Hat Geld wie Heu und einen etwas merkwürdigen Geschmack. Er ist Junggeselle. Ich glaube, er führt ein ziemlich ausschweifendes Leben.«

Hagedorn nickte. »Er wird von Glück sagen können, wenn er nicht bald eine Kugel zwischen die Rippen bekommt.«

***

7

Inga ging am nächsten Morgen ziemlich früh ins Büro. Sie war sehr niedergeschlagen und fühlte sich einsam und verlassen, denn sie hatte ihre Stellung verloren, oder würde sie noch am Ende der Woche verlieren.

Die Polizei hielt das Haus noch besetzt. Man hatte die Bibliothek methodisch durchsucht, der Inhalt des Schreibtisches und der Schränke war von zwei in solchen Dingen erfahrenen Beamten überprüft worden.

Es gab daher für Inga viel zu tun, Sie musste Ordnung schaffen, den Postverkehr sortieren und Listen aufstellen. Zwei Stunden lang blieb sie bei dem Polizeibeamten, der die Hauptarbeiten in der Bibliothek beaufsichtigte, und erklärte die Bedeutung der einzelnen Dokumente, die man im Schreibtisch gefunden hatte.

Später brachte der Butler Danes ihr Tee. Auch er hatte einen aufregenden Morgen hinter sich.

»Ich wollte noch wegen des Testamentes mit Ihnen sprechen«, sagte er. »Wir haben es doch unterzeichnet. Die Polizei hat mich gefragt, was drin stand.«

»Das wussten Sie doch nicht?«, entgegnete sie lächelnd. »Also konnten Sie es den Beamten auch nicht erzählen.«

Er schien nicht ganz damit einverstanden. »Es ist merkwürdig«, sagte er, »dass Herr Degenhardt die Schublade abgeschlossen hat, als er das Testament hinein legte. Erinnern Sie sich noch? Er ließ uns noch einmal kommen, weil er Ihnen Geld vermacht hatte, das wäre aber durch Ihre Unterschrift hinfällig geworden. Ich habe deshalb die Köchin rufen müssen, und die hat an Ihrer Stelle unterzeichnet. Er selber hat dabei nicht mehr aufs Neue unterschrieben. Er sagte, die Sache wäre auch so rechtmäßig. Und nachher hat er die Schublade abgeschlossen und den Schlüssel eingesteckt. Als später die Polizeibeamten die Bibliothek durchsuchten, war die Schublade unverschlossen. Das ist für mich eigentlich unverständlich.«

»Nun, das ist doch kein großes Wunder, Danes«, erwiderte sie gutmütig. »Herr Degenhardt kann das Testament wieder herausgenommen und anderswo verwahrt haben.«

»Das habe ich Herrn Danner auch gesagt. Er hat mich nach vielen Dingen gefragt. Eben vorhin hat er heruntertelefoniert, ob Sie im Büro wären, und …«.

In diesem Augenblick öffnete sich die Tür, und Eliot Danner trat ein. Er grüßte Inga mit seinem ruhigen, freundlichen Lächeln und wartete, bis der Butler das Zimmer verlassen hatte. »Sie hatten gestern Abend noch ein recht aufregendes Erlebnis. Es tut mir leid. Würden Sie so liebenswürdig sein und mir noch einmal berichten, wie alles vor sich ging?«

Sie erzählte ihr seltsames Abenteuer.

»Nun – es ist Ihnen weiter nichts geschehen. Das ist tröstlich. – Ich möchte Sie gern noch etwas fragen wegen des Testaments, das Sie unterzeichnet haben. Sie haben nicht gesehen, was in dem Schriftstück stand? Ich meine, wer als Erbe eingesetzt war?«

Sie schüttelte den Kopf. »Es ist doch sehr wahrscheinlich, dass Sie der Erbe sind?«

»Das halte ich eigentlich für ziemlich ausgeschlossen. Mein Onkel hat mich nie leiden mögen, und auch ich habe ihn nicht besonders gern gehabt. Kennen Sie Hauptkommissar Hagedorn?«

Der Name kam Inga bekannt vor, aber sie konnte sich nicht entsinnen, den Mann schon gesehen zu haben.

»Ein tüchtiger, intelligenter Mensch – aber manchmal hat er merkwürdige Ideen. Er glaubt zum Beispiel, ich hätte meinen Onkel erschossen.« Danner öffnete die Tür zur Bibliothek, sah, dass die Beamten bei der Arbeit waren, und schloss sie sofort wieder. »Die sind ja heftig bei der Sache. Ich bin nur gespannt, ob sie das Testament finden. Ich nehme wenigstens an, dass das Schriftstück, das Sie unterzeichnen mussten, ein Testament war. Es besteht allerdings auch die Möglichkeit, dass es sich um ein Dokument anderer Art handelte.« Er lehnte den Kopf gegen die Tür. »Übrigens wäre es mir lieb, wenn Sie hierbleiben und die Papiere und Bücher meines Onkels ordnen. Am besten stellen Sie zunächst mal einen Katalog von der Bibliothek her? Es dürfte ziemlich lange dauern, bis Sie damit fertig sind. Ich schätze, sechs Monate. Dann will ich sehen, dass ich Ihnen eine andere Stellung verschaffe.«

Er sah sie lange an, ohne zu sprechen. »Falls Sie das vermisste Testament finden sollten«, sagte er dann, »so wäre ich Ihnen zu Dank verpflichtet, wenn sie es sofort mir übergeben – nicht der Polizei. Ich verspreche Ihnen fünfzigtausend Euro, wenn Sie das tun.« Er lächelte. »Das ist ein ansehnlicher Betrag – nicht wahr? Und Sie würden ihn auf ehrliche Weise verdienen.«

Eliot ging langsam auf Inga zu und öffnete seine Hose. Zuerst den Gürtel dann den Reißverschluss. Seine Hose rutschte langsam auf die Füße. Inga erkannte sein Vorhaben, wie im Rausch drehte sie ihm den Rücken zu und stützte sich mit beiden Armen auf den Schreibtisch. Langsam schob er ihren Rock hoch und streifte den Slip nach unten. Inga war die ganzen Tage schon geil und ließ es über sich ergehen. Er drang behutsam in sie ein.

Sie atmete schwer. »Aber, Herr Danner«, stöhnte sie, oh … ja … schneller. Fast gleichzeitig kamen beide zum Höhepunkt.

Nach einer kurzen Verschnaufpause zogen sich beide wieder an und Eliot kam wieder zum Thema.

»Ich meine das vollkommen ernst, nur möchte ich Sie bitten, Herrn Müller nichts davon zu erzählen. Sie stehen jetzt in meinen Diensten – hoffentlich sind Sie mir nicht böse, weil ich diese Tatsache kurz erwähne –, und ich bin sicher, dass ich mich auf Sie verlassen kann.« Er ging hinaus und schloss geräuschlos die Tür.

Lange Zeit saß Inga da und starrte geistesabwesend vor sich hin. Fünfzigtausend Euro.

Plötzlich erinnerte sie sich an etwas. Merkwürdig, dass sie nicht schon vorher daran gedacht hatte. Sie läutete nach dem Butler, der gerade nicht in Reichweite war.

»Wann haben Sie gestern Abend den Briefkasten geleert?«, fragte sie ihn.

Der Butler überlegte einen Augenblick. »Gegen halb acht.« Es stand ein großer Mahagonikasten in der Bibliothek, und alle Briefe mussten dort hineingeworfen werden, mit Ausnahme der Post Eliot Danners. »Herr Degenhardt klingelte gestern Abend, und ich nahm die Briefe heraus.«

»Wissen Sie zufällig, wie viele es waren?«

Der Butler war sich seiner Sache nicht ganz sicher. Er glaubte, es seien sechs gewesen.

»Es war ein langes Kuvert darunter, die anderen hatten gewöhnliches Format.«

»Ein langes Kuvert?«, wiederholte sie schnell. »War die Adresse mit der Hand oder mit Maschine geschrieben?«

»Mit der Hand. Ich habe Herrn Degenhardts Schriftzüge erkannt. Die Tinte war nämlich noch nicht ganz trocken, und die Schrift verwischte, als ich den Brief anfasste.«

»Wissen Sie, an wen er adressiert war?«

Danes legte die Hand an die Stirn und dachte eifrig nach. »Oben stand, Herrn Jefferson persönlich zu übergeben. Privat und vertraulich. An die Adresse kann ich mich leider nicht erinnern.«

Inga wusste nun, welche Bewandtnis es mit dem Kuvert hatte. Das Geheimnis war gelöst.

»Gehen Sie bitte zu Herrn Danner und bitten Sie ihn, zu mir zu kommen, falls er im Haus ist«, sagte Inga.

Wenige Minuten später erschien Eliot Danner in ihrem Büro. »Nun, was gibt's? Haben Sie etwas über das

Testament erfahren?« Zum ersten Mal, seitdem sie ihn kannte, zeigte er sich etwas nervös und aufgeregt.

»Ja, ich glaube, ich weiß, was damit passiert ist. Herr Degenhardt muss es mit der Post weggeschickt haben.«

»Mit der Post?«, antwortete Eliot erstaunt.

»Ja. Unser Briefkasten in der Bibliothek wurde um halb acht geleert, und der Butler hat mir eben erzählt, es habe sich ein langes Kuvert unter den Briefen befunden, das Herr Degenhardt selbst adressiert hatte, und zwar an seine Rechtsanwälte Jefferson, Lindner und Partner.«

»Ich verstehe.« Danner schaute nachdenklich zu Boden. »Herrn Jefferson kenne ich natürlich. Ich danke Ihnen für die Mitteilung, Frau Lange.«

Später überlegte sie sich, ob es nicht besser gewesen wäre, trotz Danners Warnung, die Polizei von ihrer Entdeckung zu verständigen. Sie rief im Präsidium an, aber Erwin Müller war nicht anwesend.

***

8

Herr Gregor Jefferson, Seniorchef der bekannten Rechtsanwaltsfirma, hatte sich eine Woche vor Degenhardts Ermordung einer Blinddarmoperation unterziehen müssen und lag in einem Krankenhaus. Als er sich wieder soweit erholt hatte, dass er seine Privatkorrespondenz durchsehen konnte, ließ er seinen Sekretär bitten, ihm die dringendste Post zu schicken.

»Es ist wohl das Beste, wenn Sie die Briefe persönlich hinbringen«, riet Jeffersons Juniorpartner dem Sekretär.

»Wer war vor einer halben Stunde in Ihrem Büro?«

»Der Neffe von Herrn Degenhardt – Herr Eliot Danner.«

»Ein glücklicher junger Mann. Soviel ich weiß, ist Degenhardt gestorben, ohne ein Testament zu hinterlassen?«

»Ja, ich glaube.«

»Was wollte Eliot Danner von Ihnen?«

»Er kam wegen der Erbschaft. Ich fragte ihn, ob er mit Ihnen sprechen wolle, aber als er erfuhr, dass Herr Jefferson krank wäre, erklärte er, er werde noch warten. Er erzählte mir auch, dass er Herrn Jefferson einen dringenden persönlichen Brief geschickt hätte. Ich sagte ihm darauf, Herr Jefferson würde heute wahrscheinlich schon in der Lage sein, den Brief zu lesen. Ich sollte ihm die dringende Post bringen.«

Und das geschah dann auch. Das Krankenhaus lag nur einige Minuten Autofahrt entfernt. Der Sekretär fuhr mit der Straßenbahn dorthin und kam gegen sechs Uhr an. Den Rest des Weges wollte er zu Fuß zurücklegen. Im Allgemeinen war es um diese Zeit noch hell, aber von Südwesten her zogen schwarze Wolken am Himmel auf, und es sah so aus, als ob es bald regnen würde. Die meisten Autos, die an ihm vorüberfuhren, hatten bereits die Scheinwerfer eingeschaltet.

Der Sekretär hatte gerade den höchsten Punkt der Straße erreicht und wollte nach links abbiegen, als plötzlich ein Auto neben ihm hielt. »Sie sind von der Firma Jefferson?«, fragte der Mann, der heraussprang.

Der Sekretär bejahte die Frage.

»Dann geben Sie mir die Briefe.«

Zu seinem Schrecken sah sich der Angestellte durch eine Pistole bedroht. Später gab er an, er habe sich heftig gewehrt, aber aller Wahrscheinlichkeit nach überreichte er ohne weiteren Widerspruch dem Mann die Mappe. Der Fremde sprang wieder in den Wagen und fuhr davon.

All das ereignete sich so plötzlich, dass der Sekretär nicht einmal daran dachte, sich die Nummer des Wagens zu merken. Das hätte auch wenig genützt, denn bald darauf wurde ein gestohlenes Auto in der Gegend gefunden.

Der Bericht von dem Briefdiebstahl wurde ins Präsidium gemeldet, erreichte aber Erwin Müller nicht.

Der Detektiv wollte gerade zu Herrn Sallmann gehen und dem jungen Mann Verhaltungsmaßregeln erteilen, als Inga anrief und ihm mitteilte, was hinsichtlich des Testaments festgestellt worden war.

»Ich habe ein schlechtes Gewissen, weil ich Sie nicht schon vorher anrief«, sagte sie kleinlaut.

»Das ist allerdings eine wichtige Neuigkeit. Ich werde sofort mit den Rechtsanwälten telefonieren«, bis später.«

Aber das Büro war bereits geschlossen, und er bekam keine Antwort. Erst als er in Sallmanns Wohnung angekommen war, erhielt er telefonisch die Nachricht von dem Diebstahl der Briefe.

»Der Sekretär ist also unterwegs angehalten und beraubt worden? Verdammt schnelle Arbeit. Er soll bitte ins Präsidium kommen. Ich will ihn bei meiner Rückkehr verhören.«

Kurz darauf klingelte das Telefon abermals. Erwin saß mit Sallmann in dessen luxuriös ausgestattetem Arbeitszimmer. Die schwüle Pracht des Raumes war ihm zuwider, und der Mann selber gefiel ihm noch weniger. Er winkte Sallmann, und der nahm den Hörer auf. Erwin wartete und hörte zu.

»Ja, ich habe die Lampe ins Fenster gestellt – Sie haben es gesehen. Wo soll ich Sie treffen?«

Es war vorher vereinbart worden, dass er jedes Wort wiederholen sollte, das der andere ihm sagte.

»Morgen Abend um zehn, am Ende der Parkallee, gegenüber dem Haupteingang zum Bürgerpark? Ja, ich habe alles verstanden. Ein Mann kommt mir entgegen, der eine rote Blume im Knopfloch seiner Jacke trägt? Und ihm soll ich den Briefumschlag überreichen? Bestimmt – ich komme. Nein, durchaus nicht.« Er legte den Hörer auf und lächelte. »Jetzt haben wir ihn.«

Erwin teilte seine Begeisterung nicht und machte keinen Hehl daraus, dass ihm das alles ein bisschen seltsam vorkam.

***

9

Die Polizei hatte das Haus geräumt, als Inga am nächsten Morgen in ihr Büro kam, und sie fühlte sich ein wenig erleichtert. Es war ihr sehr unangenehm gewesen, dass sie unter Aufsicht der Beamten hatte arbeiten müssen. Sie machte sich nun daran, alle Akten in Ordnung zu bringen, holte sich aber vorher noch einen Kaffee und ein paar Kekse aus der Küche. Sie hatte noch nicht gefrühstückt. Eine neue noch verschlossene Flasche Kirschsaft stand auf der Fensterbank.

Nachdem sie sich eine halbe Stunde mit den Akten beschäftigt hatte, kam Eliot zu ihr. »Nun, Sie haben wohl bis jetzt noch kein Glück gehabt?«

»Ich bin sicher, dass das Testament an Herrn Jefferson geschickt worden ist, wenn Sie das meinen. Haben Sie sich schon mit den Rechtsanwälten in Verbindung gesetzt?«, antwortete Inga fragend.

»Ja, ich war dort, aber Jefferson liegt im Krankenhaus, und gestern ist anscheinend seine ganze Privatkorrespondenz gestohlen worden. Am helllichten Tag hat ein Räuber den Sekretär überfallen und ausgeplündert. Ich las es in der Zeitung«, sagte Eliot.

Sie sah ihn bestürzt an. »Wie unangenehm für Sie.«

»Ja – leider«, erwiderte er mit einem undurchdringlichen Lächeln. »In Deutschland scheinen sonderbare Zustände einzureißen. Früher wäre so etwas kaum möglich gewesen.« Er sah sich um. »Ich glaube, da kommt unser gemeinsamer Freund Müller.«

Eliot hatte mit seinen scharfen Ohren das Läuten der Hausglocke gehört und ging zur Tür, um den Butler abzufangen, der öffnen wollte. »Wenn es Herr Müller sein sollte, so bringen Sie ihn bitte hierher.«

Er wandte sich wieder an Inga. »Er hat sich telefonisch angemeldet. Hoffentlich ist er nicht von Hagedorns verrückten Ideen angesteckt. Ah, guten Morgen, Herr Müller.«

»Guten Morgen.« Erwin zeigte eine etwas frostige Liebenswürdigkeit, die Inga wenig behagte. Er reichte ihr die Hand zum Gruß – eine Formalität, die er Eliot Danner gegenüber vergaß.

»Wir sprachen gerade über den Diebstahl der Privatbriefe Herrn Jeffersons«, erklärte Eliot.

»Darüber wollte ich auch mit Ihnen reden.«

Erwin sah ihn scharf an. »Ein ungewöhnlicher Vorfall, besonders unter den gegenwärtigen Umständen.«

Eliot fuhr sich mit der Hand übers Haar und runzelte die Stirn. »Ich kenne nicht alle näheren Umstände, aber es war in der Tat, ein sehr unglücklicher Zufall.«

»Sie haben doch am Nachmittag noch das Büro der Rechtsanwälte aufgesucht, Herr Danner?«

Danner nickte. »Selbstverständlich. Jefferson ist ja mein Rechtsbeistand – oder war wenigstens der meines Onkels. Es sind viele Dinge aufzuklären. Vor allem war mein Onkel stark an verschiedenen Aktien eines großen

Unternehmens in Amerika interessiert. Soviel ich weiß, ist es in Oklahoma.« Er sah zu Inga hinüber. »Haben Sie vielleicht etwas davon gehört?«

»Nein, ich habe von Herrn Degenhardts Kapitalanlagen kaum etwas erfahren.«

»Ich möchte gern wissen, ob dieses Unternehmen wirklich existiert.« Diese Angelegenheit schien Danner mehr zu beschäftigen als Jeffersons gestohlene Privatbriefe.

»Das ist im Augenblick wohl nicht so wichtig«, brummte Erwin. Dann sah er plötzlich das wahre Gesicht Eliot Danners, der ihn mit eisigen Blicken anstarrte. Es lag weder Ärger noch Vorwurf darin, aber noch nie hatte er eine so tödliche Kälte in den Augen eines Mannes gesehen.

»Für mich ist die Sache wichtig«, erklärte Eliot kühl.

Inga fühlte die unausgesprochene Feindschaft zwischen den beiden und versuchte zu vermitteln. »Ich kann Ihnen leicht sagen, wo der Ort des Unternehmens in Amerika liegt, Herr Danner. Wir haben ein gutes Lexikon.«

Sie ging in die Bibliothek und nahm ein großes Buch vom. Regal. Als sie es öffnete, fiel ein Schriftstück auf den Boden. Sie bückte sich, nahm es auf, stieß einen kleinen Schrei aus und eilte ins Büro zurück.

»Sehen Sie her«, rief sie. »Das Testament.«

Erwin riss es ihr erregt aus der Hand.

»Geben Sie her. Wo haben Sie es gefunden?«

»In dem Lexikon, das ich aufschlagen wollte.«

Erwin las schnell das Dokument durch, das nur aus wenigen Zeilen bestand. Sie lauteten:

»Ich, Edgar Degenhardt, erkläre bei klarem Verstand, dass dies mein letzter Wille und mein Testament ist. Ich überlasse all mein Besitztum nach meinem Tode ohne Einschränkung Eliot Danner, dem Sohn meiner Schwester Elisabeth, geb. Degenhardt, und ich hoffe, dass er das Vermögen gut verwalten und anwenden möge – besser, als ich fürchte.«

Das Blatt war in Degenhardts charakteristischer Handschrift unterschrieben. Darunter standen die Namen und Adressen der drei Zeugen. Ingas Name war ausgestrichen, der Alte hatte die Anfangsbuchstaben seines Namens danebengesetzt. »Seltsam, dass Frau Lange gerade in diesem Augenblick das Lexikon aufschlagen musste«, sagte Erwin langsam. »Ich nehme an, dass Sie das Testament Ihren Anwälten schicken wollen, damit es nicht verloren geht?« Er überreichte Eliot das Dokument. »Ich gratuliere Ihnen, Herr Danner. Es war also überhaupt nicht notwendig, dieses Papier, zu vernichten. Es muss eine große Überraschung für Sie gewesen sein.«

Eliot erwiderte nichts darauf.

Butler Danes aber, der ihn aus dem Zimmer kommen sah, nahm an, dass sich sein neuer Herr über irgendetwas amüsiere.

…

Am Nachmittag wurde eine Konferenz im Präsidium abgehalten. Alle hatten unrecht mit Ausnahme von Hauptkommissar Hagedorn, der ab und an kurze Bemerkungen in die Debatte einbrachte. Schließlich fragte der Polizeidirektor ihn nach seiner Meinung.

»Sie wollen meine Meinung ja gar nicht hören«, erwiderte Hagedorn. »Sie wollen nur, dass ich Ihnen zustimmen soll. Aber ich sage Ihnen, das ist nicht die richtige Art und Weise, wie Sie es anfangen. Sie wissen noch nicht, mit wem Sie es da zu tun haben. Wenn Sie sich einbilden, die Erpresser heute fassen zu können, so irren Sie sich schwer. Diese Leute schicken doch nicht einen von ihrer Bande, um das Geld abzuholen, sondern irgendjemand, dem sie einen Dollar Trinkgeld geben und derjenige keine Ahnung hat, welche Gefahr er auf sich nimmt.«

Einer der Anwesenden konnte Hagedorn durchaus nicht leiden, und zwar Kommissar Beerbaum, der selbst übrigens bei der gesamten Belegschaft sehr unbeliebt ist. Er zeigte wenig Begabung für seinen Beruf und war auch Hagedorn unsympathisch, schon wegen seiner äußeren Erscheinung, der Mann trug einen aufgezwirbelten Schnurrbart und klebte seine restlichen Haare mit Frisiercreme auf die Glatze.

»Was schlagen Sie denn vor?«, fragte er. »Ich weiß, dass die Polizei hier sehr tüchtig ist, und ich möchte Sie gern um Rat fragen – zumal, da ich heute Abend bei der großen Sache das Kommando habe.«

»Mein Rat ist furchtbar einfach«, erklärte Hagedorn kurz. »Stecken Sie Herrn Sallmann ins Gefängnis oder sonst wohin, wo diese Kerle nicht an ihn herankommen können. Wenn Sie das tun, erschüttern Sie das Prestige der Erpresserbande, deren Erfolg nur von schnellen Ergebnissen abhängt. Falls Sie Herrn Sallmann zwei oder drei Wochen lang gegen solche Angriffe schützen können, ist es aus mit den Erpressern.«

»Sie reden ja, als ob dieser Sallmann tatsächlich in Lebensgefahr wäre«, entgegnete Beerbaum verächtlich. »Ich werde ihn von zwanzig Beamten schützen lassen.«

»Dann sagen Sie den Leuten nur, dass sie nicht zu dicht an ihn herangehen sollen.«

Beerbaum hatte den Befehl erhalten, die Verhaftung des Boten am Abend durchzuführen, und als die verabredete Stunde heranrückte, erschien eine beträchtliche Anzahl von Männern in der Gegend des Treffpunktes. Zum Teil waren es Arbeiter, aber auch Angestellte oder Händler in weißen Schürzen oder Kitteln.

»Vom künstlerischen Standpunkt aus betrachtet — großartig«, bemerkte Erwin, der sie inspizierte, bevor sie fortgingen. »Aber es wird wahrscheinlich recht heiß hergehen. Sie sind ausgewählt worden, weil Sie mit einer Schusswaffe umzugehen verstehen, und weil sie unverheiratet sind. Was auch immer geschehen mag, Sie dürfen vor allem nicht den Kopf verlieren. Sobald sich der Mann mit der roten Blume Herrn Sallmann nähert, müssen Sie ihn fassen. Ein Auto des Überfallkommandos mit vier Beamten wartet in der Nähe. Dorthin bringen Sie den Mann, und damit ist Ihre Aufgabe erfüllt. Falls es zu einer Schießerei kommen sollte, so zielen Sie gut. Es handelt sich nicht um einen Spaß.«

Er selber wartete auf der anderen Straßenseite. Drei Minuten vor der abgemachten Zeit fuhr Sallmann in seiner Limousine vor und stieg aus. Außer den Polizeibeamten waren nur wenige Menschen in der Nähe. Der Platz schien außerordentlich geschickt ausgewählt.

Erwin stand neben Hagedorn an der Bordsteinkante, spielte mit seinem Handy und beobachtete dabei verstohlen die Vorgänge.

»Da kommt unser Freund«, flüsterte Hagedorn.

Ein Mann in mittleren Jahren, eine flammendrote Rose im Knopfloch, näherte sich aus Richtung Parkallee.

Einen Augenblick hielt er an, sah auf die Uhr und setzte dann seinen Weg fort. Er schlenderte an der Stelle vorbei, an der er Sallmann treffen sollte, kehrte dann um und blieb einen Meter vor dem vereinbarten Treffpunkt stehen.

Auch Sallmann hatte ihn nun entdeckt und ging langsam auf ihn zu. Der Fremde fasste an den Hut und richtete eine Frage an Sallmann. Darauf nahm der junge Mann einen Briefumschlag aus der Tasche und reichte ihn dem Boten.

In diesem Augenblick kamen die Beamten auf ihn zu. Sie waren dicht bei ihm, als plötzlich von irgendwoher ein Maschinengewehr zu feuern begann. Auch ein paar Pistolenschüsse waren zu hören.

Der Mann mit der roten Blume und Sallmann stürzten zu gleicher Zeit auf den Boden, dann sackte einer der Beamten zusammen, ein zweiter fiel auf die Fahrbahn.

»Der Schütze ist in diesem Häuserblock da drüben«, rief Hagedorn. Der Eingang lag unmittelbar hinter ihm. Die Tür zum Fahrstuhl stand offen.

»Schnell – nach oben«, sagte er.

Der Hausmeister, unverkennbar in dem grauen Kittel, war gerade dabei den Fahrstuhl zu reinigen. Es gibt auch hier einige Menschen, die ihren Müll einfach im Fahrstuhl entsorgen.

Der Lift setzte sich samt dem Hausmeister in Bewegung.

Während der Fahrt prägte sich Erwin die Namen der Hausbewohner ein. »Ist eine leere Wohnung hier im Haus?«, fragte er den Hausmeister. »Ja?« »Sicher wurde von dort aus geschossen. Haben Sie einen passenden Schlüssel?«, fragte Hagedorn den verdutzten Mann.

Natürlich hatte der Hausmeister einen Generalschlüssel bei sich, aber sie brauchten ihn nicht, denn die Wohnungstür stand weit offen. Als sie nach innen traten, machte sich der typische Geruch nach mehreren Pistolenschüssen bemerkbar.

Hagedorn stürmte in das vordere Zimmer. Das Fenster war weit geöffnet und der Raum leer. Nur in der Nähe des Fensterbrettes stand ein Stuhl, und auf dem Boden lag eine kleine Maschinenpistole, sowie einige Zigarettenkippen.

»Die erste Massenattacke«, sagte Hagedorn. »Ich möchte wissen, wie viele von den armen Beamten dran glauben mussten. Auf Sallmann kommt es weniger an. Leute, die ein derartiges Leben führen, kann ich nicht leiden.« Er nahm sein Handy und forderte die Spurensicherung an. »Aber zügig«, fügte er noch ärgerlich hinzu.

Erwin sprach mit dem Hausmeister, der immer noch den Lift reinigte. Der Mann hatte niemandem die leere Wohnung gezeigt und nicht gewusst, dass jemand unerlaubt ins Haus eingedrungen war. Er bestätigte, dass jeder von den Maklern leicht eine Erlaubnis zur Besichtigung erhalten konnte. In den letzten Tagen sind verschiedene Leute da gewesen und hatten die Wohnung angesehen. Aber oftmals steht die Haustür stundenlang offen, sodass jeder unbemerkt in das Haus kommen konnte, fügte der Hausmeister noch hinzu.

Wie an allen Häusern war auch hier eine Feuerleiter angebracht. Sie befand sich an dem Ende eines kurzen Ganges, der vom Hauptkorridor abzweigte.

»Auf diesem Weg sind sie, oder ist er, entkommen«, meinte Erwin und schaute nach unten.

Später sah er vom Vorderfenster auf die Menschenmenge, die inzwischen zusammengeströmt war und die Toten und Sterbenden neugierig betrachtete. Krankenwagen erschienen, und ihre Sirenen schrillten durch die Stille des Abends. Von allen Seiten eilten Schaulustige herbei. Zwei Beamte tauchten auf und trieben die Menge zurück.

Erwin ließ den unbeliebten Kommissar Beerbaum rufen.

Bleich und zitternd kam der Beamte Beerbaum zu ihm. Dieses Weichei dachte Erwin, der hätte niemals Polizist werden dürfen, sondern Landwirtschaftsgehilfe um den Kühen den Hintern zu kraulen.

»Sallmann ist erschossen worden – ebenso der Bote mit der roten Blume und einer meiner besten Kollegen«, berichtete er. »Ich selber bin mit knapper Not entkommen.«

»Sie sind mit heiler Haut davongekommen«, erwiderte Hagedorn, »weil Sie nicht auf der Straßenseite drüben waren. Weshalb blieben Sie auf unserer Seite?«

Beerbaum warf ihm einen bösen Blick zu. »Ich wollte eben die Straße überqueren …«, begann er…

»Das haben Sie leider zwei Minuten zu spät getan. Ich möchte wissen, warum Sie auf unserer Seite geblieben sind. Das interessiert mich außerordentlich, wahrscheinlich haben Sie sich einfach vor Angst in die Hose gepinkelt, Herr Beerbaum.

Der Beamte wandte sich Hagedorn wütend zu, aber seine Erregung bestand zum größten Teil aus Furcht.

»Wenn Sie den Polizeipräsidenten morgen fragen, sagt er es Ihnen vielleicht«, rief er hitzig.

Der letzte Krankenwagen war fortgefahren, bevor Erwin den Inspektor hatte rufen lassen. Die Menschenmenge hatte sich zerstreut, und schon waren zwei Straßenkehrer dabei, die letzten Spuren des unglückseligen Ereignisses zu beseitigen, nachdem die Spurensicherung mit ihrer Arbeit fertig war. Die gesicherten Spuren werden jetzt auf eine Gerichtsverwertbarkeit hin untersucht.

»Das hat gerade noch gefehlt«, sagte Hagedorn. »Jetzt ist die Katze ja im Taubenschlag, nun werden die Leute, besonders die Reichen, die Ohren spitzen. Bin gespannt, wie die Sache wirkt.« »Warum muss diese Scheiße gerade hier, im friedlichen Bremen passieren?«

Erwin blieb schweigsam, während sie ins Präsidium zurückfuhren. Die Verantwortung lastete schwer auf ihm, obwohl nicht allein auf seinen Rat hin Sallmann blindlings in die Falle gegangen war.

Die Maschinenpistole wurde untersucht, ergab aber keinerlei Anhaltspunkte, auch keine Fingerabdrücke. Diese Pistole wurde in Amerika hergestellt, wie es auf dem Typenschild erkennbar war. Hagedorn stellte fest, dass dieser Typ meistens bei Überfällen verwendet wurde, weil sie einfach zu laden und abzufeuern ist.

»Das waren die »Green Letters«, erläuterte er. »Ich meine die Bande, die die grünen Briefe schickt. Nun kommen die »Blue Letters« dran. Es bleibt uns nur die eine Hoffnung, dass die beiden Banden aneinandergeraten, und sich selbst abschlachten.«

»Sind Sie tatsächlich davon überzeugt, dass zwei Banden zu gleicher Zeit in Bremen und Hamburg arbeiten?«, fragte Erwin.

»Nach meinen Erfahrungen bin ich meiner Sache vollkommen sicher. Die »Blue Letters« haben Degenhardt ermordet, die »Green Letters« sind, meiner Meinung nach, noch smarter. Wie werden sich die Dinge nun weiterentwickeln? Hoffentlich leben wir noch so lange, dass wir es sehen können«, konterte Hagedorn.

Eine Untersuchung des Häuserblocks brachte keine weiteren Ergebnisse. Die leeren Wohnungen wurden von mehreren Maklern angeboten. Keiner hatte einen Schlüssel weggegeben, aber alle hatten in den letzten Tagen Interessenten die Wohnung gezeigt. Die letzten, ein Herr und eine Dame, hatten noch am Morgen des Unglückstages die Zimmer besichtigt.

»Während sie oben waren und durch die Wohnung gingen«, erklärte Hagedorn, »stand die Tür weit auf, und jeder Fremde konnte ungehindert hineinkommen.«

Der Hausmeister erinnerte sich an einen Mann, der einen schweren Koffer getragen hatte. Er hatte ihn angehalten, aber der Fremde erklärte, er solle den Koffer persönlich im obersten Stock abgeben. Das war zur selben Zeit, als der Herr und die Dame die Räume besichtigten. Der Mann ist im Lift nach oben gefahren, aber der Hausmeister konnte sich nicht besinnen, ihn später noch einmal gesehen zu haben.

»Da haben wir die Erklärung«, meinte Hagedorn. »Es ist sehr einfach, die Treppe hinauf- und hinunterzugehen, während der Fahrstuhl in Bewegung war. Ebenso leicht konnte man es einrichten, der Beobachtung des Hausmeisters, der mit der Reinigung beschäftigt war, zu entgehen. Wahrscheinlich waren zwei Mitglieder der Bande in der Wohnung. Einer hatte sich vermutlich schon oben versteckt, bevor das Paar, das die Wohnung besichtigte, wieder ging.«

»Oder das Paar waren zwei Mitglieder«, entgegnete Erwin lächelnd.

»Schlaues Kerlchen«, meinte Hagedorn, anschließend. Er putzte sich erstmal die Nase.

Ganz Bremen wurde in dieser Nacht durchsucht, besonders die Stadtteile rund um den Bürgerpark, in denen die Fremden wohnten. Sachverständige prüften die Maschinenpistole. Erwin Müller entdeckte bei einer Untersuchung des Unglücksplatzes, dass der Bürgersteig an zwei Stellen weiß markiert war.

»Das habe ich leider übersehen«, knurrte Hagedorn, »und gerade darauf hätte ich doch achten sollen. Die Kerle haben die Entfernung gemessen und das Ziel genau markiert. Unglaublich..«

»Was meinten Sie eigentlich vor ein paar Tagen, bei der Konferenz, mit der Bemerkung, eine Organspende-Maffia könne dahinter stecken, Erwin?«

»Ganz einfach Herr Hauptkommissar. Eine Versicherungsgesellschaft, die Industrie- Consulting aus Hamburg hat mich engagiert, einen versuchten Versicherungsbetrug aufzuklären, der sich hier in Bremen ereignet haben soll, aber die Spuren nach Hamburg führen.«

»Und was soll das sein, ich verstehe das nicht so recht, was hat Organspende mit Versicherungsbetrug zu tun?«, fragte Hagedorn. Man konnte ihm seine Neugier ansehen.

»Stellen Sie sich vor«, setzte Erwin seine Erklärung fort, »Sie brauchen ein Organ von einem Spender, den Sie natürlich nicht kennen werden. Die Ärzte, oder das betreffende Krankenhaus, welches die Transplantation durchführen soll, beauftragt eine, extra dafür gegründete Organisation, dieses Organ zu beschaffen. Diese Organisation schickt dann einen oder mehrere Komplizen los eine passende, noch lebende Person, zu finden. Diese Vorstellung, ein nagelneues Organ zu bekommen ist doch klasse, oder?«

»Ich verstehe immer noch nicht, worauf Sie hinaus wollen, Erwin.«

Erwin erklärte weiter, »Diese eben genannten Komplizen ermorden dann die passende Person, entnehmen das gewünschte Organ und verkaufen es an das jeweilige Krankenhaus. Vorher erkundigt sich diese Organisation über diese Person und schließt dementsprechend eine Lebensversicherung, auf das Leben der zu ermordenden Person ab. Das Bezugsrecht wird dann auf die Organisation übertragen. Ein enormer Verdienst, einmal aus dem Verkauf des Organes und obendrein die Versicherungssumme.« Erwin machte eine kleine Pause.

»Das ist ja unglaublich«, schluckte Hagedorn und sagte nichts mehr. Sein Gesicht wurde rot.

»Das alles funktioniert natürlich nicht«, sagte Erwin weiter, «Ohne die Mithilfe von Ärzten, Rechtsanwälten und Personen die eine kriminelle Vergangenheit haben. Es sind Namen aufgetaucht, die Sie auch kennen, Herr Hagedorn. Denken Sie an unseren gelähmten Flüchtigen aus dem vorherigen Fall, die Person mit der Maske, oder an den Fall aus der damaligen Schönheitsklink im alten Schloss, den Doktor Adalon, wo alle Beteiligten eine mehrjährige Freiheitsstrafe bekommen haben. Ein paar davon haben die Strafe bereits abgesessen und können durchaus wieder agieren. Natürlich dauert das alles ein bisschen und kann nicht mal eben so in ein paar Tagen abgewickelt werden.«

»Außerdem hatte ich gestern ein Gespräch mit einem früheren Zeitungsreporter Kollegen, dem Herrn Jochen Fritsch, der gerade eine spannende Story am Wickel hat, wo es um die Tatsache geht, das ein Mann schwanger ist, jetzt nach einem Kaiserschnitt im Krankenhaus liegt und seine Frau sich an ihn gewandt hat, dieses Ereignis publik zu machen. In den nächsten Tagen werde ich mich mit ihm treffen, um ein paar interessante Dinge auszutauschen.«

Hauptkommissar Hagedorn sagte nichts mehr, es hatte ihm die Sprache verschlagen, was sehr selten vorkommt. Er nuckelte nachdenklich an seinem Kaffeebecher.

***

111

10

Am nächsten Morgen erhielt Erwin einen unerwarteten Anruf von Eliot Danner,

»Haben Sie vielleicht Zeit, mich mal aufzusuchen? Es handelt sich um eine rein persönliche Angelegenheit. Ich würde gern ins Präsidium kommen, aber ich halte das im Augenblick nicht für ratsam.«

Erwin folgte der Aufforderung und fand Danner an dem Schreibtisch, an dem vor kurzem sein Onkel so kaltblütig erschossen worden war.

Eliot rauchte eine Zigarette und hatte eine aufgeschlagene Zeitung vor sich liegen. »Eine böse Sache«, meinte er und zeigte auf die fett gedruckten Zeilen. »Sie müssen zur Zeit sicher allerhand zu tun haben hier in Bremen?«

Erwin war ihm nicht gerade freundlich gesinnt, aber selbst jetzt konnte er noch nicht glauben, dass Danner seinen Onkel an dieser Stelle mitleidlos erschossen hat.

»Möchten Sie mit mir über den Überfall sprechen?«

»Nein – das geht mich ja gar nichts an.«

Eliot schob die Zeitung und den Aschenbecher zur Seite. »Frau Lange wird in einer halben Stunde kommen, und ich habe die Absicht, sie zu entlassen.«

Danner wartete, aber Erwin machte keine Bemühungen etwas zu antworten.

»Ich habe mir die Sache eingehend überlegt und bin zu der Überzeugung gelangt, dass diese Stellung hier im Hause ziemlich gefährlich für Frau Lange ist. Einige Stunden nach dem Tod meines Onkels ist sie von einer Bande verschleppt worden, die wahrscheinlich mit den Mördern unter einer Decke steckt oder sogar mit ihnen identisch ist. Der Schreck über dieses Erlebnis hat sie stark mitgenommen. Allem Anschein nach sind die Leute, die für diese Morde verantwortlich sind«, er tippte auf die Zeitung, »mir nicht sonderlich gut gesinnt. Und ich wünsche nicht, dass Frau Lange noch einmal in eine so unglückliche Lage kommt. Sie sind ein Freund von ihr – wenigstens sind Sie gut mit ihr bekannt, und ich bitte Sie, mir in dieser Angelegenheit zu helfen.«

»In welcher Weise?«

Eliot warf den Rest der Zigarette in eine Vase und steckte sich eine neue an. »Die junge Dame wohnt in einer etwas abgelegenen Gegend in einer billigen Wohnung und hat kein Telefon. Das halte ich für gefährlich, falls diese Leute glauben, noch wichtige Nachrichten aus ihr herausholen zu können. Deshalb wäre es mir lieb, wenn die junge Dame in einer besseren Gegend im Westen wohnte. Es ist schwierig, ihr diesen Vorschlag zu machen, da ich bereit bin, die Mietzahlung für diese Wohnung zu übernehmen. Sie ist eine hübsche Frau und wird über dieses Ansinnen natürlich empört sein. Denn ich will nicht nur ihre Miete zahlen, sondern ihr auch die Wohnung einrichten.«

»Warum wollen Sie das tun?«, Herr Danner.

Eliot Danner zuckte die Schultern. »Es ist eine verhältnismäßig geringe Ausgabe, und ich wäre dann beruhigt«, erwiderte er lächelnd. »Mit anderen Worten, Ich möchte nicht schuld daran sein, wenn ihr etwas passiert.«

»Ein sehr großzügiges Angebot. Ich verstehe Ihren Standpunkt vollkommen – obwohl Sie vielleicht eine Nebenabsicht damit verbinden, die Sie mir verschwiegen haben.«

»Nein, Sie irren sich. Ich habe keine Hintergedanken. Ich habe die junge Dame gern – damit ist nicht gesagt, dass ich sie etwa liebe oder näher mit ihr bekannt werden möchte. Sie gehört zu den seltenen Frauen, denen ich unter allen Umständen vertrauen würde, obwohl sie Ihnen gegen meinen Willen eine bestimmte Mitteilung gemacht hat. Aber da die Umstände so außergewöhnlich waren, kann ich das begreifen. Soweit als irgend möglich möchte ich sie vor neuen Zwischenfällen bewahren. Überreden Sie also bitte Frau Lange, meinen Vorschlag anzunehmen.«

»Aber ich habe doch keinen Einfluss auf sie«, erwiderte Erwin und steckte sich nervös noch eine Zigarette an.

Wieder glitt ein flüchtiges Lächeln über Eliots Züge.

»Meiner Meinung nach haben Sie einen größeren Einfluss auf sie, als Sie selber ahnen. Wollen Sie mir helfen, wenn meine Annahme stimmt?«

»Das muss ich mir erst überlegen.«

Als Inga eine Viertelstunde später erschien, fand sie Eliot Danner an ihrem Schreibtisch.

»Heute habe ich keine Arbeit für Sie«, sagte er vergnügt. »Und ich entlasse Sie hiermit in aller Freundschaft aus Ihren Diensten.«

Sie sah ihn betroffen an, »Soll das heißen, dass Sie mich nicht mehr brauchen können?«

»Nein, es ist noch sehr viel zu tun. Aber ich musste mich zu diesem Schritt entschließen, weil die Stellung bei mir für Sie zu gefährlich ist.« Er wiederholte nun alles, was er schon Erwin gesagt hatte. »Detektiv Müller kam auf meine Bitte hin heute morgen hierher«, erklärte er offen. »Ich bat ihn, Ihnen die Lage in meinem Sinne klarzumachen.«

»Aber ich kann doch kein Geld von Ihnen annehmen für …«.

»Ich weiß, was Sie sagen wollen. Das habe ich übrigens erwartet, Eine anständige junge Dame kann sich nicht gut eine möblierte Wohnung von einem Herrn einrichten und finanzieren lassen. Ich bin Ihnen jetzt sogar zu Dank verbunden, dass Sie nicht böse und ausfallend gegen mich werden. Doch das, was ich Ihnen gesagt habe, ändert sich dadurch in keiner Weise, Frau Lange, und Sie würden mir eine große Sorge abnehmen, wenn Sie auf meinen Vorschlag eingingen. Ich schulde Ihnen sowieso fünfzigtausend Euro.«

»Sie schulden mir fünfzigtausend Euro?«, wiederholte sie verblüfft. Sie hatte sein Versprechen vergessen.

Er nickte. »Im Augenblick bin ich nicht in der Lage, Ihnen die Summe zu geben. Es wird verhältnismäßig lange dauern, bis ich das Vermögen meines Onkels in die Hand bekomme.«

»Herr Danner, Sie wissen genau, was Herr Müller denkt, und ich fürchte, ich werde der gleichen Ansicht sein müssen. Sie haben das Testament irgendwie an sich gebracht und es nachher absichtlich in das Lexikon gelegt, damit ich es an der betreffenden Stelle finden sollte. Da Sie, meiner Meinung nach, das Testament vor mir gefunden haben, sind Sie von Ihrem Versprechen …«.

»Nein, durchaus nicht«, unterbrach er sie. »Selbst wenn Müllers fantastische Theorie zutreffen sollte. Jedenfalls bin ich aber der Testamentsvollstrecker meines Onkels. Er hat Ihnen tausend Euro hinterlassen, die ich Ihnen in Kürze auszahlen werde. Aber ich möchte Sie bitten, mich auch noch in der angedeuteten Weise für Sie sorgen zu lassen.«

Sie schüttelte den Kopf, »Ich hatte sogar die tausend Euro vergessen«, erwiderte sie mit einem schwachen Lächeln. »Diese Summe bedeutet eine beachtliche Unterstützung für mich. Ich verspreche Ihnen auch, in eine andere Gegend zu ziehen, in der ich mich sicherer fühlen kann. Ich hatte beinahe selbst schon den Entschluss gefasst. Aus dem Nachlass meiner Mutter besitze ich einige Möbel und kann mir ein gemütliches Heim einrichten. Dass ich Ihr Angebot nicht annehmen kann, werden Sie hoffentlich verstehen?«

»Ich achte Sie umso mehr«, entgegnete er. Er zahlte ihr für zwei Wochen Gehalt aus, als Ausgleich für die Kündigung.

Eine halbe Stunde später war sie bereits in ihrer Wohnung und packte für den Umzug. Sie hatte den ganzen Tag für sich und nahm sich vor, ein paar Einkäufe zu machen, dann in der Stadt etwas essen und nachher den Möbelspediteur aufzusuchen, in dem ihre Sachen aus dem Nachlass der Mutter seit drei Jahren untergebracht waren. Allerdings war dieses Lager sehr unbequem zu erreichen. Unangenehm, dass sie zu diesem Zweck bis ins Industriegebiet nach Osterholz hinausfahren musste. Aber dann entschloss sie sich, das Unangenehme zuerst zu erledigen, verschob die Einkäufe auf den Nachmittag, nahm ein Taxi und befand sich eine Weile später in der trostlosen Umgebung von Osterholz-Tenever.

Sie wusste nicht mehr genau, wo genau die Firma lag, und ließ deshalb den Taxifahrer halten, weil der die Firma auch nicht kannte, um einen Passanten zu fragen.

»Zimmermanns Möbellager?«, wiederholte dieser und gab dann die genaue Richtung an. »Wollen Sie etwa Ihre Sachen dort abholen? Da kommen Sie gerade noch zur rechten Zeit. Seit einer Woche annonciert die Firma, dass sie das Möbellager auflöst. Der alte Chef ist vor zwei Jahren gestorben, und der junge Zimmermann ...«, er zuckte die Schultern. »Manche Leute sagen, die Firma wäre bankrott, aber wie es auch sein mag ... stimmen wird die Geschichte nicht.«

Nach einiger Zeit fand der Taxifahrer die Firma. Auf dem Grundstück herrschte rege Tätigkeit. Inga meldete sich im Büro und legte den Empfangsschein für die Möbel und alle Quittungen für die Aufbewahrung vor.

Ein Angestellter prüfte die Papiere umständlich. »Na, das reicht ja gerade noch«, sagte er. »Morgen sollte das Möbeldepot versteigert werden.«

»Das wäre Ihnen schlecht bekommen«, entgegnete Inga.

Gleich darauf erschien ein anderer junger Angestellter, der äußerst liebenswürdig war. Mit seiner Hilfe konnte sie auch ihre Möbel herausfinden, Sie gab den Auftrag, die Sachen abzutransportieren.

»Ein Skandal, dass die alte Firma Zimmermann so enden muss«, bedauerte der junge Mann. »Aber wahrscheinlich war das Angebot zu verlockend. Die Firma ist eine der bedeutendsten hier in Bremen, hat eine eigene kleine Werft und sehr schöne Kaimauern.«

»Ja, ich verstehe. Es ist ein massives Lagerhaus, das man zu vielem verwenden kann.«

»Nur der junge Zimmermann ist daran schuld.« Der junge Angestellte seufzte schwer und erzählte dann, dass Herr Zimmermann leichtsinnig spiele und dadurch in hohe Schulden geraten sei.

Inga beobachtete, wie ihre Möbel in einen Transporter geladen wurden, und gab dem Fahrer die Adresse an, obgleich sie die in Aussicht genommene kleine Wohnung noch nicht fest gemietet hatte. Als sie die Arbeiter bezahlt hatte und gerade gehen wollte, hörte sie zwei Männer, die miteinander sprachen. Es mussten Amerikaner sein.

»Man kann dieses Wässerchen doch nicht mit der Elbe vergleichen. Die ist mindestens sechsmal so breit wie die Weser«, sagte einer.

Inga erkannte die Stimme des Mannes, der sie neulich entführt hatte. Er machte noch eine Bemerkung über die Farbe des Wassers, und nun war sie ihrer Sache sicher. Unauffällig sah sie sich um, denn sie wünschte nicht, dass die Leute sie wiedererkannten. Sie trugen saubere Pullover, blaue Hosen und Wasserstiefel, die bis zu den Knien reichten.

»Wir wollen uns beeilen, Junge. Wenn wir fertig sind, holen wir Jutta und Christa, und dann gehen wir ins Kino.«

Der andere lachte rau und heiser. Die beiden mittelgroßen Männer waren schlank und sahen ungewöhnlich aus. Sie gingen an den Arbeitern vorbei, die die Möbel aufluden, und verschwanden hinter einem Schuppen.

Inga ging zu ihrem Taxi zurück und war unschlüssig, was sie tun sollte. Ob sie sich etwa doch täuschte? Eine Amerikanerin hatte ihr einmal gesagt, dass alle englischen Stimmen ihr gleich vorkämen, dass sie aber eine amerikanische Stimme unter Tausenden heraushören könne. Inga erschien im Augenblick das Gegenteil richtig, alle amerikanischen Stimmen ähnelten einander, und nur eine rein englische schien ihr deutlich erkennbar.

Wer mochte Jutta und Christa sein? Sie dachte darüber nach, als sie in das Taxi stieg und auf dem unebenen Weg zur Hauptstraße zurückfuhr. Als sie dort ankam, musste der Taxifahrer halten, um einen Lastwagen vorbeizulassen.

Plötzlich hörte sie neben sich das Geräusch eines Motorrads, das unmittelbar neben dem Fenster ihres Taxis zum Stehen kam. Der Fahrer stützte sich mit der Hand an den Wagen und sah herein. Es war der Mann, den sie eben hatte sprechen hören. Er sah sie durchdringend an, und sie erwiderte seinen Blick. »Was wollen Sie?«, fragte sie. Er murmelte etwas Unverständliches und blieb zurück, als das Taxi wieder anfuhr.

Sie versuchte sich sein Verhalten zu erklären. Wahrscheinlich hatte er vor dem Lager ihren Namen gehört, als die Möbel aufgeladen wurden, und war ihr nachgefahren, um sich zu vergewissern, ob sie es auch wirklich sei. In dem Fall war sie also wiedererkannt worden. Was machte der Mann nur auf dem Grundstück am Fluss? Vielleicht war er als Matrose, auf einem kleineren Binnenschiff beschäftigt? Wie ein Offizier sah er nicht aus.

In der Nähe der Osterholzer-Heerstraße wurde ihr Auto durch den Verkehr aufgehalten. Zu ihrem Erstaunen hörte sie plötzlich ihren Namen. Als sie sich umsah, entdeckte sie einen Mann neben dem offenen Fenster.

Er hatte ein schmales Gesicht mit einem gezwirbelten Schnurrbart und zog den Hut besonders höflich.

»Sie kennen mich nicht, Frau Lange, aber ich weiß, wer Sie sind. Ich bin Kommissar Beerbaum vom Polizeipräsidium Bremen, ein Kollege von Herrn Müller.« Er grinste, als er das sagte. »Was hatten Sie denn in diesem Teil der Stadt zu tun?«

»Ich habe meine Möbel abtransportieren lassen. Sie waren in einem Speicher untergestellt.«

»Wo lag denn das Möbellager? Ach, in Osterholz-Tenever? Eine entsetzliche Gegend. Haben Sie nicht zufällig einen Bekannten dort gesehen?«

»Nein. Das hätte ich auch nicht erwartet.«

»Ich weiß nicht«, sagte er mit merkwürdiger Betonung und beobachtete sie scharf. »Es ist sonderbar, aber in Osterholz-Tenever trifft man immer Leute, die man vorher mal gesehen hat. Das ist direkt sprichwörtlich.«

»Ich kann das nicht bestätigen«, entgegnete sie kühl.

Im nächsten Augenblick fuhr ihr Taxi an. Sie erinnerte sich nun dunkel, Beerbaum schon gesehen zu haben, Er war nach Degenhardts Ermordung ins Haus gekommen. Sie überlegte, ob sie Erwin ihr Erlebnis berichten sollte, wurde sich aber nicht schlüssig.

An der Ecke Schwachhauser-Heerstraße, Heinrich-Heine-Straße, stieg sie aus um den Rest zu Fuß zu gehen. Auch der Taxifahrer verließ seinen Sitz, um sich ein wenig zu bewegen. »Hallo, was ist denn das?«, rief er plötzlich.

Sie folgte seinem Blick. An den beiden hinteren Türen und auf dem Kofferraumdeckel des Wagens waren viereckige weiße Zettel aufgeklebt.

Als der Taxifahrer sie abriss, sahen die beiden, dass der Leim noch feucht war. »Das war noch nicht daran, als wir Osterholz-Tenever verließen«, meinte er. »Vielleicht hat dieser Motorradfahrer…«

Ein kalter Schauer überlief Inga.

Nachdem sie den Mietvertrag für ihre neue kleine Wohnung in der Heinrich-Heine-Straße abgeschlossen hatte, war sie in größter Versuchung, Erwin anzurufen. Sie glaubte jetzt, einige gute Entschuldigungsgründe dafür zu haben.

Fast zeitgleich war auch der Transporter mit ihren Möbeln angekommen und die beiden jungen Männer halfen Inga beim Einräumen. Das Wichtigste, das Bett, wurde noch aufgebaut. Sie war Hundemüde. Inga bedankte sich und gab beiden ein reichliches Trinkgeld.

Sie musste noch lange über die Zettel, die am Taxi klebten, nachdenken, fand aber keine plausible Erklärung. Zumal auch keine Notiz darauf geschrieben war. An diesem Abend konnte Inga schlecht einschlafen. Zwischendurch stand sie immer mal wieder auf und sah aus dem Fenster ihrer neuen Wohnung, ob ihr vielleicht jemand gefolgt ist.

Blödsinn, dachte sie, alles nur Einbildung, und legte sich wieder hin.

Sie dachte darüber nach, wie schön es doch jetzt sein könnte, wenn ein Mann mit in ihr Bett gekrochen, sie liebevoll streichelnd auf den Höhepunkt ihrer Lust bringen würde. Diese Gedanken steigerten ihre Vorstellung an ein sexuelles Erlebnis, das sie selbst ihre Brust streichelte, langsam mit den Händen über den Bauch hinabgleitend an die Zone kam, wo sie die Lust innen und außen spürte. Sie merkte nicht die Feuchte an ihren Fingern. Sie bewegte den Zeige- und Mittelfinger immer schneller hin und her. Ihr Stöhnen wurde lauter, und alles, an und in ihr, zuckte unter einem bombastischen Orgasmus.

Kurz darauf schlief sie mit einem Lächeln ein.

***

11

Erwin Müller kehrte auf schnellstem Weg ins Präsidium zurück, um an der geheimen Besprechung teilzunehmen, die jetzt am Vormittag stattfinden sollte.

Zu dieser Zeit war auch Herr John Gärtner, der Polizeipräsident von Bremen und Hamburg anwesend. Er ist ein Mann, der aus der militärischen Laufbahn hervorgegangen ist und sich sein ganzes Leben lang nach Vorschriften und Verordnungen gerichtet hatte. Zu dem hohen Posten ist er gekommen, weil er es sorgfältig vermied, irgendwie aufzufallen oder eine Verantwortung auf sich zu nehmen. Er war ein nervöser Mensch, der die Kritik der Presse fürchtete. Durch die letzte Entwicklung der Dinge hatte er einigermaßen den Kopf behalten.

John Gärtner saß am Ende des langen Konferenztisches in einem Armsessel.

»Wir befinden uns augenblicklich in einer entsetzlichen Situation«, sagte er erregt. »Die fähigste Polizeimannschaft der Welt wird plötzlich von einer Verbrecherbande lahmgelegt und geblufft, und viele Wege führen hier nach Bremen und Hamburg«.

»Was sollen wir denn machen?«, fragte der Bremer Polizeidirektor Wessels, ein Mann von Selbstbeherrschung und Energie.

»Ich will nicht sagen, dass wir es an Vorsichtsmaßregeln hätten fehlen lassen«, fuhr der Präsident fort. »Ich bin sicher, dass Kommissar Beerbaum alles getan hat, was zu tun war.«

»Ja, ich habe alles Mögliche getan«, bemerkte Beerbaum unnötigerweise. Er war ein Liebling des höchsten Vorgesetzten, und obwohl er eigentlich kein Recht hatte, an der Sitzung teilzunehmen, hatte Wessels ihn unter diesen Umständen doch hinzugezogen.

»Ich will niemandem einen Vorwurf machen«, ergriff der Präsident wieder das Wort, »aber es ist doch allerhand geschehen, was besser unterlassen worden wäre.«

Er warf einen missbilligenden Blick auf Heiner Hagedorn. »Amerikanische Methoden mögen in ihrer Art ja ganz gut sein, aber amerikanische Polizeibeamte begreifen eben doch nicht so recht, wie man bei uns in Deutschland arbeitet.«

»Wie meinen Sie das?«, fragte Erwin unliebenswürdig.

»Hauptkommissar Hagedorn hat uns in jeder Weise unterstützt.«

»Wir wollen uns hier nicht streiten. Dazu ist keine Zeit. Wir müssen jetzt Maßnahmen treffen, um derart unerhörte Vorfälle in Zukunft zu verhüten. Und ich glaube, dass der Vorschlag Kommissar Beerbaums dazu sehr geeignet ist.«

Erwin und Wessels sahen einander an. Sie hörten zum ersten Mal, dass Beerbaum und der Präsident einen Plan ausgearbeitet hatten. »Ich nehme jede Anregung gern an«, erklärte Wessels, »aber ich weiß nicht, ob es richtig ist, dass Kommissar Beerbaum bei dieser Geheimsitzung eine so ausschlaggebende Rolle spielt. Was für eine Idee hat er denn?«

»Herr Beerbaum schlägt vor, eine ansehnliche Geldbelohnung für die Leute auszusetzen, deren Angaben zur Verhaftung der Mörder führen. Diese Belohnung soll nicht, wie gewöhnlich, nur auf Zivilpersonen beschränkt bleiben.«

»Ich halte diesen höchst originellen Einfall für wertlos«, erwiderte Wessels kühl. »Wir müssen jeden Erpressungsversuch individuell behandeln, und ich bin davon überzeugt, dass Hamburg und Bremen in Kürze mit diesen gedruckten Drohbriefen überschwemmt werden. Alle reichen Leute werden vermutlich früher oder später vor die Wahl gestellt, zu zahlen oder erschossen zu werden.«

»Einer ist heute früh bereits gekommen«, erklärte der Präsident etwas ernüchtert. »Ich habe den Brief in der Tasche.«

Er zog ein blaues Blatt Papier heraus. »Das Schreiben wurde einem meiner besten Freunde geschickt, oder vielmehr dem Neffen eines meiner besten Freunde. Er bat mich, selbst meinen Kollegen seinen Namen nicht zu nennen.«

Erwin sah seinen Vorgesetzten erstaunt an. »Soll das heißen, dass Sie uns den Namen wirklich nicht sagen wollen?«

»Ich erkläre, dass ich weder Ihnen noch sonst jemandem den Namen verraten werde«, erwiderte der alte Mann steif. »Ich habe am Telefon mein Wort gegeben.«

Hagedorn lehnte sich zurück und sah gelangweilt zur Decke hinauf.

»Werden Sie seinen Namen auch nicht nennen, wenn die Leichenschau für ihn abgehalten wird?«, fragte er, nachdem er den Kopf wieder gesenkt hat.

Der Präsident streifte ihn mit einem finsteren Blick.

»Dazu kommt es überhaupt nicht«, antwortete er heftig. »Wenn unsere Polizei ihrer Pflicht nachgeht und wenn unser Freund der Herr Hauptkommissar tatsächlich die Methoden unserer Gegner so durchschaut, wie wir bisher angenommen haben …«.

»Auf mich können Sie sich in jeder Beziehung verlassen«, unterbrach ihn Hagedorn.

Wessels war bleich vor Ärger. »Ich glaube, Sie wissen nicht, was Sie da eben gesagt haben. Der Empfänger des Briefes – einerlei, wer es sein mag – muss geschützt werden. Und wir können ihn nicht beschützen, wenn wir ihn nicht kennen. Ich muss darauf bestehen, dass ich seinen Namen und seine Adresse erfahre.«

John Gärtner richtete sich jetzt auf, nachdem er aufmerksam zugehört hatte. Der alte Soldat blitzte Wessels wütend an. »Niemand hat mir hier etwas vorzuschreiben oder auf Forderungen zu bestehen, solange ich meinen Posten innehabe«, erklärte er kategorisch.

Erwin seufzte. Wenn der Präsident den Offizier herauskehrte, war die Lage hoffnungslos.

Kurz darauf wurde die Konferenz beendet. Gärtner machte vorher noch eine geheimnisvolle Andeutung, dass er den Tatbestand der Presse bekannt geben würde. Nach dieser Sitzung fand noch eine Privatbesprechung in Wessels Büro statt.

»Wir müssen unter allen Umständen verhindern, dass eine Mitteilung an die Presse gelangt, bevor wir den Wortlaut gelesen haben«, riet Wessels. »Der Chef ist in solchen Dingen unerfahren, und die Ereignisse der letzten Tage haben ihn aus dem Gleichgewicht geworfen. Ich werde mich direkt an das Innenministerium wenden, obwohl ich damit riskiere, meinen Posten zu verlieren, weil ich ja hinter dem Rücken meines Vorgesetzten handeln würde.«

Aber dazu kam es nicht, denn der Innenminister war nicht anwesend. Es war allerdings eine Nachricht angekommen, dass er in aller Eile in die Hauptstadt zurückkehren wollte. Wessels suchte daraufhin noch einmal um eine vertrauliche Unterredung mit dem Präsidenten nach, wurde aber abgewiesen.

Um vier Uhr nachmittags brachten dann die Zeitungen die offizielle Mitteilung des Polizeipräsidenten, die er über Mittag in seinem Klub sorgfältig aufgesetzt hatte und der Presse mitteilte:

»In den letzten Tagen sind in Bremen zwei bedauerliche Verbrechen geschehen. Es sei dahingestellt, ob sie miteinander mit Hamburg in Zusammenhang stehen. Wohlhabende Leute wurden in Erpresserbriefen aufgefordert, große Summen zu zahlen, widrigenfalls sollten sie ermordet werden. Es ist mit Bestimmtheit anzunehmen, dass die Ermordung Herrn Sallmanns auf solche Drohbriefe zurückzuführen ist. Die Schreiber betonen ausdrücklich, dass ihre Opfer oder deren Kinder ermordet werden, falls sie sich direkt oder indirekt an die Polizei wenden. Trotzdem ersucht der Polizeipräsident alle

127

Leute, die derartige Mitteilungen erhalten, sich sofort mit der Polizei in Verbindung zu setzen. Wenn eine bedrohte Person ihren Namen nicht angeben möchte, wird dieser Wunsch berücksichtigt. Es wäre allerdings ratsam, der Polizei Namen und Adresse zu nennen. Der Polizeipräsident ist leider nicht in der Lage, allen Leuten persönliche Sicherheit zu garantieren, aber er versichert, dass alles getan wird, was in den Kräften der Polizei steht, um die Bürger gegen derartige Übergriffe einer Bande zu schützen.«

Der Aufruf war mit dem Namen und allen Titeln des Polizeipräsidenten unterzeichnet.

Heiner Hagedorn war der erste, der eine Zeitung kaufte. Er eilte damit in Wessels Büro, wo er auch Erwin Müller traf. »Hier – lesen Sie.«

Wessels überflog den Absatz. »Zum Donnerwetter«, fluchte er leise. »Sie wissen doch, was das bedeutet? Dieser verrückte alte Kerl erklärt damit der Welt, dass die Polizei nicht mehr in der Lage sei, das Leben bedrohter Staatsbürger zu schützen.« Polizeidirektor Wessels nahm das Blatt hastig auf und stürmte in das Büro des Präsidenten.

Der Präsident wollte gerade mit seinem Liebling, Kommissar Beerbaum, das Zimmer verlassen. »Nun, was gibt es denn?«, fragte er.

»Ist das die Mitteilung, die Sie der Presse zukommen ließen?«, erwiderte Wessels scharf.

Der alte Herr setzte seine Brille auf und las die Verlautbarung von Anfang bis zum Ende durch, während

Wessels sich auf die Zunge biss, um nicht ausfallend zu reagieren. »Ja, das ist der Text meiner Mitteilung.«

»Dann werde ich dies sofort dem Herrn Innenminister vorlegen«, erklärte Wessels energisch. »Sie haben allen Mördern einen Freibrief erteilt. Sie haben diesen Verbrecherbanden klar und deutlich gesagt, dass sie ruhig ihre Pläne ausführen können, da wir nicht in der Lage sind, ihre Opfer zu schützen.«

»Ich habe das alles nach reiflicher Überlegung geschrieben«, begann der Präsident, als das Telefon klingelte. »Gehen Sie dran, Beerbaum, und melden Sie sich.« Er wandte sich wieder an Wessels.

»Sie wissen, dass ein derart aufsässiges Benehmen eine schwere Verletzung Ihrer Dienstpflichten ist? Ich muss diese Sache an höchster Stelle melden.«

Beerbaum erschien in der Tür. »Sir, Sie werden persönlich gewünscht.«

Gärtner begab sich in das Büro. Wessels hörte, dass er kurze, respektvolle Antworten gab, und wusste, dass der Innenminister sprach. Der Präsident wollte eine Erklärung geben, die aber abgeschnitten wurde. Als er wieder herauskam, war er bleich.

»Ich gehe jetzt zum Innenminister. Wir wollen die Sache bis zu meiner Rückkehr verschieben.«

Aber der Polizeipräsident kehrte nicht mehr zurück. Er blieb nur zehn Minuten beim Minister, und die späten Abendausgaben der Zeitungen verkündeten, dass Sir John Gärtner seines Amtes enthoben worden ist.

Man hat ihm nicht mal die Möglichkeit gegeben, selber seinen Abschied einzureichen«, meinte Erwin.

»Verstehe ich vollkommen«, brummte Hagedorn. »Warum hätten sie ihm auch noch diese Annehmlichkeit zubilligen sollen?«

Die beiden saßen bei einer Tasse Kaffee in Erwins Büro. Der Detektiv erinnerte sich an die Unterredung, die er am Morgen mit Eliot Danner hatte, und erzählte seinem Freund davon.

»Möglicherweise war es ernst gemeint?«, entgegnete Hagedorn. »Eliot ist manchmal merkwürdig großzügig.«

Erwin schüttelte den Kopf. »Ich kann und will nicht glauben, dass er seinen Onkel mit Vorbedacht über den Haufen geschossen hat.«

»Sie verstehen eben die Mentalität dieser Halunken nicht. Die bewahren immer und überall kaltes Blut – kennen keinerlei Gefühle. Sie behandeln die Menschen, die sie in ein besseres Jenseits befördern, wie die Fleischer ihr Vieh auf dem Schlachthof. Einen Hammel hasst man nicht, wenn man ihn absticht. Hassen Sie etwa eine Mücke, wenn Sie sie totschlagen? Nein. Die Tatsache, dass Degenhardt sein Onkel und ein hinfälliger Greis war, machte für Eliot nicht den geringsten Unterschied. Wenn die jemand niederknallen, so ist das für sie dasselbe, als ob sie sich das Jackett abbürsten oder ihre Krawatte geraderücken.«

Er dachte einen Augenblick nach. »Mir ist es ganz klar, dass er die junge Dame aus dem Haus haben will. Die Dienstboten müssen auch gehen. Ich wette, dass er jetzt seine eigenen Leute dort hat. Er kann keine Angestellten brauchen, die er nicht ganz genau kennt.«

»Meinen Sie, dass manche Bandenmitglieder bei ihm wohnen?«

»Nein. Das würde uns die Sache zu sehr erleichtern. Er wird Leute nehmen, die nur tagsüber im Haus sind und nachts in ihrer eigenen Wohnung schlafen. Möglich, dass er wieder eine Sekretärin anstellt. Aber wenn Sie an Ort und Stelle nach ihm fragen, dann erhalten Sie sicher die Antwort, er sei eben ausgegangen. Ein paar Elektriker werden sich vielleicht im Haupthaus aufhalten, die Klingelleitungen und dergleichen legen. Die werden häufig dort sein, aber wenn Sie sich nach denen erkundigen, so sind sie gerade zum Essen gegangen. Die einzige, der er nicht gekündigt hat, ist die Köchin.«

»Warum das?«

»Weil sie an und für sich nicht im Haus wohnt und sich tagsüber im Erdgeschoss aufhält, sie kommt nie nach oben. Außerdem kocht sie gut. Aber ich wollte Ihnen noch etwas über die junge Dame sagen, in die Sie sich verliebt haben.«

»Ich habe mich durchaus nicht in sie verliebt«, widersprach Erwin entrüstet.

»Sie haben aber rote Ohren bekommen. Und das verrät genug. Wie heißt sie doch gleich? Ach ja, Inga Lange. Es mag allerhand für sich haben, was Eliot gesagt hat. Immerhin möglich, dass die Burschen sie eines Abends wieder entführen und alles aus ihr herausholen, was sie wissen wollen.«

»Das heißt, wenn sie es ihnen sagt.«

Hagedorn lächelte grimmig. »Sie wird es ihnen schon sagen. Sie kennen ihre Methoden nicht, Erwin. Man spricht manchmal von Menschen, die vor nichts haltmachen, diese Gangster gehören dazu. Wissen Sie nicht, dass man im Mittelalter die Leute gefoltert hat, um sie zum Sprechen zu bringen? Diese Verbrecher können das noch viel besser, und besonders raffinierte Methoden wenden sie an, wenn es sich um eine Frau handelt. Schade dann um das hübsche Mädel – dieser Inga. Ich habe sie zweimal getroffen, sie ist wirklich sehr schön. Wo steckt nun eigentlich der Alte?«

»Meinen Sie den Präsidenten? Der ist nach Haus gegangen. Wessels hat noch mit ihm gesprochen und versucht, den Namen des Bedrohten zu erfahren, aber Gärtner hat nur gesagt, er hätte dem Mann den Rat gegeben, sich ruhig zu verhalten und heute Abend ins Präsidium zu kommen.«

Hagedorn stöhnte. »Es müssen doch noch andere solche Briefe in Bremen ausgetragen worden sein. Haben Sie was davon gehört?«

»Nein, es wurde nichts gemeldet. Übrigens haben alle unsere Wachleute Befehl erhalten, jedes Haus zu melden, in dem man eine brennende Kerze oder Lampe sieht.«

»Es wird sich kein Licht zeigen. Es war doch ein blauer Brief.«

»Ebenso gut können grüne verschickt worden sein«, meinte Erwin. Hagedorn erhob sich. »Ich ziehe heute in ein anderes Hotel. In mein jetziges Quartier kann man zu leicht eindringen, und wenn einer von diesen Ganoven erfährt, dass ich jetzt so intensiv für euch tätig bin, kann ich damit rechnen, dass sie mich außer Gefecht setzen wollen. Wenn in den nächsten Tagen nicht der Versuch gemacht wird, mich niederzuknallen oder mich sonst wie um die Ecke zu bringen, würde ich mich geradezu beleidigt fühlen.«

Hagedorn verließ das Präsidium und ging zu Fuß die Buchtstraße entlang, in Richtung Domsheide. Er hatte die Hände in den Hosentaschen und eine Zigarette im Mund, die verwegen nach oben ragte. Die Schiebermütze hatte er etwas schief aufgesetzt, und so sah er aus wie jemand, der sich seines Lebens freut. Aber jede Hand hielt in der Tasche einen Revolver gepackt, und unter dem nach unten gebogenen Mützenrand war ein Spiegel befestigt.

Um diese Zeit kehrten die Beamten aus den Ministerien nach Hause zurück, und an der Domsheide herrschte viel Publikumsverkehr. An der Ecke überquerte Hagedorn die Straße ging erstmal zum Stehimbiss an der Domsheide, um eine Bratwurst zu essen. Danach stieg er in die Straßenbahn. Fünf Minuten später kam er am Parkhotel an.

Er hatte Erwin Müller nicht mitgeteilt, dass er sein Hotel bereits geändert hatte, nur seine neue Telefonnummer war der Zentrale im Präsidium bekannt. Er fuhr zum ersten Stock hinauf, wo seine Räume lagen, schloss die Tür auf, streckte die Hand nach innen und schaltete das Licht an.

Im nächsten Augenblick erzitterte der ganze Hotelbau unter einer schweren Explosion, Hagedorn wurde zu Boden geschleudert und lag halb bewusstlos unter Putz und Trümmern. Als er sich langsam wieder erhob, schmerzten ihm alle Glieder. Die Tür zu seinem Zimmer hing nur noch in den Angeln, und erstickende Rauchwolken qualmten aus dem Raum. Seine rechte Hand, mit der er das Licht angeschaltet hatte, war wunderbarerweise unverletzt geblieben, nur ein paar geringfügige Abschürfungen zeigten sich.

Das Hotel lag fünf Minuten im Dunkel. Von unten her ertönten Rufe und Stimmengewirr. Laute Gongschläge meldeten Feueralarm.

Hagedorn leuchtete mit seiner Taschenlampe das Zimmer ab. Alles lag in Trümmern, Teile der Decke waren eingebrochen, die Fenster auf die Straße gestürzt, die Möbel in Stücke gerissen. Er starrte verstört um sich. »Also auch hier Bomben.«

Offenbar hätte man die Bombe auf den Tisch gestellt und die Zündung mit dem Lichtschalter in Verbindung gebracht. Wäre Hagedorn ins Zimmer gegangen und hätte erst dann den Schalter gedrückt, so wäre auch er in Stücke gerissen worden.

Als er den Korridor entlangging, hörte er die Sirenen der Feuerwehr. An der Treppe traf er den bleichen Hoteldirektor, der vor Schreck kaum sprechen konnte.

»Es war nur eine Bombe«, erklärte Hagedorn. »Sehen Sie bitte nach, ob jemand in den anderen Zimmern verletzt worden ist.«

Glücklicherweise standen zu dieser Tageszeit fast alle Räume leer. Hagedorns Wohnzimmer lag unmittelbar über einer Hotelgarderobe, deren Decke zum Teil eingestürzt war. Wie durch ein Wunder war niemandem etwas geschehen.

Nachdem die Feuerwehr einen unbedeutenden Brand gelöscht hatte, inspizierte Hagedorn sein Schlafzimmer. Die Trennwände waren vollständig zusammengebrochen. Ein großes Loch zeigte die Stelle an, wo früher der Kleiderschrank gestanden hatte. »Ich brauche nun wenigstens nicht viel zu packen«, sagte er in philosophischer Ruhe.

Er versuchte mit dem Präsidium zu telefonieren, aber die Fernsprechleitung funktionierte nicht, sein Handy hatte er im Büro vergessen.

Vorm Hotel war eine große Menschenmenge zusammengeströmt, und Ansammlungen waren im Augenblick gefährlich. Hagedorn verließ deshalb das Gebäude durch einen hinteren Ausgang und fand auch bald eine Telefonzelle, von der aus er Erwin anrief.

»Würden Sie einem heimatlosen Bremer Polizisten Obdach gewähren, der nur noch einen halbverbrannten Schlafanzug und eine von Pulverdampf geschwärzte Zahnbürste besitzt?«

Erwin sagte selbstverständlich zu. »Ich komme zum Hotel und hole Sie ab.«

»Aber bitte zum Parkhotel, ich bin umgezogen«, sagte Hagedorn.

»Wählen Sie vorsichtigerweise den Hintereingang«, warnte er. »Vorm Haupteingang lauern innerhalb der Menge sicher ein paar Gangster – mit gezückten Pistolen, um Sie niederzuknallen.«

Das war natürlich übertrieben, aber es hätte auch genügt, wenn nur einer der amerikanischen Pistolenhelden auf ihn gewartet hätte.

Die beiden fuhren dann mit dem geringen Gepäck, das Hagedorn aus dem Schiffbruch gerettet hatte, ins Präsidium.

»Ich dachte mir schon, dass sie hier auch Bomben verwenden würden«, meinte Hagedorn unterwegs.

»Solch eine Bombe gehört zur Ausrüstung jeder Gangsterbande.«

Schließlich heiterten sich seine Züge wieder auf.

»Auf alle Fälle kann man es als eine Art Kompliment für mich auffassen, Die edlen Herren halten mich für so gefährlich, dass sie mir in erhöhtem Maße ihre Aufmerksamkeit schenken. Wer hat übrigens die Affäre zu bearbeiten?«

»Beerbaum. Der Präsident hat ihn in die Mordkommission gebracht, damit er bestimmte Spezialfragen erledigt. Er ist ein ganz schlauer Kerl, steht aber in keinem besonders guten Ruf. Er hat mir zu viel Geld, als dass ich damit einverstanden sein könnte. Möglich allerdings, dass er es auf eine ehrliche Weise erwarb.«

»Das wäre sicher möglich«, erwiderte Hagedorn ironisch. »Aber was er jetzt hat, ist wenig im Vergleich zu dem, was er in drei Monaten auf der Bank haben wird. Das heißt, wenn er seinen Mammon in Sicherheit bringen kann. Was ich kaum glaube.«

***

12

Später, am Abend, wurden Teile der Bombe zum Präsidium gebracht und von Spezialisten genau untersucht.

»Gutes Material«, bemerkte Hagedorn. »Vermutlich haben sie irgendwo in Deutschland eine Fabrik für Bomben eingerichtet. Diese Bombe hier ist allerdings in Amerika hergestellt worden, das werden Ihre Sprengstoffexperten bei eingehender Untersuchung feststellen.«

Kommissar Beerbaum, der die Bombenstücke gebracht hatte, erstattete einen kurzen, wenig aufschlussreichen Bericht. Es war niemand beobachtet worden, der Hagedorns Zimmer betreten hätte. Eine Dreiviertelstunde vor der Katastrophe war das Zimmermädchen in den Räumen und hatte nichts Außergewöhnliches entdeckt. »Hier ist eine Liste aller Hotelgäste.«

Beerbaum legte einen beschriebenen Bogen auf den Tisch. »Wie Sie sehen, hab' ich die Namen nach den Stockwerken zusammengestellt. Auf der Etage, in der unser Heiner …«

»Für Sie bin ich immer noch Hauptkommissar Hagedorn«, unterbrach er Beerbaum.

»Verzeihung … Also, auf der Etage von Hauptkommissar Hagedorn, wohnten eine Lady und ihre Zofe, ferner ein Herr Barden aus England, ein amerikanischer Filmschauspieler und Herr Walter Hartman mit Familie aus Paris.«

Hagedorn beugte sich über den Tisch und warf einen Blick auf die Liste. »Herrn Michael Michelsen scheinen Sie vergessen zu haben, Kommissar?«

Beerbaum sah ihn unsicher an. »Das ist die Liste, die mir von der Hotelleitung gegeben wurde.«

»Ja – und wie steht's mit diesem Michael Michelsen?«, fragte Hagedorn. »Ich habe mit dem Hoteldirektor telefoniert und mir die Namen der Leute durchsagen lassen, die auf meiner Etage wohnten. Darunter befand sich auch Michelsen.«

»Das hat er mir nicht gesagt«, entgegnete Beerbaum schnell.

»Das hat er Ihnen nicht nur gesagt, sondern er hat Ihnen sogar ausdrücklich mitgeteilt, dass er diesen Herrn Michelsen für stark verdächtig hielt, weil der Mann mit einem merkwürdigen Akzent sprach.«

Peinliches Schweigen erfüllte den Raum.

»Hm – ich besinne mich jetzt«, erwiderte Beerbaum dann gleichgültig. »Der Hotelier redete derartig konfus über ihn, dass ich es wohl nicht mitbekommen haben mag, den Namen aufzuschreiben.« Er nahm einen Bleistift aus der Tasche und holte das Versäumte nach.

»Hat er auch darauf hingewiesen«, fuhr Hagedorn fort, »dass Herr Michael Michelsen der einzige war, den er seit der Explosion nicht mehr gesehen hat, und dass sich kein Gepäck in seinem Zimmer befand, als es geöffnet wurde?«

»Nun?«, forschte der Polizeidirektor, als Beerbaum mit der Antwort zögerte.

»Er hat, glaube ich, mir gegenüber nichts davon erwähnt«, entgegnete der Kommissar kühl. »Möglich, dass er mit Hauptkommissar Hagedorn darüber gesprochen hat, aber nicht mit mir. Im Übrigen habe ich meine Nachforschungen noch nicht abgeschlossen. Ich dachte, Sie brauchten die Bombenstücke dringend, deshalb kam ich so schnell wie möglich hier her.«

»Gut. Dann gehen Sie jetzt«, sagte Wessels kurz. »Und machen Sie sich auf die Suche nach Michael Michelsen.«

Hagedorn wartete, bis sich die Tür hinter dem Kommissar geschlossen hatte. »Ich möchte nichts gegen die Untersuchungsmethoden sagen – aber mir scheint doch, dass er das hätte melden müssen.«

Polizeidirektor Wessels nickte. »Ich bin ganz Ihrer Meinung.«

»Nehmen wir mal an, es käme jemand in Verdacht –, Wie würde er dann nach den Regeln von unserem Dezernat behandelt? Nehmen Sie ihn sich höflich vor und stellen ein paar Fragen an ihn? Oder gehen Sie etwas handgreiflicher und – beziehungsweise – Wirksamer mit ihm um?«

Wessels Augen blitzten auf. »Wir behandeln solche Leute wie anständige Menschen, wenn wir allzu peinliche Fragen wegen ihres Vorlebens an sie richten, dann steht nachher ein Mann im Parlament auf und richtet seinerseits ein paar unangenehme Fragen an den Innenminister. Woraufhin der kühne Beamte entlassen wird.«

Hagedorn nickte. »Wenn Sie einen von der Bande fassen, wird Ihnen hoffentlich klar werden, mit wem Sie es zu tun haben. Das sind die abgebrütesten Verbrecher, die es jemals gab. Ich jedenfalls werde mich nicht an dieses blöde Gesetz halten – und ich hoffe, auch hier bei Ihnen einen Platz zu finden, wo ich meine Methoden anwenden kann.«

Hagedorn fuhr mit Erwin nach Hause und übernachtete in dessen Gästezimmer.

Beide hatten einen sehr gesunden Schlaf.

Hagedorn hörte die Telefonklingel erst, nachdem sie zehn Minuten Sturm geläutet hatte. Als er auf den Flur hinaustrat, erschien auch Erwin.

»Wie spät ist es?«, fragte Hagedorn.

»Halb drei.«

»Wo ist das Telefon?«

»Im nächsten Zimmer.«

Erwin folgte Hagedorn und stand neben ihm, als der den Hörer abnahm.

Hagedorn hörte eine Zeit lang schweigend zu, dann sah er auf. »Das Präsidium. Der Name des Mannes, den uns der Präsident nicht verraten wollte, ist Georg Giller.«

»Woher wissen Sie das?«, fragte Erwin erstaunt.

»Er wurde um Mitternacht am Bahndamm gefunden, und zwar im Pyjama. Die Kerle haben ihm etwas Blei in den Körper gepumpt.«

Erwin riss ihm den Hörer aus der Hand.

»Mehr kann ich Ihnen auch nicht sagen«, erklärte der Beamte am anderen Ende. »Wir erhielten die Nachricht erst vor ein paar Minuten. Man hat ihn auf einer Böschung neben den Gleisen gefunden. Offenbar hatte er ein Schlafabteil belegt. Eine halbe Stunde nachdem der Zug am Hauptbahnhof durchgefahren war, entdeckte der Zugschaffner den Toten.«

»Danke«, erwiderte Erwin. »Ich komme dann gleich ins Büro.«

Heiner Hagedorn setzte sich in einen Stuhl, stützte die Ellbogen auf den Tisch und legte den Kopf in die Hände. »Der Alte hat ihm natürlich den Rat gegeben, mit dem Zug nach Hamburg zu fahren«, knurrte er wütend. »Und der Mann hat es auch tatsächlich getan. Wer ist denn eigentlich dieser Giller?«

Erwin konnte Auskunft geben, Herr Georg Giller war ein wohlhabender Gutsbesitzer und Teilhaber an einem Stahlwerk im Norden Bremens, er besaß ein Haus in Oberneuland.

Hagedorn nickte. »Wahrscheinlich wäre er in Sicherheit gewesen, wenn er bis dorthin gekommen wäre«, sagte er zu Erwins Erstaunen. »Der Alte war zwar ein arger Dummkopf, aber wenn es uns gelingen sollte, einen der Bedrohten aus Bremen hinauszubringen – ich meine aufs flache Land –, dann werden wahrscheinlich die Gangster von einer Verfolgung ablassen, das würde sonst zu gefährlich und aufwendig für sie. Die offenen Landstraßen kann man leicht überwachen. Wenn man freilich versucht, die Leute aus Bremen im Zug fortzuschaffen, enden sie bestimmt im Leichenschauhaus. Wir müssen unter allen Umständen die Namen und Adressen der Bedrohten herausbringen, und zwar sofort, wenn solche Briefe sie erreichen. Dann allenfalls könnte man sie vor dem Schlimmsten bewahren, wenigstens läge es im Bereich der Möglichkeit.«

Er sah auf die Uhr, die auf dem Kamin tickte. »Ist es schon zu spät für eine Sensation in den Morgenzeitungen?«

Erwin schüttelte den Kopf. »Nein, die letzten gehen um vier Uhr in die Maschine. Die Geschichte steht bestimmt in den Morgenblättern – daran lässt sich nichts mehr ändern.«

Wie sich dann herausstellte, hatte Giller sein Haus kurz nach zehn in Begleitung eines Angestellten verlassen. Er hatte zwei Schlafabteile für den Zug belegt, der um zehn Uhr dreißig nach Hamburg fuhr. Zehn Uhr zehn waren sie am Hauptbahnhof angekommen. Herr Gregor ging in sein Abteil und schloss sich, wahrscheinlich auf den Rat des Polizeipräsidenten, darin ein.

Das Abteil seines Angestellten lag am Ende des Zuges. Er wartete bis zur Abfahrt, kam dann in das Abteil seines Chefs und war ihm beim Auskleiden behilflich. Fünf Minuten vor elf verließ er es und wartete auf dem Gang, bis Georg Giller die Tür von innen verschlossen hatte.

Eine Tür führte von diesem Abteil zum nächsten Raum, sie war aber fest verschlossen. Dieses Nebenabteil hatte eine ältere Dame. Sie war anscheinend sehr krank und konnte sich nur mühsam mithilfe einer Krücke bewegen. Eine ältere Krankenschwester, die eine Brille trug, begleitete sie.

Nach der Entdeckung des Toten hatten, auf telefonische Benachrichtigung hin, die Stationsbeamten mithilfe der Polizei den Zug sorgfältig durchsucht. Das Abteil der alten Dame war leer. Der Schaffner erklärte, sie habe, samt ihrer Krankenschwester, den Wagen im Rotenburger Bahnhof verlassen.

Herrn Gillers Abteil war von innen verschlossen, ebenso die Verbindungstür. Das Bett zeigte Spuren des Verbrechens, das sich in dem Raum abgespielt hatte. Kissen, Decken, Betttücher und auch die Fensterrahmen wiesen Blutspuren auf. Das Fenster war geschlossen, und die Jalousien waren heruntergelassen. Besonders wurde in dem Bericht noch erwähnt, dass das Reservelaken aus dem Schrank genommen und über das Bett gedeckt war. Die Beamten, die das Abteil betraten, bemerkten deshalb zuerst nichts von dem Verbrechen.

Die Eisenbahnbeamten bestätigten, dass dort beim Zwischenstopp am Bahnhof von Rotenburg zwei Frauen den Zug verlassen hatten. Eine große, schwarze Limousine wartete auf die beiden. Der Fahrkartenkontrolleur an der Sperre war erstaunt, dass sie kein Gepäck bei sich hatten.

Der Bericht über das Verbrechen war so spät im Präsidium eingetroffen, dass es keinen Zweck mehr hatte, Straßensperren aufzustellen. Erst am nächsten Tag erhielt man glaubwürdige Nachrichten über den Verbleib der schwarzen Limousine.

...

»Die Sache kommt allmählich in Fluss«, sagte Hagedorn am nächsten Morgen. »Ich bin gespannt, was es heute geben wird.«

»Glauben Sie denn, dass noch mehr Leute Erpresser-briefe erhalten haben? Und meinen Sie wirklich, dass die davon betroffenen auf so plumpe Manöver reagieren und Geld bezahlt haben?«

»Sicher. Die Bande jedenfalls, die die grünen Formu-lare verschickt, handelt psychologisch richtig. Die ge-forderte Summe ist nicht zu groß, ein- oder zweitausend Pfund sind nicht zwanzig- oder fünfzigtausend. Nach zwei Monaten freilich werden die Leute, die bezahlt haben, natürlich zum zweiten Mal zur Ader gelassen. Das ist eine Grundregel bei der Kunst des Erpressens. Einmal zahlt schließlich fast jeder, erst wenn die Ge-schröpften zehnmal geblecht haben, werden sie aufsäs-sig. Nachdem nun wieder dieser Mord im Zug passiert ist, werden die Drohbriefe wahrscheinlich zu Hunderten in der Stadt verteilt. Aber die verdammten Burschen sollen mich trotzdem im Nacken spüren.«

Heiner Hagedorn hatte ein paar Helfer an der Hand, die allerdings nicht offiziell im Dienst der Polizei stan-den, aber doch mehr oder weniger Zubringerdienste leisteten. Der Hauptkommissar war ursprünglich nach Deutschland gekommen, um an einer internationalen Polizeikonferenz teilzunehmen. Man wollte den Falsch-spielerbanden und Betrügern beikommen, die planmä-ßig zwischen den Vereinigten Staaten und Europa hin und her reisten. Hagedorn war unterwegs mit allerhand Landsleuten in Kontakt getreten, die Verbindung zu Verbrecherkreisen unterhalten, und von denen bekam er mitunter brauchbare Nachrichten.

Zu einem gewissen Jens Lindner, der in einem Hotel in der Innenstadt wohnte, lud er sich an diesem Morgen zum Frühstück ein. Lindner war ein untersetzter, etwas korpulenter Mann mit rotem Gesicht und kahlem Kopf. Er hatte Sinn für Humor, aber sein Hauptvorzug bestand darin, dass er über viele Gangster genau Bescheid wusste.

Hagedorn trat unangemeldet in sein Zimmer.

»Was, Sie schlemmen hier bei Eier und Schinken?«, fragte er.

»Das bekäme mir auch gut, Jens. Ist irgendetwas los?«

Jens Lindner sah ihn ernst an. »Haben Sie die Morgenzeitungen nicht gelesen? Übrigens hatten die Kerle doch gestern eine Bombe in Ihr Zimmer gestellt. Ob das dieselbe Bande ist, die diesen Sir Sowieso geschnappt hat?«

Hagedorn nickte. »Für einige von uns wird es in nächster Zeit heiß werden.«

»Ich glaube, Herr Hagedorn, es wäre besser, Sie betrachteten mich nicht mehr als Informationsquelle.«

»Sie haben wohl kalte Füße bekommen, wie?«

Hagedorn zog sich einen Stuhl heran.

»Nein, das gerade nicht – aber sie sollen warm bleiben. Ich hätte nicht gedacht, dass die Kerle hier so scharf ins Zeug gehen. Sie haben es da mit skrupellosen Burschen zu tun.«

»Haben Sie jemanden gesehen?«

»Ich weiß nicht, ob ich Ihnen überhaupt etwas sagen soll, bin eigentlich nie Polizeispitzel gewesen. Aber Eliot Danner ist hier – und ebenso Michael-Anton Michelsen. Doch das wissen Sie natürlich schon?«

»Ja. Ist Ihnen nicht einer von den weniger Prominenten über den Weg gelaufen?«

»Doch, Heinz Moltau. Seine Schwester ist mit Michael Michelsen verheiratet.«

»Sie führt wenigstens seinen Namen. Sonst noch wer?«

Jens lehnte sich im Stuhl zurück. »Ich überlege, ob es sich lohnt, es Ihnen mitzuteilen. Es sind feige Halunken, die ich zum Teufel wünsche. Aber Sie müssen bedenken, dass ich verheiratet bin und Familie habe.«

Er sah sich um. »Schauen Sie doch mal zur Tür hinaus, Hagedorn, ob jemand lauscht.«

Es klopfte an der Tür und im gleichen Augenblick trat ein Kellner ein.

»Bestellen Sie sich bitte, was Sie wollen«, sagte Jens. Und, als sich die Tür hinter dem Kellner geschlossen hatte, »Ich kann diese schmeichlerischen Italiener nicht leiden. Aber bitte, setzen Sie sich doch wieder.«

Er lehnte sich über den Tisch und dämpfte die Stimme. »Können Sie sich noch auf Bomben-Paule besinnen, der drüben zu zehn Jahren Zuchthaus verknackt wurde?«

Hagedorn nickte. »Ich kannte ihn, weil er früher zu den Kartenspielern gehörte, die den Atlantik bereisten. Das muss so vor circa fünfzehn Jahren gewesen sein. Später hörte ich, dass er mit einer Bande in Amerika zusammenarbeitete, und traf ihn dann auch. Als der große Vieharbeiterstreik ausbrach, hatte er ebenfalls seine Hand im Spiel.«

»Er hat eine Bombe in das Haus eines Staatsanwalts geworfen, deshalb wurde er doch nachher verurteilt.« Jens sah sich wieder um und flüsterte dann, »Er ist hier.«

»In diesem Hotel? Oder in Hamburg?«

»In Hamburg. Eine merkwürdige Sache. Ich sah ihn in einem Laden, als er Kleider für seine alte Mutter kaufte. Er hat mich nicht bemerkt, aber ich hörte, wie er mit der Verkäuferin sprach.«

»Hat er Sie wirklich nicht erkannt?« Heiner war ganz Ohr für diese neue Nachricht.

»Nein.«

»Können Sie sich auf den Laden besinnen?«

Jens fuhr sich mit der Hand über die Stirn. »Nein. Es war nicht eigentlich in der Innenstadt, in der Obernstraße, sondern in einer Nebenstraße, wo man billige Kleider kaufen kann. Ich war auch dort, um für meine Frau eine – eine.« Er stockte verlegen.

»Kommt es darauf an?«, erwiderte Hagedorn liebenswürdig. »Sie erinnern sich nicht daran, was er gekauft hat?«

»Nein. Er hatte seine Wahl noch nicht getroffen, als ich fortging.« Jens konnte dann wenigstens ungefähr beschreiben, wo der Laden lag.

»Wo er hier wohnt, wissen Sie nicht?«

»Nein.«, entgegnete Jens ungeduldig. »Ich habe Ihnen nun alles erzählt, was ich weiß, Herr Hagedorn. Und, weiß Gott, ich möchte mit der Sache weiter nichts zu tun haben, denn sie sieht bedenklich gefährlich aus. Gestern die Bombe in Ihrem Hotelzimmer. Es sind gemeine, feige Kerle. Meinen Schwager haben sie seinerzeit auch mit einer Bombe erledigt, weil er nicht in ihre Bande eintreten wollte, und ich bin alles andere als ihr Freund.« Plötzlich fügte er inkonsequent hinzu, »Bomben-Paule trug eine Brille, und ein gelbes Taxi mit grünen Rädern wartete draußen.« Er schlug sich mit der

Hand auf den Mund. »Das hätt' ich nicht sagen sollen«, brummte er ärgerlich. »Es kann auch das Taxi von einem anderen gewesen sein, aber der Wagen wartete, und der Fahrer hatte ausdrücklich das Schild herumgedreht.«

Hagedorn kehrte in Erwins Wohnung zurück, rief ihn im Amt an und erzählte kurz, was er gehört hatte – natürlich ohne Lindners Namen zu erwähnen.

»Sie haben doch in Ihrer Versicherungsdirektion eine Abteilung, die alle Taxis registriert hat? Wär' es nicht möglich, herauszufinden, ob es in Bremen oder Hamburg ein solches gelbgrünes Monstrum gibt? Dann noch eins, Erwin. Melden Sie bitte ein Ferngespräch mit dem Polizeipräsidium in Hamburg an. Ich muss mit den Leuten reden. Ich komme dann in Ihr Büro.«

Kaum hatte Hagedorn den Hörer aufgelegt, als es wieder läutete.

»Hallo, sind Sie am Apparat, Hagedorn?«

Hagedorn hatte überhaupt noch nicht gesprochen.

»Michael Michelsen. Können Sie Gedanken lesen? Oder befassen Sie sich mit übersinnlichen Kräften?«

»Nein.« Michael Michelsen lachte. »Die Sache ist nicht so geheimnisvoll. Ich versuchte, mit Ihnen in Verbindung zu kommen, und dabei muss etwas in Unordnung geraten sein, sodass ich den letzten Teil Ihres Gesprächs mit dem Präsidium hörte. Alles in Ordnung in bei Ihnen? Niemand krank von unseren Lieblingen?«

»Das werde ich bald herausfinden. Woher wissen Sie übrigens, dass ich hier bin?«, fragte Hagedorn.

»Der Telefonist vom Präsidium hat mir das gesagt. Ich möchte nur fragen, ob Sie nicht im Hilton oder sonst in einem netten Lokal mit mir zu Mittag speisen wollen. Für Sie ist mir nichts zu teuer, Hagedorn. Auch wäre es mir lieb, wenn Sie meine Frau kennenlernten.«

»Welche meinen Sie denn?«

»Na, hören Sie, so dürfen Sie doch nicht reden. Also, Nehmen Sie meine Einladung an?«

»Abgemacht.«

Wenn irgendetwas feststand, so war es die Tatsache, dass der Telefonist vom Präsidium Michael-Anton Michelsen nicht die Privatnummer von Detektiv Müller gegeben hatte.

Hagedorn machte sich die Mühe, im Präsidium nachzufragen, und seine Vermutung wurde vollauf bestätigt.

»Sie scheinen mich also dauernd zu überwachen«, meinte Hagedorn nachdenklich. »Sonst hätten sie nicht wissen können, wo ich bin.«

Als er von Jens Lindner fortging, hatte er beobachtet, dass der italienische Kellner aus dem nächsten Zimmer herauskam. Er wagte nun einen kühnen Handstreich, ließ sich zwei Beamte zuordnen und begab sich mit ihnen zum Park-Hotel.

Jens Lindner war ausgegangen, aber Hagedorn sah den Sizilianer, der ihn am Morgen bedient hatte. Der Hoteldirektor war bei der Unterhaltung zugegen, die in Jens Zimmer stattfand.

»Ich verhafte diesen Mann, weil er unter Verdacht steht. Bitte, führen Sie einen meiner Beamten zu seinem Zimmer.«

Hagedorn handelte auf gut Glück, aber er hatte Erfolg. Der Kellner, der sich zuerst gleichgültig gestellt hatte, machte plötzlich einen Fluchtversuch und beging dann eine vom Standpunkt der Polizei aus unverzeihliche Sünde, Er zog nämlich eine Pistole, um auf den Hauptkommissar zu schießen, der ihn festhielt. Hagedorn schlug ihm aber die Waffe aus der Hand und ließ ihm dann Handschellen anlegen.

In seinem Zimmer fand man einen halbvollendeten Brief, der englisch geschrieben war und ohne Adresse und Datum begann:

»Hagedorn kam und besuchte Jens Lindner. Sie hatten eine lange Unterredung. Jens sagte etwas von Bomben-Paule. Ich konnte nichts Genaues hören, sie sprachen sehr leise…«

Hagedorn las den Brief und steckte ihn in die Tasche.

»Bringen Sie den Mann nicht ins Präsidium, sondern in Herrn Müllers Wohnung«, sagte er zu einem Beamten, »Durchsuchen Sie erst seine Taschen – dann nehmen Sie ihm – die Handschellen ab. Wir wollen nicht die Aufmerksamkeit der Leute erregen.«

Der Beamte ging Arm in Arm mit seinem Gefangenen und brachte ihn ohne weiteren Zwischenfall in Erwins Wohnung. »Sie beide können draußen warten, während ich mich mal ein bisschen mit dem Mann unterhalte«, sagte Hagedorn und sah, dass sich im Blick des Gefangenen Schrecken und Angst zeigten.

Die zwei Beamten machten Einwendungen, zogen sich dann aber zurück.

»Nun, mein Liebling«, begann Hagedorn, »ich habe nicht viel Zeit, die Wahrheit aus Ihnen herauszuholen, aber ich möchte gern erfahren, wohin Sie den Brief schicken wollten.«

»Das werde ich Ihnen nicht sagen.«

»Haben Sie schon mal vom dritten Grad gehört? Sie werden jetzt gleich erleben, wie er angewandt wird. An wen war der Brief gerichtet?«

»Scheren Sie sich zum Teufel.«, rief der Italiener leidenschaftlich.

Hagedorn packte ihn mit einem harten Griff am Kragen.

»Wir wollen freundlich, wie Brüder, miteinander reden. Ich möchte Sie nicht unnötig quälen. Aber ich muss wissen, an wen der Brief gerichtet war.«

Der Mann zitterte. »Nun gut«, sagte er düster. »An eine junge Dame – namens Inga Lange.« Und er nannte, zum Erstaunen des Hauptkommissars, ihre genaue Adresse.

»Schicken Sie die Briefe persönlich?«

»Nein, ein Junge kommt und holt sie ab.«

Hagedorn seufzte erleichtert auf. »Ach so. Was für ein Junge ist das? Und wann kommt er?«

Der Kellner konnte weiter nichts sagen. Er hatte seine Instruktionen erst am Abend vorher erhalten, ein Landsmann hatte ihm den Namen einer Geheimgesellschaft genannt, und daraufhin hatte er gehorcht.

»Eine hübsche kleine Geschichte«, meinte Hagedorn. »Nun erklären Sie mir vielleicht noch, warum Sie eine Pistole geladen bei sich tragen und warum Sie den Beamten damit bedrohten, der Sie verhaftete? Wovor fürchteten Sie sich denn?«

Zehn Minuten später hatte er den Italiener so weit, dass er alles gestand. Er brachte ihn ins Präsidium und berichtete später seinem Chef über den Fall.

»Die Bande hat Vertrauensleute in jedem großen Hotel, und zwar in jedem Stockwerk einen Mann. Dieser Rosso, den ich mir eben vorgenommen habe, kommt aus Italien. Es ging ihm dort nicht gut, und er erhielt den Tipp, dass er in Deutschland viel Geld verdienen könne. Daraufhin meldete er sich bei dem Chef seiner Geheimgesellschaft und bekam sofort eine Anstellung. Die Italiener haben eine Organisation, um Kellner in den einzelnen Ländern auszutauschen. Auf diese Weise kam auch Rosso nach Bremen.«

»Wie steht es denn mit seinem Pass?«

»Der ist in Ordnung. Wir können ihm nichts vorwerfen, wir können auch nicht nachweisen, dass er mit jemandem in Verbindung steht. Er kennt weder Eliot Danner noch Michael Michelsen noch sonst einen von den Gangstern. Wenn das der Fall wäre, hätte er es verraten, denn er ist kein Held.«

Hagedorn begab sich dann in Erwins Büro, und er war kaum fünf Minuten dort, als das bestellte Telefongespräch aus Hamburg kam.

»Ach, Thalheimer«, rief er erfreut. »Hier Hagedorn. Ich spreche von Bremen aus. Können Sie sich auf Bomben-Paule besinnen? Ja, das ist er. Meiner Meinung nach müsste der aber im Gefängnis sitzen.«

Erwin erkannte am Gespräch, dass sein Kollege in Hamburg ein langes Gesicht zog.

»So – der ist schon wieder frei? Haben Sie ein gutes Bild von ihm? Ausgezeichnet. Schicken Sie es bitte als

Bilddatei herüber. Wann ist er denn entlassen worden? Was? Nur zwei Jahre gesessen?«

Hagedorn legte den Hörer auf und lächelte Erwin freundlich an.

***

13

Erwin Müller hatte Kommissar Beerbaum bei sich, als er zur Leichenschau für Herrn Georg Giller fuhr. Auf Sonderbefehl wurde sie nicht in Hamburg, sondern in Bremen abgehalten.

»Das Leben ist eine verdammte Aufeinanderfolge solcher Verhandlungen über Mord und Leichen«, meinte Beerbaum, zwirbelte seinen Schnurrbart und sah Erwin erwartungsvoll an.

»Wenn Sie wirklich mal einen Witz machen, lache ich auch«, entgegnete Erwin übel gelaunt. »Im Augenblick ist es nicht so leicht, mich aufzuheitern.«

»Sie nehmen alles viel zu ernst. Dadurch können Sie aber solche Verbrechen auch nicht verhindern. In derartigen Fällen darf man vor allem nicht den Kopf verlieren. Wenn Herr Giller unserm Rat gefolgt wäre ...«.

»Unter uns verstehen Sie wohl den früheren Polizeipräsidenten und sich selbst, oder?«

Beerbaum nickte. »Wir hatten ihm geraten, Bremen im Auto zu verlassen.«

»Hat Ihnen denn der Alte den Namen genannt?«

»Ja – ich war der Einzige, dem er ihn anvertraut hat.«

Erwin sagte nichts darauf, aber innerlich verwünschte er seinen früheren Chef.

Beerbaum hatte recht, wenn er sagte, dass sie jetzt dauernd solche Verhandlungen vor sich hätten. Die Totenschau für Sallmann und die erschossenen Polizisten war verschoben worden. Und auch diesmal zeigte der Vorsitzende keine Lust, sich mit Einzelheiten zu befassen. Nachdem er festgestellt hatte, wer der Tote war, vertagte er den Fall auf zwei Wochen später.

Erwin blieb zurück, um mit ihm Vereinbarungen wegen des nächsten Termins zu treffen. Als er dann das Gebäude verließ, sah er draußen, dass Beerbaum sehr ernst mit einem Mann sprach, den er, Erwin, nicht kannte. Der Fremde hatte aschblonde Haare, ein längliches Gesicht und ein wuchtiges Kinn, seine Erscheinung prägte sich Erwin unwillkürlich ein. Während die beiden sich unterhielten, ging ein Dritter vorüber und wechselte ein paar Worte mit ihnen. Er hatte eine untersetzte, rundliche Gestalt, trug eine Hornbrille und war sehr elegant gekleidet. Die beiden gingen dann zusammen fort, während Beerbaum zum Gerichtsgebäude zurückschlenderte.

Er war offensichtlich beunruhigt, als er sah, dass Erwin ihn beobachtete. »Hallo, Chef, die beiden wollten den nächsten Weg zum Bahnhof wissen. Und da sie Ausländer zu sein schienen, habe ich sie nach ihren Namen gefragt.«

»Ich habe nicht darauf geachtet«, erwiderte Erwin und bemerkte, dass Beerbaum erleichtert aufatmete. »Fahren Sie jetzt bitte ins Präsidium. Ich möchte Sie heute Abend noch sprechen.«

»Ich dachte, wir könnten die Angelegenheit gleich bereden?«, sagte Beerbaum.

»Tun Sie, was ich Ihnen sage«, entgegnete Erwin barsch und nachdrücklich.

Kurz vor fünf kam er im Polizeipräsidium an. Er war sehr müde, aber er hatte sich vorgenommen, noch Inga Lange aufzusuchen. Er wusste, dass sie an diesem Tag ihre Wohnung wechselte, hatte jedoch ihre neue Adresse noch nicht erfahren.

Heiner Hagedorn trat ein und sah so frisch und munter aus, als ob er eben aufgestanden wäre.

»Das Bild von Bomben-Paule ist herübergeschickt worden. Merkwürdig eigentlich, dass ich mich nicht mehr auf sein Gesicht besinnen kann, obwohl ich ihn damals selber verhaftet habe. Dauernd verwechsle ich ihn mit einem anderen.«

Kurze Zeit später kam ein Bote mit einem Abzug, der noch ein wenig feucht war.

»Ja, das ist der Junge«, rief Hagedorn. »Das ist Bomben-Paule.«

Er reichte das Foto über den Tisch. Erwin hielt vor Staunen den Atem an, denn das Bild zeigte den Mann, der am Nachmittag vor dem Gerichtsgebäude mit Beerbaum gesprochen hatte.

...

Es gibt im Polizeipräsidium Bremen eine besondere Abteilung, über die nicht gesprochen wird. Ihre Beamten haben häufig sehr unangenehme Pflichten zu erfüllen. Man könnte schon allein die Tatsache ihres Bestehens als einen Vorwurf gegen die beste Polizeitruppe der Welt betrachten.

Der Leiter dieser Abteilung wurde in das Büro von Direktor Wessels befohlen.

»Stellen Sie bitte Kommissar Beerbaum unter schärfste Beobachtung«, ordnete er an. »Sie dürfen ihn weder am Tage noch in der Nacht aus dem Auge lassen. Sein Büro und seine Wohnung müssen durchsucht werden, ohne dass er davon erfährt. Es ist auch möglich, dass er ohne besonderen Befehl verhaftet werden muss, nur auf persönliche Anweisung von mir oder Hauptkommissar Hagedorn.«

Der Beamte hatte schon von vielen erstaunlichen Dingen gehört, um in diesem Fall überrascht zu sein. »Ich werde mich persönlich um die Angelegenheit kümmern.«

Zwanzig besonders ausgewählte Beamte kamen in Erwin Müllers Büro und besahen sich Bomben-Paules Bild, um sich dann wieder zu entfernen.

Kurz vor Mitternacht ereignete sich in einem der vornehmen Nachtklubs ein merkwürdiger Zwischenfall.

Ein vergnügter Mann kam, von einer sehr schönen Dame begleitet, in das Lokal und fragte nach einem Tisch. Er hatte ein rundes Gesicht, trug eine Brille und sprach mit sanftem, südlichem Akzent.

Fünf Minuten später setzte sich ein anderer, der, gegen jede Vorschrift des Klubs, nicht im Abendanzug war, dem Fremden gegenüber. »Ich möchte draußen mit Ihnen sprechen«, erklärte er. »Falls Sie die Hand in die Tasche stecken, schieße ich Sie über den Haufen. Verstanden?«

»Wer sind Sie denn? Von der Polizei? Gut – ich werde Sie begleiten.« Der Mann erhob sich und sagte einige beruhigende Worte zu seiner Begleiterin. In der Halle fragte er nach seinem Mantel.

»Es ist ein warmer Abend – Sie brauchen ihn nicht«, sagte der Detektiv.

Paule bemerkte jetzt, dass etliche entschlossen dreinschauende Leute im Eingangsbereich standen.

Ein Telefonanruf aus dem Präsidium erreichte Hagedorn, aber er war nicht sehr begeistert darüber. »Gut – ich werde dabei sein, wenn Sie ihn verhören.«

Als Paule in Erwin Müllers Büro trat, sah er Heiner Hagedorn, blieb einen Augenblick stehen, riss sich dann aber zusammen und ging zwei Schritte weiter.

»Darf ich Ihnen einen Stuhl anbieten?«, fragte Hagedorn. »Wie geht es Ihnen denn? Wir haben uns ja lange nicht gesehen.«

Paule betrachtete kritisch den Stuhl, befühlte ihn und ließ sich dann nieder. »Mein Name ist Gregor Adlon Green«, erklärte er würdevoll. »Sie werden das in meinem Pass bestätigt finden. Es muss irgendein Irrtum vorliegen.«

»Ganz bestimmt«, erwiderte Hagedorn. »Sie sind also Gregor Adlon Green, Graf von Sowieso, und König aller Betrüger?«

Paule starrte den Hauptkommissar frech an und wandte sich dann an den Polizeidirektor Wessels. »Was will dieser Mann?«

»Sie haben drei Narben unter der rechten Schulter«, erinnerte Hagedorn. »Ich fürchte, die haben Sie nicht wegmassieren können?« Er sah, dass Wessels die Stirn runzelte, und schwieg während des weiteren Verhörs.

Zunächst wurde der Pass des Herrn Green untersucht und für in Ordnung befunden. Es war bezeichnend, dass er ihn in der Brusttasche seines Smokings trug. Eine Pistole hatte er nicht bei sich, und auch bei der Befragung machte er keine Fehler.

Ja, er erinnerte sich, dass er vor dem Gerichtsgebäude mit jemandem gesprochen hatte, er habe nach dem Weg zum Bahnhof gefragt. Er behauptete, in Bremen niemand zu kennen, und gab an, mit seiner Schwägerin auf einer Erholungsreise zu sein und eine Wohnung im Park-Hotel gemietet zu haben.

Der Bahnbeamte, der der älteren Dame in ihr Abteil geholfen hatte, und der Schlafwagenschaffner des betreffenden Zuges warteten im Vorzimmer und wurden hereingerufen. Aber es kam nichts Rechtes dabei heraus. Der Schaffner schien seiner Sache beinahe sicher, aber einen Eid konnte er nicht darauf leisten.

Nachdem Paule zwischenzeitlich abgeführt worden war, hielten die Kriminalisten eine kurze Besprechung ab.

»Wir haben kaum genügend Beweismaterial gegen ihn, um ihn festzuhalten«, erklärte Wessels. »Selbst eine etwaige Passfälschung wäre eine Angelegenheit der amerikanischen Behörden, nicht der unsrigen.«

Hagedorn sah ihn düster an. »Herr Wessels, dort drüben sitzt der Mörder von Herrn Georg Giller«, sagte er langsam, als ob er jedes Wort abwägen müsste. »Ob sich sein Komplize an der Schießerei beteiligte, ist eine Sache für sich. Paule jedenfalls ist ein Mörder und ein Bombenspezialist. Was fangen Sie mit ihm an? Wollen Sie ihn des Landes verweisen?«

Wessels schüttelte den Kopf. »Wir können die Wahrheit nicht aus ihm herauspressen. Uns sind die Hände gebunden.«

Hagedorn dachte nach. »Gut – dann lassen Sie ihn gehen. Aber ich werde ihn nach Hause begleiten. Denn ich dulde auf keinen Fall, dass ein kaltblütiger Mörder ungeschoren Bremen verlässt und sich obendrein eins ins Fäustchen lacht.«

Paule wurde wieder hereingebracht.

»Wir werden Sie nicht hierbehalten, Herr Green. Hauptkommissar Hagedorn bringt Sie ins Hotel zurück.«

Der Gefangene wurde bleich. »Ich brauche keine Begleitung«, widersprach er heftig. »Ich traue diesem Menschen nicht.«

»Sie werden hübsch brav mit mir kommen«, entgegnete Hagedorn und nahm ihn am Arm. Erwin Müllers Wagen wartete in der Nähe des Eingangs.

»Können Sie fahren, mein Junge?«

»Nein«, sagte Green unnötig laut.

»Versuchen Sie es getrost einmal. Sie konnten früher doch ganz gut Auto fahren? Ich setze mich hinter Sie und erzähle Ihnen, wohin Sie fahren sollen.«

Erwin war den beiden nach unten gefolgt und sah dem Wagen nach, der sich nicht stadtauswärts, sondern in Richtung City entfernte.

Ein zweiter Wagen fuhr in gewisser Entfernung hinterher, und zwar über einen kleinen Umweg nach Schwachhausen. Dort hielt das erste Auto eine Stunde lang, und das zweite blieb inzwischen in derselben respektvollen Entfernung.

Kurz vor drei Uhr morgens kehrte Heiner wieder in die City zurück. Er saß nun selber am Steuer, Paule auf einem der hinteren Sitze. Vor dem Präsidium ließ Hagedorn seinen Begleiter aussteigen und brachte ihn zu Wessels, der noch immer anwesend war.

»Ich glaube, wir lassen den Mann frei«, erklärte Hagedorn. »Es scheint, dass ich mich geirrt habe.«

Erwin trat in dem Augenblick ein und blieb erstaunt stehen.

»Na schön«, entschied Wessels. »Soll er gehen.«

Heiner begleitete Paule auf die Straße und besorgte ein Taxi für ihn.

Drei Beobachter sahen es. Einer ging zu einer Telefonzelle und nannte eine Nummer. »Paule hat sich mit der Polizei verständigt«, meldete er. Kurzes Schweigen auf der Gegenseite. Dann, »Gut. Bringt ihn um.«

»Zum Teufel, was hat das zu bedeuten?«, fragte Wessels, als Hagedorn wieder nach oben kam.

»Der Kerl ist tatsächlich der Mörder. Ich weiß nicht, wer ihn auf der Fahrt im Zug begleitet hat, wahrscheinlich weiß er das selber nicht. Aber er hat nicht nur Giller umgebracht, sondern auch die Bombe in mein Hotelzimmer gebracht.«

»Und Sie ließen ihn laufen?«

»Ich habe ihn nicht laufen lassen – ich habe ihm das Todesurteil gesprochen. Den ganzen Weg bis nach Schwachhausen hin und zurück bin ich von einem Wagen verfolgt worden, und daraus ziehe ich meine unwiderruflichen Schlüsse.«

Hagedorn behielt recht. Ein Polizist, der auf seinem Patrouillengang durch den Bürgerpark kam, fand in den frühen Morgenstunden einen Mann, dessen Füße aus dem Gebüsch hervorragten. Es stellte sich heraus, dass der Mann aus allernächster Nähe erschossen worden ist. Seinem Pass nach zu urteilen konnte man ihn als einen Herrn Green identifizieren.

***

14

Inga Lange hatte zu verhältnismäßig geringem Preis eine kleine Wohnung mit Telefon in der dritten Etage eines neuerrichteten Häuserblocks gemietet und konnte von ihren Fenstern aus die Heinrich-Heine-Straße überschauen. Die Möbel waren alle vorhanden, aber es sah noch etwas unordentlich in den Räumen aus. Nur in der Küche sah es schon wohnlicher aus. Eine neue Einbauküche in hellblau, ein farblich passender Tisch und zwei Stühle waren bereits vorhanden.

An dem Tag, an dem sie Eliot Danner verließ, sind ihr auf seine Anweisung hin, tausend Euro ausgezahlt worden, die sie noch nicht angegriffen hatte. Trotz alledem war sie gezwungen, sich nach einer neuen Stellung umzusehen, und sie hatte ihre Adresse auch bereits bei einem Stellenvermittlungsbüro angegeben.

Als sie sich gerade eine einfache Mahlzeit zubereitete, klingelte es. Als sie öffnete, sah sie eine elegante Dame vor sich.

»Sind Sie Frau Lange?«, fragte die Fremde. »Gestatten Sie, dass ich nähertrete?«

Inga entschuldigte sich wegen des Durcheinanders, das in der Wohnung herrschte. »Kommen Sie mit in die

Küche«, bat sie die fremde Frau einzutreten. »Dort sieht es noch am ordentlichsten aus.«

Die Dame war sehr elegant gekleidet und trug einen leichten Stoffmantel, obgleich der Abend verhältnismäßig warm war. An ihren Fingern glänzten Diamantringe.

»Darf ich mich setzen?«

Sie zog einen Küchenstuhl heran und ließ sich nieder. Ihre Strümpfe waren hauchdünn und ihr Rock sehr kurz. Sie hat schöne Beine, dachte Inga und war von dem Anblick sehr erregt.

»Sie kennen mich natürlich nicht?« Die Fremde sprach mit kalifornischem Akzent, aber das wusste Inga nicht. »Ich bin Elfriede Michelsen, mein Mann ist Michael-Anton Michelsen.

»Mein Mann ist auf einer Erholungsreise hier«, fuhr Frau Michelsen fort, »und hat leider seine Sekretärin verloren. Sie ist nämlich nach Amerika gereist, um sich dort zu verheiraten. Nun habe ich von Ihnen gehört und gedacht, Sie könnten uns wegen dieser Angelegenheit vielleicht mal besuchen.« Sie sagte das alles ohne Pause. Ihre Stimme klang monoton und nicht gerade angenehm.

»Sehr liebenswürdig von Ihnen, Frau Michelsen. Ich suche tatsächlich einen Posten als Sekretärin.«

»Sie haben für Herr Danner gearbeitet? Wir kennen ihn. Er ist wirklich sehr nett – in jeder Beziehung ein Gentleman. Als ich erfuhr, dass Sie von ihm weggingen, hab ich es Michael erzählt, und er meinte, ich solle mich gleich mit Ihnen in Verbindung setzen.«

»Es wird mir ein Vergnügen sein, Sie morgen aufzusuchen und mit Herrn Michelsen zu sprechen.«

Die Dame nahm eine Visitenkarte aus ihrer Handtasche und reichte sie Inga. Dann verließ sie die Wohnung und berührte mit ihrem Arm ungewollt die Brust von Inga. Der Duft eines feinen Parfüms blieb an der noch offenen Etagentür im Flur zurück.

Inga ging in die Küche zurück und sah auf die Karte. Es stand nur, A. Michelsen, geb. Wagner, darauf. Die Adresse war mit Bleistift danebengekritzelt, und es dauerte ein Weilchen, bis sie den Namen des Hotels entziffert hatte, das als eines der teuersten und vornehmsten in Bremen galt. Allem Anschein nach musste dieser Michael-Anton Michelsen ein reicher Mann sein.

Inga hatte gerade das Licht ausgeschaltet, als es noch einmal an der Haustür klingelte. Es war beinahe Mitternacht. Sie warf ihren Morgenrock über und ging zur Tür.

»Wer ist da?«, fragte sie vorsichtig durch die geschlossene Tür.

»Kann ich Sie einen Augenblick sprechen? Es ist sehr wichtig.« Es war Eliot Danners Stimme.

»Ich bin ganz allein in der Wohnung, Herr Danner. Es tut mir leid, dass ich Sie nicht hereinbitten kann.«

»Aber es ist wirklich äußerst dringend.«

Zögernd schob sie den Riegel zurück und öffnete.

Eliot Danner trug elegante Abendkleidung, zeigte aber nicht sein gewohntes selbstsicheres Wesen, sondern schien ziemlich aufgeregt.

»Ich werde hierbleiben«, sagte er und lehnte sich mit dem Rücken gegen die Tür. »War heute eine Dame bei Ihnen, die sich Michelsen nannte? Und hat sie Ihnen etwa angeboten, als Sekretärin für ihren Mann zu arbeiten?«

»Ja. Und ich habe zugesagt, dass ich Herrn Michelsen morgen aufsuchen würde.«

»Weitere Fragen richtete sie nicht an Sie? Nein.? Nun, das war alles, was ich wissen wollte, Frau Lange. Es ist mir peinlich, dass ich Sie so spät noch gestört habe. Aber ich halte es für besser, dass Sie nicht zu diesem Michelsen gehen, es würde Ihnen dort nicht gefallen. Hat Elfie Ihnen übrigens von ihren früheren Eheabenteuern erzählt?«

Sie sah ihn erstaunt an.

»Sie nannte sich vermutlich Elfriede?«, fuhr er fort.

»Elfie ist ihr richtiger Name.«

»Kennen Sie die Dame so gut?«

Er nickte und lächelte dann. »Ich glaube schon. Bis vor acht Jahren waren wir nämlich miteinander verheiratet.«

»Verheiratet? Aber sie ist doch fast noch ein junges Mädchen.«

»Achtunddreißig Jahre sind ein ziemliches Alter für ein junges Mädchen. Ich würde an Ihrer Stelle den Posten nicht annehmen, Frau Lange. Es ist nur ein Vorwand, denn Michael Michelsen braucht keine Sekretärin. Elfie war eine der besten Stenotypistinnen in Hamburg, bevor sie verschiedene Gangster kennenlernte. Ach, entschuldigen Sie«, sagte er hastig, »Ich habe da eben einen gemeinen Ausdruck gebraucht. Ich wollte eigentlich sagen, bevor sie mit der Unterwelt bekannt wurde. Ja, Sie würden es niemals ahnen, Frau Lange, aber ich habe früher mal eine halbe Million Dollar an diese Elfie verschwendet. Damals war sie brünett und nicht so hergerichtet. – Aber nun habe ich erfahren, was ich wissen wollte, und möchte mich jetzt verabschieden.« Er legte die Hand auf die Klinke, blieb jedoch reglos stehen.

Inga fühlte die Spannungen seiner Haltung, obwohl sie sein Gesicht nicht sehen konnte. »Stimmt etwas nicht?«

Er hob die Hand, und sie schwieg. Plötzlich wandte er sich um und zeigte nach links. Sie verstand, dass sie ins Wohnzimmer gehen sollte. Merkwürdigerweise gehorchte sie, ohne zu fragen.

Als sie außer Sicht war, hörte sie das leise Geräusch, das durch das Öffnen der Tür entstand, und dann vernahm sie Eliot Danners Stimme, »Hallo, mein Junge. Was hast du denn hier zu tun?«

»Ach, Eliot, ich wollte einen meiner Freunde besuchen, der hier im Haus wohnt. Aber stecken Sie doch den Revolver weg, Mensch.«

»Stell dich dort an die Wand und strecke die Hände so hoch, wie du kannst.«

Ein langes Schweigen. Dann wieder Danners Stimme,

»Wozu hast du das mitgebracht, wenn du deinen Freund besuchen wolltest?«

»Aber, Eliot, man kann doch in Bremen nicht vorsichtig genug sein. Gewöhnlich trage ich nie eine Pistole bei mir.«

»Du wirst keine mehr bei dir tragen. Geh jetzt geradeswegs zum Fahrstuhl. Ich bleibe dicht hinter dir. Mein Wagen wartet hinterm Haus. Wir werden zusammen ausfahren und uns noch ein bisschen unterhalten.«

Inga hörte, dass die Tür geschlossen wurde. Gleich darauf kam der Lift nach oben.

Die erste Nacht in der neuen Wohnung schlief Inga fest und tief, und als sie am nächsten Vormittag aufwachte, zeigte die Uhr neben ihrem Bett zehn Minuten vor zwölf, fast Mittag.

Sie glaubte es erst, nachdem sie einen Blick auf ihre Armbanduhr geworfen hatte. Dann erinnerte sie sich an die Verabredung mit Michael-Anton Michelsen und an Eliot Danners Warnung. Sie überlegte noch, ob sie gehen oder bleiben sollte, als sie bereits angezogen war und die erste Tasse Tee trank.

Um ein Uhr sah Herr Michael-Anton Michelsen auf die Uhr. »Die Dame kommt nicht.«

Seine Frau schüttelte den Kopf. »Sollte man das annehmen, von einem solchen Mädchen? Ich glaube, die hat kein einziges elegantes Kleid und läuft immer nur im Morgenmantel rum.«

»Ich möchte nur wissen, ob sie gestern noch mit Eliot gesprochen hat.«

Sie schaute ihn erstaunt an. »Weißt du denn das nicht? Ich dachte, du wüsstest alles, was Eliot unternimmt.«

Er lächelte boshaft. »Einer meiner Leute beobachtete ihn, aber ich habe nichts mehr von ihm gehört. Ist die Neugier Eurer Majestät nun befriedigt?«

Wenn er von ›Majestät‹ sprach, war es höchste Zeit, ihn nicht durch weitere Fragen zu verstimmen.

Inga kam nicht, aber Michael Michelsen hatte mittags einen anderen Gast. Er sah auf, als er den Schatten des Besuchers bemerkte, und hielt plötzlich im Essen inne.

»Ach, da ist ja Hagedorn«, sagte er.

»Sie hatten mich gestern zum Mittagessen eingeladen, Michael, aber ich habe es beinahe vergessen. Wie geht es Ihnen, Frau Michelsen? Haben Sie heute Morgen ganz Bremen aufgekauft?«

Michael unterbrach sie, als sie sich über die Unzulänglichkeit der Bremer Geschäfte beschwerte.

»Elfriede, ich möchte mich ein wenig mit Hauptkommissar Hagedorn unterhalten. Würde es dir etwas ausmachen, oben zu speisen?«

Er war erstaunt, dass sie sich ohne Widerrede erhob und nicht einmal böse dreinsah.

»Alle Leute kratzen ab«, sagte Hagedorn. »Es wird nicht genug Gerichtssäle in Bremen geben, um all die vielen Verhandlungen zu führen, nachdem hier amerikanische Zustände einreißen.«

Michael grinste. »Reden Sie doch nicht so schlecht von unserer Heimat, Hagedorn. Meiner Meinung nach sind das keine Ortsansässigen, sondern nur Fremde. Ich weiß auch gar nicht, warum sie nicht wieder dahin gehen, wo sie hergekommen sind. Das sagte ich schon immer.«

»Das sagen die anderen auch, besonders, wenn sie nicht intelligent genug sind, die Lage zu durchschauen. Wann wollen Sie wieder nach Amerika, Michael?«

»Ich?« Michelsen tat erstaunt und verletzt. »Warum sollte ich zurückkehren? Ich hatte vor, nach Paris zu reisen.«

»Wissen Sie, was hier mit Leuten geschieht, die einen Mord begehen? Die besten Rechtsanwälte können sie nicht vorm Knast retten. Hier gibt es keine bestechlichen Richter, die kümmern sich den Teufel drum, ob ein Angeklagter ein paar Millionen Euro hat oder nicht. Ich würde es mir doch noch zweimal überlegen, Michael.«

Michael lächelte ebenso verbindlich wie vorher.

»Sie wollen doch nicht unter die Verbrecher gehen, Hagedorn? Das täte mir ehrlich gesagt leid.«

»Das ist die eine Seite der Sache«, entgegnete Hagedorn, in keiner Weise gekränkt. »Aber ich will Ihnen noch eine andere zeigen. Hier in Bremen hält sich ein Mann auf, der blitzschnell eine Pistole zieht und feuert, ehe Sie mit den Augen zwinkern können.«

»Ich bin doch so dünn Herr Hagedorn, dass mich keine Kugel treffen kann. Was wollen Sie übrigens speisen, Herr Hauptkommissar? Was Warmes, recht nett mit Gift angemacht? Nein, ich gehe nicht nach Amerika zurück – wenigstens vorläufig noch nicht. Wenn Sie mal nach New York kommen, so sagen Sie unsern Freunden, ich bleibe noch hier, um mir die schöne Gegend anzusehen.«

Hagedorn erhob sich. »Sie sind ein alter Reiseonkel, Michael, und Sie wissen ganz genau, was es heißt, wenn das Nebelhorn auf einem Schiff viermal tutet, »Alle Mann von Bord.« Und wenn Sie das Warnsignal noch nicht gehört haben, dann gehen Sie bitte zu einem Ohrenspezialisten.«

***

15

Im Präsidium machte man sich die größten Sorgen, weil sich keiner der Bedrohten an die Polizei gewandt hatte. An einem Abend hatten die Polizisten allein acht brennende Kerzen an verschiedenen Fenstern gezählt, die Namen der Wohnungsinhaber sind sorgfältig notiert worden.

»Ich wünsche nur«, sagte Erwin, »es käme ein mutiger Mann und sagt, »Hier ist ein Brief, nun ist es Ihre Sache, mich zu beschützen.« Wenn ich morgen einen solchen Brief bekomme, bin ich glücklich.«

Am nächsten Morgen um zehn wurde sein Wunsch erfüllt, aber er fühlte sich durchaus nicht glücklich, Inga Lange nämlich hatte einen Drohbrief erhalten, in dem man von ihr eine Zahlung von fünfhundert Euro verlangte.

Sie brachte den Brief persönlich ins Präsidium. Sie fasste die Sache mehr von der heiteren Seite auf und war keineswegs ängstlich.

Als Erwin die blaue Formularfarbe sah, wusste er sofort, was das zu bedeuten hatte. Er wurde bleich und gab Heiner Hagedorn das Schreiben.

»Haben Sie denn fünfhundert Euro, Frau Lange?«, fragte Hagedorn stirnrunzelnd »Aber natürlich, Sie haben ja tausend Euro geerbt. Sie brauchten also nur die Hälfte abzugeben.«

»Lächerlich«, erklärte Inga. »Die Leute haben sich doch da nur einen Scherz erlaubt.«

Die beiden sahen sich an. »Halten Sie das für einen Scherz, Hagedorn?«, fragte Erwin.

»Nein, auf keinen Fall. Was werden Sie unternehmen, Erwin?«

»Das weiß ich noch nicht. Vor allem werde ich dem Chef die Sache mitteilen. Frau Lange bleibt am besten im Präsidium. Wir haben ein Reservezimmer, in dem man ein Bett aufschlagen kann. Ich werde mit der Frau sprechen, die dafür zu sorgen hat.« Er eilte hinaus.

»Ist es wirklich so ernst?«, fragte Inga, als sie mit Hagedorn allein war.

»Ach was, Frau Lange«, versuchte er sie zu trösten.

»Es ist nicht so schlimm. Aber man darf die Sache natürlich nicht auf die leichte Schulter nehmen. Ich kenne einen Mann in Bremen, der es nicht für einen Spaß hält.«

Er wartete, bis Erwin zurückkehrte, entschuldigte sich dann und ließ sich von einem Beamten zur Parkallee bringen.

Eliot Danner wäre zu Hause und wollte ihn auch sofort empfangen, bestellte der untersetzte Butler, der ihn eingehend musterte.

»Es tut mir leid, dass ich Sie einen Augenblick habe warten lassen«, empfing ihn Danner. »Nehmen Sie bitte Platz. Wollen Sie eine Zigarette rauchen?«

Hagedorn nahm dankend an. »Gibt es was Neues?«, fragte er.

»Im Augenblick nicht. Ich dachte schon daran, für eine Woche nach Berlin zu fahren. Man kann diese Rechtsanwälte nicht zur Eile antreiben.«

»In Bremen passieren recht aufregende Dinge. Aber, ich habe bis jetzt noch nicht gewusst, dass diese Banden auch gegen Frauen arbeiten.«

»Wie meinen Sie das?«, fragte Danner.

»Die junge Dame, die früher hier war, Frau Lange, hat heute Morgen einen Drohbrief bekommen. Fünfhundert Euro soll sie zahlen.«

»Inga Lange?« Eliot verlor einen Augenblick die Fassung. »Die hat einen Brief bekommen?« Er nahm langsam noch eine Zigarette aus seinem goldenen Etui und steckte sie an. »Aber ich nehme nicht an, dass das irgendwelche Folgen hat. Welche Maßnahmen wollen Sie ergreifen?«

Hagedorn grinste. »Das werden wir heute in den Abendblättern mitteilen. Achten Sie genau darauf.«

Eliot lachte. »Das war allerdings eine dumme Frage. Gehen Sie schon wieder?«

Hagedorn nickte. »Ich bin bloß auf einen Sprung zu Ihnen gekommen.«

An diesem Abend ging Michael-Anton Michelsen um Viertel nach sieben in der großen Eingangshalle seines Hotels nervös auf und ab. Er war in Abendkleidung und trug eine Blume im Knopfloch seines Jacketts.

»Michael, Sie sehen wirklich großartig aus.«

Michelsen ließ wie von ungefähr die Hand in die Hosentasche gleiten. »Hallo, Eliot.«

»Kommen Sie mit in den Palmengarten, und trinken Sie ein Glas Champagner mit mir.«

Eliot winkte einem Kellner. »Wollen Sie in die Oper?«

»Nein, ins Schauspieltheater. Diese verdammten Frauen. Immer muss man auf sie warten. Elfriede hat heute Nachmittag Einkäufe gemacht.« Michael sah wieder auf die Uhr. »Sie braucht gewöhnlich eine Stunde, um sich schön zu machen.«

»Merkwürdig, dass die Freuen einen immer warten lassen.« Eliot blies einen Rauchring in die Luft und beobachtete, wie sich dieser zerteilte. »Können Sie sich auf meine Sekretärin besinnen? Frau Inga Lange? Ein entzückendes Mädchen. Ich habe den ganzen Nachmittag auf sie gewartet, aber sie ist im Präsidium. Irgendein Spaßvogel hat ihr einen Brief geschickt, in dem es heißt, »Geld oder Leben.« Soviel ich weiß, sind Hagedorn und Erwin Müller sehr aufgeregt darüber. Ich habe ihnen gesagt, sie brauchten sich weiter keine Sorgen zu machen.«

»Ganz recht«, entgegnete Michael, der dauernd den Eingang beobachtete.

»Ich werde Ihnen auch mitteilen, warum ich die beiden beruhigen konnte.« Eliot sah auf seine Zigarette, als ob er dort etwas ablesen wollte.

»Es wird Frau Lange nicht mehr geschehen als einer anderen Frau – sagen wir einmal, Elfriede. Nehmen wir an, man würde morgen Frau Lange tot auffinden, dann gehe ich die größte Wette ein, dass Sie zum Frühstück auch Elfriedes Kopf in einem Fruchtkorb präsentiert bekämen.«

Michael hörte plötzlich mit gespannter Aufmerksamkeit zu. Er konnte nicht verhindern, dass seine Lippen zitterten. Er liebte Elfriede und war sehr stolz auf sie.

Aber er wusste auch, dass der Mann, der ihm gegenübersaß und so nachlässig seine Zigarette rauchte, vollkommen gefühllos war. Elfriedes Kopf bedeutete Eliot so viel wie der Kopf eines Hamsters.

»Gut, dann ist das abgemacht, Eliot.«

Michael räusperte sich, denn seine Stimme hatte merkwürdig heiser geklungen.

Danner erhob sich und sah auf die Uhr. »Es tut mir leid, dass Sie Ihr Theater versäumt haben. Ich glaube, Elfriede ist irgendwo bei dem vielen Verkehr in der Stadt aufgehalten worden. Gegen acht wird sie sicher zurückkommen.«

Fünf Minuten nach acht erschien Elfriede wütend, aber auch ein wenig verstört im Hotel. Sie sprach aufgeregt auf Michael ein, als sie oben in ihren Räumen waren.

»Du wirst diesen gemeinen Kerl zur Strecke bringen. Das ist doch die Höhe der Unverschämtheit, mich in ein Zimmer einzusperren. Die Lumpen haben mir vorgelogen, du wärst krank, und ich sollte schnell zu dir kommen.«

»Mach endlich den Mund zu, Liebling«, erwiderte Michael.

»Ich habe furchtbare Kopfschmerzen.«

Er grinste. »Sei froh, dass du noch einen Kopf hast, indem du Schmerzen fühlst. Glaube mir, Elfriede, der Kerl ist schlau. Ich wünschte nur, er wäre auf unserer Seite.«

Punkt acht wurde Heiner Hagedorn ans Telefon gerufen, er erkannte Eliots Stimme.

175

»Sie brauchen sich um Frau Lange keine Sorgen zu machen. Ich halte die Sache bestimmt für einen Scherz.«

»Großartig«, sagte Hagedorn und brachte Erwin die Nachricht.

»Man kann sich doch aber auf das Wort eines solchen Menschen nicht verlassen?«

»Das kann man schon – glauben Sie mir nur«, entgegnete Hagedorn mit Nachdruck.

Erwin war aber doch nicht ganz überzeugt und ließ Inga nur ungern wieder in ihre Wohnung zurückkehren. Sie erfuhr nichts von den näheren Umständen und war eigentlich froh, dass sie sich wieder frei bewegen konnte. Sie merkte auch nichts von der Anwesenheit des Detektivs, der die ganze Nacht vor ihrer Wohnung Wache hielt. Ebenso wenig wusste sie, dass während derselben Zeit ein Auto ihrer Haustür gegenüberstand, in dem ein Maschinengewehr angebracht war. Der bekannteste Scharfschütze von Hamburg, war der Fahrer.

Am nächsten Nachmittag bekam Inga Besuch, Heiner Hagedorn und Erwin Müller erschienen zum Kaffee. Beide wollten sich die Wohnung genau ansehen, vor allem die Zugänge. Außerdem hätten sie gern erfahren, was sie vor drei Tagen in der City gemacht hat.

Hagedorn kam auf die Sache zu sprechen. »Vor ein paar Tagen haben Sie einen guten Bekannten von uns in der Stadt getroffen – Kommissar Beerbaum?«, fragte er.

»Ja. Ich kam von Osterholz-Tenever zurück und das Taxi musste an einer Straßenecke warten. Er kam ans Auto und sprach mit mir. Ich erkannte ihn zuerst nicht.«

»Nun, vermutlich wartete er auf Sie. Er hat mindestens zehn Minuten an der Straßenkreuzung gestanden und Ausschau gehalten. Als dann Ihr Wagen kam, ging er sofort auf ihn zu. Wie er allerdings das Taxi herausfand, ist mir ein Rätsel.«

Plötzlich dachte Inga wieder an die weißen Papierfetzen, die an das Auto geklebt waren, und erzählte den beiden davon. »Ich vermutete, dass der Mann auf dem Motorrad das getan hat«, schloss sie ihren Bericht.

»Nun müssen Sie uns den Mann und das Motorrad noch genau beschreiben«, verlangte Hagedorn lebhaft.

Sie erfüllte seinen Wunsch und erwähnte auch, dass sie die Stimme des Betreffenden wieder erkannt hätte, als er sich in Osterholz-Tenever mit einem andern unterhielt.

»Sie glauben also, dass es derselbe war, der Sie an jenem Abend nach Degenhardts Ermordung entführte?« Hagedorn rieb sein Kinn. »Und die beiden Kerle trugen Wasserstiefel, blaues Zeug und trieben sich in der Nähe einer Werft herum? Wer hat denn den Möbelspeicher gekauft? Aber das können Sie wohl nicht wissen. Das war alles, was sie sagten?«

»Ja, sie machten dann nur noch einen Scherz über ein paar Mädchen. Aber das ist sicher zu unwichtig.«

»Nichts ist zu unwichtig. Wie war das denn?«

Sie erzählte es ihnen.

»Jutta und Christa?« Hagedorn runzelte die Stirn.

»Das klingt allerdings nach einem Liebesabenteuer.«

Er fing einen Blick Erwins auf und änderte das Gesprächsthema. Als sie wieder auf der Straße waren, kam er darauf zurück. »Warum haben Sie mir eigentlich vorhin zugezwinkert?«

»Ach, es ist nur eine vage Vermutung«, sagte Erwin schnell. »Hierzulande haben alle Schlepper Doppelnamen – gewöhnlich sind es Mädchennamen, und ich möchte behaupten, dass irgendwo auf der Weser oder Elbe eine »Jutta und Christa« fährt, auf der die beiden Kerle beschäftigt sind.«

Als sie ins Präsidium zurückgekehrt waren, setzte sich Erwin mit dem Direktor der Wasserschutzpolizei in Verbindung, der ein ausgezeichnetes Gedächtnis für Schiffe und Schiffsnamen hatte und alle Fahrzeuge kannte, die auf den Fluten der Weser oder Elbe schaukelten.

»Jutta und Christa? Ja, die kenne ich«, erwiderte der Beamte. »Ein großer Schlepper mit zwei Maschinen. Früher gehörte er der Schiffs-Company in Wilhelmshaven, und als die Gesellschaft in Konkurs ging, wurde er verkauft. Ich werde sofort in den Listen nachschlagen.«

Zehn Minuten später meldete er, dass das Schiff an einen betuchten Herrn aus Hamburg veräußert wurde und dass er gewöhnlich im Pool ankerte. Vor vierzehn Tagen hatte er eine Holzladung nach Bremerhaven gebracht. Seit der Zeit wurde ein Maschinendefekt repariert, und der Kapitän hatte infolgedessen alle Angebote zurückgewiesen.

»Wo liegt das Schiff denn jetzt?«, fragte Erwin.

»Wahrscheinlich hier in Bremen im Hafen, vielleicht aber auch in Bremerhaven.«

Es dauerte noch eine Dreiviertelstunde, bis die genaue Lage des Schiffes festgestellt wurde. Die »Jutta und Christa« war mit eigener Kraft auf der Weser weitergefahren und hat im Überseehafen gegenüber Bremen Vegesack festgemacht. »Sie ist außerdem schon wieder verkauft und wird nach Amerika gehen«, berichtete der Direktor der Wasserschutzpolizei. »Es ist auch bereits ein Teil der amerikanischen Besatzung an Bord, doch gibt es noch verschiedene Schwierigkeiten wegen der Schiffspapiere.«

Am Abend ließ sich Erwin Müller in seinem Dienstwagen in den Überseehafen bringen. Ein Polizeimotorboot wartete am Ufer schon auf ihn. Gleich darauf fuhr es in weitem Bogen auf die Weser hinaus und dann stromabwärts.

»Dort ist der Kutter«, sagte plötzlich der Beamte, der das Motorboot steuerte. Erwin richtete sein Nachtglas auf den großen, stattlichen Schleppkahn, der nahe am Ufer lag. Mit Ausnahme der Lichter, die die Vertäuung anzeigten, war alles dunkel.

»Wollen Sie an Bord?«

»Nein – ich möchte die Leute in keiner Weise beunruhigen, sie dürfen nicht wissen, dass sie beobachtet werden. Aber Sie, Herr Kommissar, müssen das Schiff Tag und Nacht bewachen. Ich habe mit dem Direktor verabredet, dass er Ablösungsmannschaften in einem Privat-Motorboot herschickt. Wir wollen in diesem Fall alles vermeiden, was nach Polizei aussieht. Wenn etwas mit dem Schiff passiert, muss es sofort dem Präsidium mitgeteilt werden.«

Als Erwin Müller in seine Wohnung zurückkehrte, fand er dort Hagedorn, der eine Abendzeitung las. Darin stand ein Artikel, der sich mit der augenblicklichen Lage befasste und in dem die angekündigten Gesetzesvorschriften veröffentlicht wurden.

»Die Gangster werden wohl doch aufmerksam werden, wenn sie das lesen«, meinte Hagedorn. »Lebenslänglich für Bombenattentate, lebenslängliches Gefängnis für Leute, die im Besitz von Bomben sind, und so weiter. Außerdem sind fünfzigtausend Euro Belohnung ausgesetzt für Mitteilungen, die zur Verhaftung und Verurteilung der an den letzten Morden schuldigen Personen führen.« Er faltete die Zeitung zusammen.

»Na, erst mal muss man die Schufte fassen, bevor man sie bestrafen kann. Das ist eine alte Wahrheit. Die Kerle kriegen meiner Meinung nach jeden Tag mindestens vierzigtausend Euro herein. Überlegen Sie sich das mal, Erwin. Die Schießerei hat sich dann gelohnt.«

***

16

Hagedorn beschrieb Elfriede Michelsen sehr richtig als außergewöhnlich hübsch, aber etwas dumm in der Birne. Doch im Bett soll sie eine Königin sein. Wenn sie nicht so beschränkt gewesen wäre, hätte sie längst bemerkt, dass die Geduld ihres Mannes zu Ende ging.

Nachdem sie ihm zum hundertsten Mal vorgestöhnt hatte, »Kannst du denn nichts tun?«, faltete er die Zeitung sorgfältig und warf sie in den Papierkorb.

»Hör zu, Elfriede. Es kommt nicht oft vor, dass ich über mein Geschäft mit jemandem spreche. Das weißt du sehr gut. Sicher war es unangenehm für dich, dass sie dich in ein Zimmer sperrten und dir einschärften, du solltest warten. Soll ich dir sagen, warum das geschah? Jemand muss einen Drohbrief an Inga Lange geschickt haben. Du kennst sie, weil du mit ihr gesprochen hast. Sie sollte doch meine Sekretärin werden. Du weißt, was das bedeutet, und brauchst also keine weiteren Fragen zu stellen.«

»Was hat das denn mit mir zu tun?«

»Nun gut, ich will es dir sagen. Die Leute glaubten, dass ich Einfluss auf die Banden hätte, die hier in Bremen bei der Arbeit sind. Deshalb haben sie dich eingesperrt, bis jemand den Brief an Inga Lange zurückzog und erklärte, dass es ein Scherz sei. Wenn dieser Jemand den Brief nicht zurückgezogen hätte – willst du wissen, was dann geschehen wäre, Elfriede? Dann hätten sie dir den Kopf abgeschnitten.«

»Mir?« Sie sah ihn entsetzt an.

Er nickte ernst. »Ja. Sie wollten ihn mir zum Frühstück schicken.«

Sie lachte verächtlich.

»Hör auf zu lachen, mein Kind. Glaube mir – die hätten es wirklich getan.«

Sie kochte vor Wut. »Und das alles wegen dieser verdammten Stenotypistin? Was weißt du sonst noch was von der Sache, Michael? Du sitzt hier herum und tust, als ob das gar nichts wäre.«

»Es wird etwas geschehen – früher, als du glaubst. Das lasse ich dem Jungen nicht durchgehen – darauf kannst du dich verlassen.«

»Und von dem Mädel darfst du dir das auch nicht gefallen lassen«, rief sie wild und sah ihn wütend an.

Michael lächelte. – »Warte einfach nur«, sagte er bedeutungsvoll.

Aber am nächsten Morgen trat ein Ereignis ein, das den Gedanken an Inga Lange bei ihm ausschaltete.

Charlie Dorn war ein Forschungsreisender von internationalem Ruf. Er galt als ein tüchtiger Jäger und hatte schon manche Expedition nach Afrika und Indien unternommen – ein Mann jedenfalls, dessen Mut über jeden Zweifel erhaben war. Außerdem gehörte er zu den wenigen die einen Titel haben, aber die ihren Titel nicht führten. Er war groß und schlank und hatte blonde

Haare, eine verhältnismäßig helle Gesichtsfarbe, verstand ausgezeichnet zu boxen. Er war außerdem einer der besten Pistolenschützen und Junggeselle.

Charlie Dorn wandte sich nicht sofort an die Polizei, als er eines Morgens gleich zwei Drohbriefe erhielt, einen blauen und einen grünen. Etwas Besseres konnte ihm nicht passieren, Die Sache machte ihm ungeheuren Spaß, und er rief sofort eine Nachrichtenagentur an.

»In der letzten Zeit scheinen sich die Leute, die Drohbriefe erhalten, nicht mehr vorzuwagen«, sagte er.

»Lieber zahlen sie. Die Polizei hat auch Manschetten und versucht die Geschichte zu vertuschen. Deshalb möchte ich Ihnen, bevor ich mich an das Präsidium wende, davon Mitteilung machen, dass ich sogar zwei Drohbriefe zu gleicher Zeit bekommen habe.«

Ein paar Minuten später hatte er sich mit Erwin Müller verbinden lassen und erklärte dem Detektiv, was sich zugetragen hatte. Er verschwieg auch nicht, dass er die Presse verständigt habe. »Meiner Meinung nach kann die Öffentlichkeit gar nicht genug davon erfahren«, erklärte er.

Erwin machte Dorn später einen Besuch und wurde in die Bibliothek geführt, wo der Mann mit einem halben Dutzend sonnengebräunter anderer Männer von verschiedenem Alter saß. Vor jedem stand ein Glas Whisky. Erwin wurde vorgestellt und erfuhr, dass die Herren die Jagdgefährten des mutigen Charlie waren.

»Wir wollen diese Kerle schon in die Flucht schlagen, wenn sie ihr Geld holen kommen«, meinte Dorn. »Meine Freunde werden hier schlafen. Dem Personal habe ich so lange Urlaub gegeben. Wir freuen uns schon auf eine anständige Schießerei.«

Als Erwin ihn verließ, hatte er eine interessante Tatsache festgestellt. Der blaue Brief war einen Tag früher abgeschickt worden als der grüne. Weil er aber an eine andere Wohnung Dorns adressiert war, die dieser zurzeit vermietet hatte, wurde er gleichzeitig mit dem grünen Brief ausgetragen.

Erwin holte Hagedorn ab und erzählte ihm alles.

»Ich habe«, sagte Hagedorn, »schon in den Zeitungen davon gelesen. Es wird jetzt Komplikationen geben. Eines ist gewiss, Die »Blue Letters« und die »Green Letters« haben ein Abkommen getroffen – vermutlich kurze Zeit nach der Ermordung Degenhardts. Sie haben das wohlhabende Bremen unter sich aufgeteilt und ausgemacht, dass die eine Bande der anderen nicht in die Quere kommen darf. Die doppelte Adresse erklärt, warum Dorn zwei Aufforderungen erhielt. Die »Blue Letters« haben ihren Brief in die Heinrich-Heine-Straße geschickt, weil sie glaubten, dass er dort wohne, und die »Green Letters« sandten ihre Drohung in die Park-Allee. Die Frage dreht sich jetzt nicht darum, ob Herr Dorn und seine Freunde mit den Gangstern fertig werden, sondern darum, wie sich die eine Bande zur anderen Bande stellen wird und umgekehrt. Ich würde viel Geld dafür geben, wenn ich jetzt die Telefongespräche belauschen könnte, die zwischen den beiden Lagern geführt werden.«

Der Hauptkommissar hatte recht, Michael Michelsen sprach eben von seinem Hotel aus mit Eliot Danner, der sich in Ingas früherem Büro befand. Drei sehr gut aussehende junge Leute saßen ihm gegenüber und hielten ihre Mützen auf dem Schoß.

»Ganz gewiss«, sagte Eliot gerade, »ich habe es in der Zeitung gelesen. Jemand hat Briefe von beiden Parteien bekommen.«

»Ja«, entgegnete Michael freundlich. »Die »Blue Letters« haben fünftausend Euro verlangt, der kleine Gangster, der die »Green Letters« befehligt, wäre mit zweitausend zufrieden gewesen. Ich glaube, dass der Größere hier den Vorrang hat.«

Eliot lächelte. »Nein, das haben Sie falsch verstanden. Der größere Mann ist nicht derjenige, der das Maul am weitesten aufreißt.«

Michael dachte eine Weile nach, bevor er antwortete, »Nun, auf jeden Fall wird keiner etwas bekommen. Dieser Dorn ist ein alter Kriegsveteran, und Revolver sind für ihn nichts Außergewöhnliches.«

»Das stimmt«, pflichtete Eliot bei. »Vielleicht könnten sich die »Blue Letters« und die »Green Letters« die Sache überlegen und einen geheimen Beschluss fassen?«

»Möglich«, meinte Michael. »Aber ich glaube das kaum. Sie können doch nicht von weitblickenden Geschäftsleuten erwarten, dass sie sich mit kleinen Pinschern abgeben?«

»Betrachten Sie die Sache von dem richtigen Standpunkt, Michael?«

»Ja, durchaus«, Michelsen legte den Hörer auf.

Er blieb weiterhin in schlechter Stimmung. Die Frage nach den Grenzen zwischen den Gebieten der zwei Banden war noch nicht zur Zufriedenheit gelöst. Und nun musste vor allem Charlie Dorns Herausforderung beantwortet werden. Alle Leute wussten, dass er gegen beide Banden kämpfen wollte, und er durfte auf keinen Fall straflos ausgehen. Es war sogar notwendig, ihn möglichst auffällig und eindringlich zu bestrafen. Beide Banden hatten sich vorbereitet, aber keine wusste etwas von den Methoden der anderen.

Michael war ärgerlich. Eliot wurde, seiner Meinung nach, immer unverschämter, er hatte sich bereits unverzeihliche Übergriffe zuschulden kommen lassen. Dazu kam nun obendrein noch diese neue Geschichte mit Dorn. Für zwei Banden war nicht genügend Raum in Bremen. Entweder musste man zu einer Verständigung kommen, oder eine Partei musste aus dem Geschäft ausscheiden. Und Michael wusste, welche Partei das sein würde.

Schließlich besuchte er einen kleinen Friseurladen in der Bismarckstraße. In diesem Privatsalon wurden bevorzugte Kunden bedient, und ein Friseur machte sich daran, Michael die Haare zu schneiden. Dabei hatten sie aber eine sehr eingehende Unterredung.

Wenn Michael die Tätigkeit in einer neuen Stadt aufnahm, so erschien zunächst jemand und kaufte einen Friseurladen. Ein Innenraum wurde dann durch eine sogenannte Safe Tür abgeschlossen, und man stellte zwei Gehilfen an. Dieser Friseurladen diente als Zentrale für seinen Nachrichtendienst. Im oberen Stockwerk richtete er stets ein Wettbüro für Rennen ein. Es gab darin ein Dutzend Telefonapparate, die von zwei bis drei Angestellten bedient wurden.

Michael hatte die Unterredung beendet, fuhr mit der Bürste noch einmal übers Haar und verließ den Laden.

Sein Taxi, welches in einer kleinen Seitenstraße gewartet hatte, fuhr geräuschlos vor. Michael stieg ein, und das Auto fuhr an. Im selben Augenblick glitt ein anderes Auto vorüber.

Michael witterte die Gefahr und duckte sich, bevor drüben das Maschinengewehr ratterte. Er hörte, wie die Glasscheiben zerklirrten. Der Taxifahrer brach am Steuerrad zusammen.

Die Leute auf der Straße schrien. Ein Passant rannte herbei und half Michael aus dem Wagen.

Er war ziemlich verstört, aber unverletzt. »Meinen Chauffeur haben sie erschossen«, knurrte er.

Man legte den Toten aufs Pflaster. Jemand telefonierte nach einem Krankenwagen.

Michael gab die Sache zu denken. Er bekam nun doch Respekt vor einem Feind, den er unterschätzt hatte.

»Ein bisschen Feuerwerk mit grünen und blauen Raketen, und Michael Michelsen ist nicht mehr so sicher, wie er war«, fasste Hagedorn das Ergebnis zusammen.

»Er wird etwas Bedeutendes unternehmen müssen, um seine Selbstachtung zurückzugewinnen.«

»Glaub' ich auch«, entgegnete Erwin. »Ich bin nicht mehr so zuversichtlich wie heute Nachmittag.«

»Denken Sie dabei an Herrn Dorn?«

»Nun. Wer seine Nase da hineinsteckt, wird einen unangenehmen Empfang haben«, erwiderte Hagedorn.

***

17

Inga Lange hatte in der Zeitung auch von Dorns Herausforderung gelesen. Sie interessierte sich besonders für diesen Fall, weil er ihr gegenüber auf der anderen Straßenseite wohnte und sie von ihrer hoch gelegenen Wohnung aus sein Hausdach übersehen konnte.

Die Dunkelheit brach herein. Die Regenwolken verzogen sich, die Luft war merkwürdig klar, und man hatte eine gute, weite Sicht. Inga saß am Fenster, als sie plötzlich drüben auf einem Dach eine Gestalt bemerkte, die vorsichtig hinter einem Schornstein hervorkam und dann wieder verschwand. Von dort aus konnte man auf das flache Dach des Hauses von Dorn gelangen. Vielleicht ein Polizist? Sie nahm an, dass die Polizei alle nur möglichen Vorsichtsmaßregeln ergriffen und überall in der Gegend Posten aufgestellt hatte. Der Mann erschien aber nicht mehr, obwohl sie noch eine Weile Ausschau hielt.

Sie folgte dann einer plötzlichen Eingebung und rief Erwin Müller an. »Meine Frage klingt vielleicht etwas komisch – aber haben Sie irgendwelche Posten bei Herrn Dorns Haus aufgestellt?«

»Ja, wir haben ein paar Beamte hingeschickt«, entgegnete er überrascht. »Warum fragen Sie?«

»Ich kann das Haus von meinem Fenster aus be-
obachten, auch das Dach, und es kam mir so vor, als ob
ich einen Mann auf dem Hausdach gesehen hätte. Ob
das ein Polizist war?«

Sie hörte, wie Müller mit jemandem sprach, der gleich
darauf fluchte. »Haben Sie etwas dagegen, wenn ich mit
Hauptkommissar Hagedorn zu Ihnen komme?«

Ein halbe Stunde später waren die beiden vor Ort.

»Es muss wohl Kommissar Beerbaum gewesen sein«,
erklärte Erwin. »Er ist schon den ganzen Abend hier in
der Gegend, und wahrscheinlich haben Sie ihn da oben
gesehen.«

»Hat er auch die Lampen auf dem Dach angebracht?«

»Was sagen Sie da?«, fragte Hagedorn schnell.

»Lampen, was für Lampen.?«

Inga führte ihn zum Fenster. Auf dem gegenüberliegen-
den flachen Dach leuchteten drei rote Lampen.

»Merkwürdig«, meinte Hagedorn nachdenklich. »Zum
Teufel – was soll das nun schon wieder bedeuten?«

»Wahrscheinlich hat Beerbaum einige seiner Leute da
oben und will ihnen dadurch ihre Aufgabe erleichtern.
Er sagte mir, er habe in den umliegenden Gebäuden ein
halbes Dutzend Scharfschützen verteilt, die Dorns Be-
hausung bewachen sollen.«

»Gewiss«, erwiderte Hagedorn langsam, das ist eine
sehr annehmbare Idee.« Plötzlich schlug er sich mit der
Hand aufs Knie. »Wer sollte es wagen, in dieses Haus
einzudringen und die Leute niederzuknallen? Es wim-
melt da von todsicheren Schützen, und ehe sie Dorn
erledigen, verlieren sie bestimmt ein halbes Dutzend

Leute. Kommen Sie, Erwin.« Ohne sich zu verabschieden, stürmte er aus der Wohnung.

Erwin eilte hinter ihm her. Wenige Sekunden später klopfte Hagedorn an Dorns Haustür.

Zu seinem Erstaunen öffnete sich eine Füllung in der Tür, und ein Gesicht erschien dahinter. »Was wollen Sie?« Am Nachmittag hatte der unternehmungslustige Herr Dorn das Schiebefenster anbringen lassen. »Sie können nicht herein. Herr Dorn will keine Polizei im Haus. Er hat seine Freunde hier und kann sich schon selber verteidigen.«

»Aber es ist sehr wichtig. Ich muss aufs Dach.«

»Sie können weder aufs Dach noch in den Keller. Es ist alles abgesperrt.« Krachend schloss sich die Türfüllung.

»Das ist allerdings verteufelt unangenehm«, meinte Erwin und klopfte aufs Neue.

Wieder öffnete sich der Schieber, und diesmal zeigte sich der Lauf eines Armeerevolvers. »Ich weiß, wer Sie sind, Herr Müller, aber ich habe strikten Befehl, Sie abzuweisen. Sie können nicht vor morgen früh hier herein. Herr Dorn hat seine eigenen Pläne und braucht keine Polizei.«

»Da wären wir also abgefertigt«, sagte Erwin, als sie die Stufen wieder hinunterstiegen. Er war teils ärgerlich, teils belustigt und fragte einen Beamten an der Ecke, wo Kommissar Beerbaum zu finden sei. Er nahm sein Handy und rief ihn an..

»Geht alles in Ordnung, Müller. Ich habe Herrn Dorn erlaubt, sich auf seine Weise zu verteidigen.«

»Sind Sie heute Nachmittag oder Abend auf dem Dach gewesen?«

Eine Pause entstand. »Nein. Wie kommen Sie darauf?«

»Haben Sie angeordnet, dass auf dem Dach Lampen angebracht werden?«

Wieder folgte ein ungewöhnlich langes Schweigen.

»Nein. Vielleicht ist Herr Dorn auf den Einfall gekommen? Er scheint sehr erfinderisch zu sein.«

Erwin beendete das Telefonat.

»Haben Sie was dagegen, wenn ich das Präsidium anrufe und mir ein Gewehr kommen lasse?«, fragte Hagedorn. »An welche Abteilung muss ich mich dazu wenden?«

Erwin gab ihm erstaunt Antwort und stand neben dem Apparat, während Hagedorn mit dem Beamten sprach.

»Schicken Sie mir ein tadellos, genau schießendes Gewehr. Ich habe verschiedene gesehen, als mich Herr Brown in die Waffenkammer führte. Ja, mit Zielfernrohr und Schalldämpfer. Schicken Sie es sofort in die Heinrich-Heine-Straße, großes Haus mit vielen Wohnungen. Es soll bei Frau Lange abgegeben werden. Erwin Müller wird dort sein. Also gut, Detektiv Erwin Müller – wenn Sie so pingelig mit den Titeln sind.«

»Was haben Sie denn vor?«, fragte Erwin, als sie über den Platz wieder zu Ingas Haus gingen.

»Ach, ich habe da nur eine Idee.«

Inga war überrascht, als die beiden zurückkamen, fühlte sich aber erleichtert.

»Also – was wollen Sie nun machen?«, fragte Erwin.

»Ich hätte das Präsidium noch um ein Fernglas bitten sollen«, erwiderte Heiner unwirsch. »Mein Verstandesapparat funktioniert anscheinend nicht mehr richtig.«

»Ich habe ein Fernglas«, sagte Inga. Sie ging in ihr Schlafzimmer und kehrte mit einem alten Feldstecher zurück, den sie von ihrem Vater geerbt hatte.

Hagedorn stellte ihn auf das gegenüberliegende Dach ein. »Großartig. Nun sehe ich auch, dass ein Geländer um das Dach gezogen ist. Das konnte ich vorher nicht richtig erkennen. Sehen Sie mal, Erwin, wie grell die Lampen in der Dunkelheit herauskommen. Sie wirken doppelt so hell, wenn man sie von oben sieht. Das eine an der Ecke wirft einen Schein auf das nächste Haus.« Er sah seufzend auf die Uhr. »Wie lange wird es wohl dauern, bis die Leute vom Präsidium hier sein können?«

»Zwanzig Minuten. Was haben Sie denn bloß für ein Geheimnis, Mensch? Reden Sie doch endlich. Was wollen Sie mit dem Gewehr?«

»Ich bin ein vorzüglicher Schütze – ein verdammt tüchtiger Kerl, wenn ich so sagen darf. Ich werde die Lampen dort drüben ausblasen.«

»Aber Herr Hagedorn, das können Sie doch nicht mitten in Bremen machen?«

»Wenn der Schalldämpfer was taugt, wird Bremen davon nicht aufwachen.«

Der Bote kam, und Hagedorn befestigte sachkundig den Schalldämpfer auf der Schusswaffe.

»Ich nehme meinen Hut ab vor der Polizei. Ich habe nicht um Patronen gebeten, aber sie haben mir freiwillig ein Paket mitgeschickt. Die Beamten vom Präsidium denken ja mit.«

Er lud das Magazin und zielte. Man konnte den Schuss kaum hören, aber eins der roten Lampen ging aus.

Erwin sah zum Fenster hinaus, Die Leute auf der Straße gingen ruhig weiter, niemand schien etwas bemerkt zu haben.

Hagedorn zielte aufs neue, man hörte das Pfeifen des Geschosses. Prompt erlosch die zweite Lampe. »Das Dritte ist am leichtesten.« Wieder hob er das Gewehr, und gleich darauf verschwand drüben die letzte Lampe. Hagedorn nahm den Schalldämpfer vom Gewehr und grinste zufrieden. »Es ist gut, Frau Lange. Sie können die Beleuchtung wieder einschalten.«

»Aber bereits im nächsten Augenblick verbesserte er sich, »Oder – halt, Lassen Sie es bitte noch aus. Erwin, hören Sie nichts?«

Erwin lehnte sich zum Fenster hinaus und lauschte.

»Ein Flugzeug, nein ein Hubschrauber.«

Hagedorn atmete erregt. »Da haben wir die Lampen ja gerade noch rechtzeitig gelöscht.« Er lud aufs Neue.

Jetzt konnte man das Geräusch der Maschine schon deutlicher hören, sie kam langsam auf das Haus zu, ein kleiner, schwarzer Hubschrauber, das so niedrig flog, dass es fast die Dächer zu streifen schien. Er senkte sich noch tiefer, hielt auf die nördliche Seite des Platzes zu, flog darüber hinweg, drehte und kam zurück.

»Der kann seine drei roten Lampen nicht finden«, lachte Hagedorn.

Er riss das Gewehr an die Wange. Diesmal war kein Schalldämpfer auf der Mündung. Der Schuss fiel schnell und unvermutet, und Inga taumelte, halb betäubt, zurück. Im nächsten Augenblick hatte Hagedorn durchgeladen und feuerte aufs Neue.

Der Hubschrauber war gerade über der Straße, als er absackte. Der Schwanz senkte sich und krachte mitten in die Gartenanlagen des Platzes.

»Den haben wir erwischt«, rief Hagedorn triumphierend.

Ein großer Baum milderte den Aufprall beim Sturz der Maschine, die halb im Baum hängen blieb. Zum Glück gab es keine Explosion.

»Um Himmels willen, was haben Sie da gemacht?«, fragte Erwin erschrocken.

»Ich habe den Kerl heruntergeschossen, der, eine Bombe auf Herrn Dorns Haus geworfen hätte, wenn er die Lampen hätte finden können. Die waren nur angebracht, um ein sicheres Ziel abzustecken. Diese Burschen haben eben ihre besonderen Methoden, sie sind nicht nur auf ihre Pistolen angewiesen.«

Die Polizeibeamten, die über das Geländer des Platzes geklettert waren, fanden mitten unter den Trümmern einen Verwundeten, der kläglich stöhnte. Als sie weitersuchten, entdeckten sie auch eine zentnerschwere Bombe, die mit hochexplosivem Sprengstoff geladen war. »Die Sprengstoffexperten sind alarmiert«, sagte Erwin.

»Die komplette Straße muss jetzt abgesperrt und wahrscheinlich evakuiert werden«, sagte Hagedorn, »rufen Sie noch mal im Präsidium an, Erwin.«

Der Verletzte wurde ins nächste Krankenhaus transportiert. Hagedorn und Erwin begleiteten ihn. Er nannte seinen Namen nicht. Ein Geschoß hatte ihm den

Arm durchschlagen, außerdem hatte er ein Bein gebrochen und einige Platzwunden am Kopf.

»Es ist gleichgültig, ob Sie uns sagen, wer Sie sind, oder nicht«, erklärte Hagedorn. »Ich kenne Sie sehr gut. Sie sind Stefan Arndt, mein Junge. Haben früher Kunstflüge gemacht und unterhielten später eine Luftverbindung von Kanada in die Staaten. Sie flogen für British Air. Der Chef ist inzwischen abgekratzt, aber niemand weint ihm eine Träne nach. Sie stammen aus Indiana.«

Der Mann warf ihm einen bösen Blick zu, erwiderte aber nichts, sondern hielt seinen schmerzenden Arm.

»Stefan, Sie stecken tief in der Patsche. Wenn Sie nur einen Funken Vernunft haben, dann gestehen Sie.«

»Ich habe Ihnen nichts zu sagen«, stöhnte der Mann.

»Wir wollen abwarten. Vielleicht habe ich die Kugel in Knoblauch gekocht.«

Stefans Züge verzerrten sich vor Entsetzen.

Der Arzt kam und erklärte, dass man den Verwundeten jetzt allein lassen müsse.

»Was haben Sie da vorhin von Knoblauch geredet?«, fragte Erwin, als sie aus dem Krankenhaus kamen.

»Ich wollte ihn damit ein bisschen aufmuntern. Die Kerle haben nämlich den Aberglauben, dass man mit Knoblauch, Geschosse vergiften könnte.«

Der Inhalt des Hubschraubers war in die Lagerhalle der Asservatenkammer ins Präsidium gebracht worden, und die Bombe wurde bereits von Sachverständigen untersucht und entschärft. Was Stefan in den Taschen hatte, lag auf einem Tisch im Büro vom Polizeidirektor Wessels. Darunter befanden sich ein Pass, aus einem südamerikanischen Staat auf den Namen Thomas Filipo ausgestellt, und eine Fahrkarte von Paris nach Hamburg. Ferner hatte man einen Lederkoffer gefunden, der im Innern des Hubschraubers festgeschnallt war. Er enthielt einen Anzug, Wäsche und dergleichen, außerdem eine Brieftasche mit sechstausend Dollar, dreitausend Euro und Reiseschecks im Wert von zweitausend englischen Pfund.

Den Heimatflugplatz des Hubschraubers konnte man nicht feststellen, auch nicht, von wo aus er gestartet ist, die Kennzeichnung am Rumpf war übermalt. Der Polizeidirektor gab sie an das Luftfahrtbundesamt weiter, aber auch dort konnte man nichts weiter herausfinden. Auf dem Bremer Flughafengelände konnte auch nichts festgestellt werden.

Der angebliche Besitzer hieß Jones.

»Solche Maschinen fliegen bei diesen Attentaten immer in einer niedrigen Höhe, damit sie vom Radar nicht erfasst werden können«, sagte Erwin fachmännisch.

»Wir können keine Anklage wegen Mordversuchs erheben«, sagte Erwin, nachdem er sich mit Wessels beraten hatte. »Denn es lässt sich nicht beweisen, dass er die Absicht hatte, das Haus zu bombardieren. Höchstens könnten wir ihn zur Rechenschaft ziehen, weil er eine Bombe bei sich führte. Wir fanden auch zwei Pistolen, das wäre eine weitere Gesetzesübertretung. Aber Wessels glaubt, dass es kaum Wert hat, ihn vor Gericht zu stellen.«

»Das Interessante an der Sache ist, dass die »Blue Letters« den Bombenangriff planten«, meinte Hagedorn.

»Heute Abend werden sie keinen weiteren Versuch mehr machen, gegen Dorn vorzugehen. Michael wird schon gehört haben, dass wir den Hubschrauber vom Himmel holten, und er wird sich ruhig verhalten. Stefan der Pilot ist der erste seiner Leute, der in unsere Hände fiel. Übrigens würden Sie gut daran tun, ein halbes Dutzend Polizeibeamte zum Krankenhaus zu schicken, die Stefan bewachen.«

»Ich habe mit Wessels darüber gesprochen, aber wenn er keine Anklage gegen den Mann erheben kann, darf er ihn auch nicht bewachen lassen.«

»Michael wird abwarten, was Sie unternehmen. Wenn er vermutet, dass Stefan vor Gericht gestellt wird, holt er ihn aus dem Krankenhaus, bevor Sie nur mit den Augen zwinkern können.«

***

18

Den ganzen Abend hatte die Polizei erfolglos nach dem Wagen gesucht, von dem aus Michael-Anton Michelsen beschossen wurde. Die schöne Limousine von Michael war von Kugeln durchlöchert, der Chauffeur war tot.

Inzwischen hatte das Innenministerium einen Ausschuss zur Wahrung der öffentlichen Sicherheit gebildet. Man überlegte dort, ob man Herrn Michelsen ausweisen und an Bord eines Schiffes bringen sollte, das in die Staaten fuhr, oder per Flugzeug wegbringen.

Auch Hagedorn wurde um seinen Rat gefragt. Aber er sprach sich entschieden gegen einen derartigen Schritt aus. »Michael ist darauf vorbereitet, Deutschland zu verlassen, und wenn Sie ihn ausweisen, geht er nach Paris. Daran können Sie ihn nicht hindern. Nein, lassen Sie ihn nur in Bremen. Er wird schon zu gegebener Zeit verschwinden. Und glauben Sie mir, in der nächsten Woche haben wir Ruhe. Die »Blue Letters« und die »Green Letters« müssen zunächst ihre eigenen Streitigkeiten austragen. Und wenn sie sich nicht einigen können, kratzen sie sich gegenseitig die Augen aus.«

Hagedorn hatte seine Erfahrungen mit den Methoden dieser Art von Gangstern, und die folgenden Ereignisse gaben ihm recht.

Am Morgen nach dem Angriff auf Michaels Auto fand ein Polizist in der Schwachhauser Heerstraße, einer belebten Verkehrsstraße, im Vorgarten eines besseren Hauses einen Mann, der drei Schusswunden hatte und schon seit einiger Zeit tot war. Der Polizeiarzt wurde gerufen und erklärte, dass der Mann an einer anderen Stelle ermordet und später in den Garten geschleppt worden ist.

Beinahe gleichzeitig hörten drei Arbeiter, die an einem der Abzugskanäle im Norden der Stadt beschäftigt waren, wie zwei schwere Gegenstände ins Wasser klatschten. Sie gingen dem Schall nach und fanden im Abwasserkanal zwei Tote. Als sie in die Höhe sahen, bemerkten sie gerade noch, wie oben der Deckel auf den Einstiegschacht geschoben wurde. Die beiden Toten wurden niedergeschlagen und dann in den Kopf geschossen. Man fand keine Papiere in ihren Taschen, aber als man die Kleidung durchsuchte, entdeckte man bei dem einem die Firmenmarke eines Schneiders in England.

Erwin besah sich die Toten am nächsten Morgen im Leichenschauhaus. Eines der beiden grauen Gesichter kam ihm merkwürdig bekannt vor. Wenige Stunden vorher hatte man die Leute fotografiert, und mit den Abzügen ging er zu Inga, klingelte und wartete.

Sie öffnete lächelnd die Tür und sagte: »Hallo Herr Müller. Als er eintrat, hatte sie gerade ihr Frühstück beendet.

»Vielleicht können Sie mir helfen Inga«, begann er ohne Begrüßung – das heißt, falls es Ihnen möglich ist, die Fotografie eines Mannes zu betrachten, der gestern erschossen wurde?«

Sie verzog das Gesicht, nahm aber das Bild.

Erwin sah sofort, dass sie den Toten wiedererkannte.

»Wer ist es?«

»Einer der neuen Dienstboten, die ich in Herrn Danners Haus sah. Vor zwei Tagen war ich dort, um einige Bücher zurückzubringen, die Herr Degenhardt mir geliehen hatte.«

»Etwas Ähnliches habe ich erwartet«, erwiderte Erwin.

Sie schauderte. »Das sind ja fürchterliche Zustände. Gestern Abend wurde mit einem Maschinengewehr auf Michael-Anton Michelsen geschossen.«

»Deshalb würde ich mir keine grauen Haare wachsen lassen«, sagte Erwin und verabschiedete sich.

Ein freundlicher, gut aussehender Mann, dachte Inga, den würde ich auch nicht von der Bettkannte stoßen.

Erwin fuhr in die Parkallee, zu Eliot Danner.

Eliot identifizierte die beiden Leute, ohne zu zögern, »Sie waren bei mir angestellt und gingen gestern Abend frühzeitig fort. Als ich heute erfuhr, dass sie die Nacht ausgeblieben waren, wollte ich sie entlassen. Wo hat man sie gefunden?«

Erwin erzählte es ihm.

»Tut mir leid«, bedauerte Eliot. »Es waren willige Leute, arbeitsam und zuvorkommend. Aber keine Deutschen. Wahrscheinlich hatten sie einen Streit mit Landsleuten? Ich möchte nur wissen, wann es der Polizei gelingt, diesen Bandenkrieg in Bremen zu stoppen.«

»Wir wollen lieber fragen, wann Sie damit aufhören«, sagte Erwin geradezu.

Eliot lächelte. »Ich fürchte, Hauptkommissar Hagedorn hat Ihnen eine falsche Meinung von mir beigebracht.«

Erwin verabschiedete sich.

»Ich möchte Sie nicht zum Portal begleiten«, erklärte Eliot Danner. »Auf der anderen Seite irgendwo – wo, weiß ich selber nicht – lauert jemand mit einem Maschinengewehr, das genau auf meine Haustür zielt. Aber ich werde die Tür vorher weit öffnen lassen, damit der Schütze genau sieht, wer Sie sind, und Ihnen nicht ein paar Bleikugeln entgegenschickt.«

Erwin begab sich sofort zur benachbarten Polizeistation und sprach dort mit dem Bezirksdirektor.

»Irgendwo an der Parkallee hat sich ein Kerl mit einem Maschinengewehr eingenistet. Nehmen Sie alle Leute, die Ihnen zur Verfügung stehen, und suchen Sie jedes leere Haus, alle Dächer und die Gartenanlagen ab. Ich glaube zwar nicht, dass Sie ihn fassen, aber wir dürfen nichts außer Acht lassen. Berichten Sie mir bitte telefonisch ins Präsidium.«

An diesem Tag jagten sich die Ereignisse in wildem Tempo. In der Innenstadt brach plötzlich ein Mann blutend zusammen. Er wurde erschossen, obwohl kein Mensch einen Schuss gehört hatte und der Täter nicht zu entdecken war.

In einem italienischen Restaurant trafen sich vier Leute und ließen sich ihre Getränke in ein Privatzimmer bringen, sie gaben an, dass sie eine halbe Stunde geschäftlich miteinander zu sprechen hätten. Als der Inhaber später nach oben ging, weil er den Raum anderweitig vergeben wollte, antwortete ihm niemand auf sein Klopfen, und bei seinem Eintritt fand er zu seinem

Entsetzen zwei der Leute ermordet vor. Die beiden anderen waren verschwunden.

Erwin hörte von den Verbrechen, als er von seiner fruchtlosen Reise zurückkam. Er hatte den Eigentümer eines verdächtigen Hubschraubers einem Verhör unterzogen.

»Die Sache verläuft durchaus normal«, erklärte Hagedorn. »Genau nach den alten Spielregeln, ein Mörder wird seinerseits von einem anderen ermordet.«

Noch vor Mitternacht erlebte Bremen eine neue Aufregung. Zwei Autos rasten in schneller Fahrt die Hochstraße entlang, fuhren auf der falschen Seite und sausten durch den noch vorhandenen Verkehr in den Breitenweg. Direkt einem Eckhaus gegenüber, neben der Discomeile eröffnete ein Mann, der neben dem Chauffeur des zweiten Wagens saß, das Maschinengewehrfeuer auf den ersten, von dem es sofort erwidert wurde.

Beide Fahrzeuge bogen, ständig feuernd, in die Bismarckstraße ein. Aus dem Imbiss an der Ecke kamen gerade die letzten Gäste. Sie ergriffen die Flucht, und es entstand eine wüste Panik. Die Wagen jagten die Bismarckstraße entlang, dann die Sankt-Jürgen-Straße hinauf zum Osterdeich ans Weserufer.

Plötzlich geriet das erste Auto ins Schleudern, prallte krachend gegen einen Laternenpfahl und ging mitten in der Sankt-Jürgen-Straße in Flammen auf. Das Zweite raste weiter, aber Zeugen wollen gesehen haben, dass der Maschinengewehrschütze noch in den brennenden Wagen hineinschoss.

Vorüberkommende Taxifahrer bemühten sich, die Flammen zu löschen. Ein Polizist riss eine brennende Autotür auf und versuchte, die Leute, die in dem Wagen zusammengebrochen waren, herauszuziehen, aber erst als die Flammen mit einem Feuerlöscher halbwegs erstickt waren, gelang es. Drei Männer hatten auf dem Rücksitz gesessen. Die Geschosse hatten sie wahrscheinlich schon niedergemäht, bevor der Wagen in Brand geriet. Der Fahrer atmete noch, aber auch er wurde sieben Mal getroffen. Mittlerweile war auch die Feuerwehr vor Ort um den Brand vollständig zu löschen und für den Abtransport der Toten zu sorgen.

Am nächsten Morgen rief Michael Michelsen sehr frühzeitig bei Eliot Danner an. »Sind Sie zu Hause, Eliot? Darf ich Sie vielleicht heute zum Essen einladen?«

»Hoffentlich gibt es was Vernünftiges?«

»Alles, was Sie nur haben wollen, Eliot. Die schönsten Pfirsiche, echt russischen Kaviar und so weiter. Kommen Sie ruhig, alter Junge.«

»Ich werde mir die Sache überlegen.«

Eine halbe Stunde später wurde Eliot in Michaels Privaträume geführt. Herr Michelsen war allein, der Tisch war für zwei gedeckt.

»Was wollen Sie trinken, Kaffee oder Tee?«, fragte Michael vergnügt. »Ich mache Sie höflichst darauf aufmerksam, dass beides vergiftet ist. Sie hätten Ihren Privatchemiker mitbringen sollen. Spaß beiseite, es freut mich, dass wir endlich mal zusammensitzen und uns aussprechen können. In der letzten Zeit ist allerhand

Verschwendung in Bremen getrieben worden. Das muss aufhören.«

»Dafür wird vermutlich die Polizei sorgen«, meinte Eliot Danner und warf zwei Stück Zucker in seine Kaffeetasse und goss Kaffeesahne hinterher.

»Glaub' ich auch. In der vergangenen Nacht hatte ich übrigens einen merkwürdigen Traum, Eliot, und zwar, dass sich die Leute mit den grünen und den blauen Briefen in einem Verhältnis von vierzig zu sechzig Prozent verständigten und dann nur noch eine Art von Warnungen verschickten – Rot gedruckt.«

»Ich halte nichts von sechzig und vierzig Prozent. Das sind meine Unglückszahlen. Ich bin Mitglied eines Fünfzig-fünfzig-Klubs. Und wenn ich diesen verdammten Burschen trauen könnte, die mir »Fünfzig-fünfzig« in die Ohren schreien, wäre ich bestimmt für die rote Farbe.«

»Also, abgemacht«, grinste Michael. »Von jetzt ab werden nur noch rote Briefe versandt. Wenn Sie noch blaue und grüne haben, vernichten Sie diese bitte sofort. Wer ist eigentlich im Augenblick Ihr Befehlshaber? Wie ich hörte, hat man den letzten in einem Abwasserkanal gefunden. Mein Beileid.«

»Ich wiederum«, lächelte Eliot, »habe gehört, dass der Junge, der ihn hineingeworfen hat, gestern in einem Auto verbrannte. Wirklich schade«, erwiderte er ironisch mit einem befreienden Seufzer.

Michael Michelsen reichte Eliot die Hand über den Tisch, und Danner schüttelte sie. Mit einem bedeutungsvollen, harten Griff, wurde der Friede und die neue Vereinbarung besiegelt.

Danach sprach Michael über andere Dinge. »Ich habe heute Morgen von Ihrem Onkel in der Zeitung gelesen. In dem Artikel steht, er hätte starke Geschäftsinteressen in Amerika und in England. Ich möchte nur wissen, wie viele Leute eine Ahnung davon haben, dass er Alkoholschmuggelbanden finanzierte und dass er damals das Geld dafür gab, als sie Al Capone erwischten.«

»Ja, er war ein unternehmungslustiger alter Herr. Aber warum reden Sie eigentlich von diesen Geschichten? Sie scheinen nur daran zu denken, wie die »Green Letters« und die »Blue Letters« die Sache teilen, weil Sie meinen, das Teilen beginne schon beim Tod des Alten. Ausgeschlossen, mein Lieber. Wir ziehen einen Strich unter alles, was bisher war, und fangen von vorn an. Einverstanden?«

Michael nickte. »Ich musste die Sache doch nur mal zur Sprache bringen«, entschuldigte er sich.

Von diesem Zeitpunkt an wurden nur noch rote Briefe gedruckt. Sie nahmen die besten Ausdrücke und Wendungen aus den blauen und grünen Formularen und setzte den Text neu in rot.

Und es wäre sicherlich ein glattes, glänzendes Geschäft geworden, wenn nicht … diese immer geile Inga Lange auf dem Plan stehen würde.

…

Inga Lange war an dem Morgen in froher Stimmung in ihre Wohnung zurückgekehrt. Sie hatte eine Besprechung mit dem Personalchef einer sehr vornehmen alten Finanzfirma, und halb und halb hatte man ihr den

Posten einer Sekretärin mit einem Jahresgehalt von sechsunddreißigtausend Euro schon zugesagt.

Als sie in den Vorraum trat, sah sie, dass ein Brief unter der Tür durchgeschoben worden war. An der Handschrift erkannte sie, dass die Nachricht von Eliot Danner kam mit den Sätzen:

»Würden Sie so liebenswürdig sein und mich um elf Uhr dreißig besuchen? Ich glaube, ich habe eine gute Sache für Sie.«

Sie atmete erleichtert auf bei dem Gedanken, dass sie bereits eine Stellung gefunden hatte. Eliot Danner war ihr sympathisch, aber sein Wesen beunruhigte sie. Sie hätte ihn anrufen und ihm sagen können, dass sie bereits bei einer anderen Firma untergekommen ist. Aber das wäre zu unhöflich gewesen. So machte sie sich also zur Parkallee auf den Weg..

Ein Butler begrüßte sie lächelnd, und sie folgte ihm in ihr früheres kleines Büro, das Eliot sich jetzt als Arbeitszimmer eingerichtet hatte.

Er schob einen Stuhl an den Schreibtisch. »Nehmen Sie Platz, Frau Lange, und erzählen Sie mir, was es Neues gibt.«

»Das ist nett, dass Sie mich zuerst erzählen lassen. Ich habe nämlich eine Stelle in Aussicht. Bei der Finanz-Consulting, eine der ältesten Firmen in der City.«

Er lächelte. »Ja, alt ist die Firma, aber ein bisschen in Verfall geraten. Früher hatte sie viele Niederlassungen in Deutschland. Neulich sagte mir jemand, sie sei wieder saniert. Ich kann mir vorstellen, dass das eine gute, anständige Stellung ist.«

Er sah sie merkwürdig an, und seine Hand bewegte sich in seiner rechten Hosentasche. Inga bemerkte es, ließ es sich aber nicht anmerken. Sie schlug ihre Beine übereinander, sodass Eliot fast unter ihren kurzen Rock sehen konnte.

»Aber hören Sie sich trotzdem doch ruhig an, was ich Ihnen anzubieten habe.« Er stand am Schreibtisch und klopfte mit den Fingern der linken Hand leise auf die polierte Fläche. »Haben Sie schon mal daran gedacht, zu heiraten?«

Sie war so erstaunt, dass sie nicht gleich antworten konnte und fast vom Stuhl gekippt wäre..

»Eine komische Frage – nicht wahr? Aber haben Sie nicht etwa doch an eine Ehe gedacht, und zwar im Zusammenhang mit mir? Sie könnten an meiner Seite ein glänzendes Leben führen.«

Endlich fand sie die Sprache wieder. »Sie wollen – Sie haben doch nicht die Absicht. Sie möchten mir einen Antrag machen, Herr Danner?«

»Sie können ruhig Eliot zu mir sagen, wenn Sie nichts dagegen haben. Das verpflichtet Sie zu nichts, und es klingt viel freundlicher. Als Erwin Müller Sie zum ersten Mal traf, bat er Sie auch, ihn beim Vornamen zu nennen, stimmt das nicht?«

Woher wusste er das nur?

»Es kommt nicht darauf an, woher ich das weiß.«

Er lächelte über ihre Verwirrung. »Manchmal kann ich Gedanken lesen. Ich habe Sie wirklich gern, und das ist mehr wert als eine uferlose Leidenschaft. Sie würden es gut bei mir haben.«

Sie schüttelte den Kopf.

»Nein?«, fragte er. Merkwürdigerweise war er nicht verletzt über ihre Ablehnung, er schien nicht einmal enttäuscht zu sein.

»Können Sie sich nicht dazu entschließen? Wirklich schade.« Er lächelte sie wieder freundlich an.

»Es tut mir so unendlich leid«, erwiderte sie stockend.

»Es ist eine große Ehre.«

»Nein, es ist keine Ehre«, unterbrach er sie. »Glauben Sie mir. Ich war schon dreimal verheiratet. Es ist wirklich keine Ehre für eine Frau, mich zu heiraten.«

Seine rechte Hand bewegte sich schneller in der Hosentasche und er blieb fast regungslos auf seinem Stuhl sitzen.

»Warten Sie Eliot«, flüsterte sie, und ging mit leichtem Schritt auf ihn zu. Dabei ließ sie, wie aus Versehen ihren Rock rutschen, einen Slip trug sie nicht. Eliot ließ ungeschickt vor Aufregung seine Hose rutschen. Ganz langsam setzte sich Inga auf seinen Schoß und bewegte rhythmisch und gefühlvoll ihren Unterleib. Sie spürte seine starke Erregung und flüsterte Eliot ins Ohr: »Du machst mich so geil … Eliot, Ja …«. Beide kamen schnell zum Höhepunkt.

Inga konnte sich selbst die erotische Anziehungskraft dieses Mannes nicht erklären. Sie fühlte sich einfach immer sexuell erregt in seiner Nähe. Er wohl auch.

Manchmal erwischte sie sich dabei, dass sie an ihn dachte und sich dann selbst befriedigte. Gefühlvoller Sex bedarf nicht vieler Worte.

Ein paar Minuten später saßen sich beide mit hochrotem Kopf gegenüber und Erwin fuhr mit seiner Darstellung fort:

»Sie hätten meinen Antrag ja auch nur angenommen, weil Sie wissen, dass ich Ihnen ein angenehmes Leben verschaffen kann, nicht, weil Sie mich lieben. Ich weiß genau, wann eine Frau mich liebt. Ich fühle das. Nur ein einziges Mal habe ich das erlebt. Drei Wochen nach der Hochzeit kam die Frau in eine psychiatrische Klinik. Sie hatte sich falsche Vorstellungen vom Leben gemacht – Illusionen. Auch über mich. Nach der Scheidung wurde sie geheilt, heiratete aufs Neue und hatte drei Kinder. Jetzt ist sie erste Vorsitzende des Frauenverbandes gegen den Alkohol. Seit vielen Jahren bezieht sie eine jährliche Unterstützung von mir, obwohl sie weiß, dass ich mein Geld mit Alkoholschmuggel verdiene.«

Inga starrte ihn an. »Waren Sie – Alkoholschmuggler, oder sind es immer noch?«

Er nickte. »Das war auch der Alte – ich meine meinen Onkel Edgar Degenhardt. Sie glauben nicht, was der alles gemacht hat.« Er lachte.

Zum ersten Mal sah sie ihn so vergnügt. »Onkel Edgar hat mehr Alkohol in die Staaten, oder von dort hierher verfrachtet, als irgendeine andere Organisation von irgendwo her. Er war Eigentümer der beiden ersten heimlichen Kneipen in London, finanzierte einen berüchtigten Schmuggler und gab eine Million Dollar aus, um dessen Gegner über den Haufen zu knallen. Ja, ich glaube wohl, dass Sie das nicht geahnt haben. Und doch hat er alles von Bremen aus dirigiert, er war in seinem ganzen Leben nur dreimal in Amerika. Ich war sein Agent und Hauptvertreter dort, und oft hat er versucht, mich übers Ohr zu hauen. Deshalb kam ich auch so häufig nach Bremen.«

»Wer hat Herrn Degenhardt erschossen?«, fragte Inga gezielt und sah in ernst an.

Eliot schien nicht im Geringsten verwirrt oder verlegen zu sein. »Er hat sich selber umgebracht«, entgegnete er kühl. »Vergießen Sie nur keine Träne um Onkel Edgar. Er war ein ganz hart gesottener Sünder.«

»Aber jetzt haben Sie es nicht mehr nötig, Ihr Geld mit Schmuggel zu verdienen?«

Er lächelte belustigt. »Nein. Ich lasse mich jetzt als Landwirt in England nieder, kaufe ein Gut und verbringe meine Tage in Frieden.«

Sie schüttelte den Kopf. »Ich glaube, das liegt Ihnen nicht, Sie sind kein Mensch dafür.«

»Sie beurteilen mich richtig«, antwortete er.

Er reichte ihr die Hand. Sehr bedauerlich, dass wir nicht zu einer Verständigung gekommen sind. Meiner Meinung nach ist es töricht von Ihnen, mein Angebot nicht anzunehmen, aber ich muss Sie trotzdem bewundern. Ich begleite Sie nicht bis zur Haustür, und zwar aus Gründen, die ich Ihnen nicht näher erklären kann. Der Butler wird Ihnen ein Taxi besorgen, er ist mutiger, als ich es bin.« Bei diesen Worten zog er sie ganz dicht an sich heran, und Inga spürte wieder seine Erregung.

Sie wunderte sich über diese sonderbare Bemerkung.

Als sie später am Vormittag Erwin sah, sagte sie ihm nichts von Eliots Angebot und ihrem Besuch bei ihm.

Erwin war mit einem Ingenieur zum Präsidium gekommen, um den Absturz des Hubschraubers noch genauer zu untersuchen. Nachher versäumte er natürlich nicht, bei Inga vorzusprechen.

Als er von der guten Stellung hörte, die sie in Aussicht hatte, war er begeistert. »Finanz-Consulting? Gute, alte Firma. Und Sie haben wirklich Glück, dass man Ihnen ein derartiges Gehalt bietet. Wie sind Sie denn dazu gekommen?«

»Wahrscheinlich durch die Vermittlungszentrale. Ich erhielt eine telefonische Aufforderung, mich vorzustellen. Die Büroräume liegen in einem ruhigen, stillen Haus in Schwachhausen. Es gehört eine kleine Bank dazu und ein Exportgeschäft. Morgen trete ich meine Stellung hoffentlich schon an.«

Am nächsten Tag war sie pünktlich um neun in der Firma und wurde fest angestellt.

Als man ihr das Büro zeigte, in dem sie arbeiten sollte, glaubte sie zu träumen. Es war ein vornehmer, mit dunklem Eichenholz getäfelter Raum. An den Wänden hingen die Bilder der Chefs dieses großen Finanz-Consultings, die früher einmal die Firma geleitet haben.

»Ja, es stimmt, Frau Lange«, erwiderte der Prokurist auf ihre Frage. »Der Chef der Finanz-Consulting hat ausdrücklich Anweisung gegeben, dass Sie in diesem Hauptbüro arbeiten sollen.«

»Ist er hier?«, fragte sie schüchtern.

»Nein, er kommt niemals her. Er wohnt in England. Unser Geschäft geht nicht mehr so flott wie früher und hat leider nicht mehr seine einstige Bedeutung.«

Der alte Prokurist unterhielt sich eine Stunde lang mit ihr und erklärte ihr die bei Finanz-Consulting üblichen Geschäftsmethoden. Sie erkannte sofort, dass die Firma bei diesem Betrieb allmählich sanft entschlummern würde. Ein deprimierender Gedanke.

Am Nachmittag hatte sie eine Unterredung mit dem Leiter der Bankabteilung. Dabei entdeckte sie zu ihrem Erstaunen, dass sie gewissermaßen die Leiterin der Firma geworden war. Sie hatte Vollmacht, Schecks in jeder Höhe zu zeichnen und rechtsgültige Verträge zu schließen, Sie unterstand nur der etwas undeutlich umschriebenen Kontrolle des Chefs der Finanz-Consulting, Herrn Dörries und seines Partners Paulsen.

»Für eine junge Dame Ihres Alters eine außerordentlich große Verantwortung«, meinte der Bankleiter freundlich. »Wir haben ein offenes Kontokorrent von achtzigtausend Euro, außerdem ein Depot von über hunderttausend.«

Auch den übrigen Angestellten wurde sie vorgestellt. Unter ihnen war auch ein energischer, verhältnismäßig junger Mann, ein Herr Morris. Er erregte sofort ihr Interesse, denn er war verschlossen und schweigsam. Bei dem Prokuristen und den älteren Angestellten war er höchst unbeliebt, obwohl er erst seit drei Monaten als Kassierer in der Firma arbeitete.

Inga hatte noch nicht mal einen Tag in der Firma verbracht, als sie schon herausfand, dass dieser wenig beliebte Kassierer der einzige Tüchtige im Haus war. Er leitete das im Augenblick wieder ziemlich bedeutende Importgeschäft und entschied über Kredite, die die Firma gab. In allen Dingen wusste er Bescheid, verabredete die Besprechungen, die Inga mit den Vertretern anderer Firmen führen musste, hielt sie auf dem laufenden über den Bankkredit und beriet sie bei allen Transaktionen.

Als sie abends das Büro verließ, bat sie der Prokurist noch um eine Unterredung. »Ich muss Ihnen noch etwas mitteilen, was ich heute Morgen vergessen habe, Frau Lange. Unser Herr Dörries lässt Sie bitten, unter keinen Umständen die Geschäfte der Firma mit irgendjemandem Außenstehendem zu besprechen.«

»Die Warnung ist überflüssig«, erwiderte sie, fast ein wenig verletzt.

Die ersten drei Tage vergingen sehr schnell. Sie versuchte, neuere Methoden einzuführen, den Geschäftsgang zu verbessern und Vorurteile beiseite zu räumen. Aber dadurch machte sie sich natürlich ebenso unbeliebt wie der Kassierer.

Was ihr besonders auffiel, war die schöne junge Schreibkraft Sonja, im Büro des Kassierers. Inga hatte wieder ein Gefühl von erotischen Bedürfnissen. Sie fühlte sich zu dieser Person emotional hingezogen. Einmal stand die Bürotür des Kassierers so weit offen, dass Inga einen Blickkontakt von Sonja erhaschen konnte. Sie lächelte Inga an, und Inga hatte den Eindruck einer besonderen Sympathie.

Am Sonnabend erhielt sie einen Brief von dem Rechtsanwalt der Firma. Darin wurde ihr mitgeteilt, dass ihre Chefs mit ihrer Tätigkeit außerordentlich zufrieden wären und ihr Gehalt auf vierzigtausend Euro jährlich erhöht hätten.

Als sie fortging, kam der Prokurist zu ihr und rieb sich vergnügt die Hände.

»Sie haben uns wirklich Glück gebracht. In der letzten Woche haben wir achtzehn neue Konten eröffnet.«

Inga kam ihren Instruktionen getreulich nach und sprach auch mit Erwin nicht über geschäftliche Angelegenheiten. Er wusste nur, dass sie sich in ihrer neuen Stellung außerordentlich wohlfühlte.

***

19

Nachdem einige Tage friedlich verlaufen und keine neuen Ausschreitungen und Verbrechen vorgekommen sind, hörte man im Präsidium von den rotgedruckten Drohbriefen. Ein reicher Brauereibesitzer, Mitglied des Parlaments, hatte ein solches Schreiben erhalten, und die Erpresser hatten sogar die Frechheit besessen, es ins Parlament zu schicken. Das war allerdings eine Herausforderung, die nicht übersehen werden durfte. Der Mann hatte natürlich mit anderen Mitgliedern gesprochen, und auch das Präsidium hatte davon erfahren.

»Ich wusste es«, sagte Hauptkommissar Hagedorn, hielt das Schreiben in der Hand und las es aufmerksam, Wort für Wort. »Sie sind zu einer Verständigung gekommen. Das habe ich erwartet. Der Wortlaut ist ungefähr der gleiche, wie in dem grünen Schreiben, nur haben sie aus dem blauen die Telefonidee übernommen und dafür das brennende Licht im Fenster ausgemerzt. Folglich stecken Michael-Anton Michelsen und Eliot Danner, hinter den »Blue Letters« und den »Green Letters«. »Ist dieser Senator, oder was er sonst ist, ein reicher Mann?«

»Herr Durbaum ist Millionär«, sagte Erwin. »Er hat eine sehr große Eigentumswohnung in der Parkallee.«

Hagedorn nickte bedächtig. »Wo ist er denn jetzt? Im Parlamentsgebäude? Ich gebe Ihnen den guten Rat, ihn in einem gepanzerten Dienstwagen abzuholen und ins Präsidium zu bringen. Das jedenfalls wäre die einzige Möglichkeit, ihn zu retten. Die Kerle wissen, dass der Brief zur Polizei geschickt wurde, und haben den Mann natürlich zum Tode verurteilt. Das wird wieder eine üble Geschichte werden, Erwin.«

»Ich setze mich sofort mit dem Ausschuss in Verbindung.«

Eine Stunde lang blieb Erwin fort, und als er wiederkam, konnte Hagedorn schon an seinem Gesicht ablesen, dass er keinen Erfolg hatte.

»Die Herren sagen, wir würden durch diese Maßnahme unsere eigene Unfähigkeit eingestehen, den Mann zu beschützen. Sie haben schließlich eingewilligt, dass wir ihn jedes Mal unter Schutzgeleit zum Parlament bringen und von dort wieder abholen können. Außerdem soll seine Wohnung von einem Polizeiaufgebot bewacht werden.«

Hagedorn schüttelte den Kopf. »Das ist unvorsichtig. Die Gangster können ihn doch auf dem Weg zum Parlament leicht schnappen, selbst wenn die Polizei mit Pauken und Trompeten vorwegmarschiert. Aber ich habe das Gefühl, dass sie das Ding vollkommen anders drehen werden.«

»Der Innenminister meint, die Sache wäre nicht aussichtslos, da sie den Herrn Dorn auch nicht geschnappt hätten«, antwortete Erwin.

»Albernes Gewäsch«, rief Hagedorn wütend. »Sie haben Dorn in Ruhe gelassen, weil gerade an dem Abend

Krieg zwischen den beiden Banden ausbrach, und nicht, weil sie ihm nichts hätten anhaben können. Die Burschen werden diesen Herrn Durbaum fassen, so wahr ich hier sitze. Vielleicht nicht heute, aber sicher in den nächsten drei Tagen. Und ich gehe jede Wette mit Ihnen ein Erwin, dass sie keine weiteren Briefe verschicken, ehe diese Sache erledigt ist. Das ist nämlich das Probestück für die erfolgreiche Zusammenarbeit der beiden Banden.«

Am Abend wurde Durbaum unter starker Bewachung aus dem Parlament abgeholt. Motorradfahrer der Polizei begleiteten sein Auto auf beiden Seiten, und als er nach Hause kam, waren so viele Beamte vor und in seiner Wohnung, dass er kaum zu seinem Schlafzimmer gelangen konnte. Wenigstens erzählte Hagedorn es so.

Am nächsten Nachmittag begab sich der Abgeordnete wieder zu einer Sitzung ins Parlament. Eine große Menschenmenge jubelte ihm begeistert zu, als er vorüberkam, und Durbaum sonnte sich in seiner neuen Berühmtheit.

»Können Sie mir eigentlich erklären«, fragte Hagedorn, »warum ausgerechnet Kommissar Beerbaum die Sicherheitsmaßnahmen zum Schutze Durbaums leitet?«

Erwin zögerte. »Wessels ist etwas dickköpfig, und Sie scheinen ihn irgendwie verletzt zu haben.«

Hagedorn grinste. »Natürliche Abneigung des Vorgesetzten gegen einen befähigteren Untergebenen«, erwiderte er großspurig. »Es tut mir leid«, fuhr er dann in verändertem Ton fort. »Ich habe Wessels gern — er ist wirklich ein famoser Kerl. Und wenn ich Polizeichef wäre, und es käme eines guten Tages ein Mann und

217

wollte große Töne spucken, würde ich es wahrscheinlich auch nicht anders machen. Trotzdem, Erwin, Sie müssen Wessels davon überzeugen, dass dieser Kommissar Beerbaum ein gemeingefährlicher Halunke ist. Ich habe auf eigene Faust ein bisschen Detektiv gespielt und herausgebracht, dass der saubere Kollege mit Michael-Anton Michelsen unter einer Decke steckt, und zwar seitdem die Tätigkeit der organisierten Banden in Bremen begann. Könnten Sie Polizeidirektor Wessels das nicht beibringen?«

»Im Augenblick nicht. Er ist ganz aus dem Häuschen, und das lässt sich schließlich begreifen. Kommissar Beerbaum versteht es außerdem, die Leute zu beschwatzen. Er hat sich aus einfachsten Verhältnissen emporgearbeitet, das wird ihm hier immer hoch angerechnet. Andererseits stand er vor fünf Jahren schon einmal unter Verdacht. Es handelte sich damals um eine anrüchige Spielhölle. Ein großer Skandal, doch wir konnten ihm nichts beweisen. Aber dass er sich jetzt mit Mördern verbündet hat, kann ich nicht recht glauben.«

»Das hat er, seiner Meinung nach, auch nicht getan. Er glaubt natürlich, dass er das Geld erhält, weil er gewisse Dinge nicht zur Anzeige bringt, auf die es nicht ankomme. Leute wie Beerbaum verstehen es immer ausgezeichnet, sich vor sich selbst zu rechtfertigen. Und glauben Sie ja nicht, dass er sich nicht fürchtet. Allmählich wird ihm klar, was er gemacht hat, aber nun hat er sich einmal auf die Sache eingelassen und kann nicht aus der Schlinge heraus. Er ist umso schlimmer dran, weil er nach und nach sieht, wie tief er in die Geschichte verstrickt ist. An einem der nächsten Tage wird sich sein

Gewissen melden, und dann wird er die Gangster verraten. Aber wenn es soweit kommt, wäre es besser für ihn, den Schnabel zu halten.«

Auch am zweiten Abend ereignete sich nichts. Am dritten Tag lag Nebel über Bremen, und als sich der Dunst in den Straßen immer mehr verdichtete, wusste Hagedorn, dass jetzt eine Entscheidung kommen würde.

Herr Quandt, ein alter, weißhaariger Parlamentarier, der etwas gebeugt ging, war in der letzten Zeit häufig krank und deshalb nur selten zu den Sitzungen erschienen. Aber an diesem Morgen ging er durch die Vorhalle in das Innere des großen Parlamentsgebäudes. Der Polizist, der am Eingang Wache hielt, grüßte ihn und öffnete die Tür.

Einen Augenblick blieb Quandt stehen und putzte seine Brille. Als er in den Sitzungssaal trat, fand er das Haus nur mäßig besetzt. Mehrere Mitglieder debattierten eifrig über eine neue Gesetzesvorlage. Er ließ sich auf einer der fast leeren Regierungsbänke nieder.

Verschiedene der Anwesenden lächelten. »Quandt ist zur Regierung übergegangen«, tuschelten sie.

Er gehörte nämlich zur Opposition. Die für Regierungsmitglieder reservierte erste Sitzreihe im Parlament war fast vollkommen frei. Nur eine Oberstudienrätin, die die Debatte führte, war anwesend.

Unerwartet erhob sich Herr Quandt, ging mit unsicheren Schritten auf das Rednerpult zu und hatte schon den Gang erreicht, der zur Tür führte, als er eine Pistole zog und sich plötzlich umdrehte. In kurzer Aufeinanderfolge feuerte er dreimal, sprang über die vorgestreckten Beine des Bürgermeisters, lief am Rednerpult vorbei und verschwand durch die hintere Tür ins Treppenhaus. In wenigen Sekunden war alles vorüber. Herr Durbaum, der auf einer der vorderen Bänke gesessen hatte, brach zusammen.

Ein Polizist sah den alten Mann, der hinauslief, und versuchte ihn aufzuhalten. Aber dazu kam er nicht, er stürzte mit einem Schuss in seine Schulter, verletzt zu Boden. Offenbar kannte der Mörder die Lage der einzelnen Räume im Parlament sehr genau. Er bog in einen Gang ab und eilte dann auf die Straße, lief die Bredenstraße entlang bis zur Weserbrücke. Schnell zählte er die Laternen von der Brücke aus und sprang bei der vierten in die Weser.

Niemand sah es. Als Politiker, Beamte und Polizisten vor dem Parlamentsgebäude erschienen, war er verschwunden. Ein Polizist rannte zur Weserbrücke, sah über das Geländer und entdeckte ein Motorboot, das auf die Mitte der Weser hinausfuhr. Er rief, »Halt kommen Sie zurück oder ich schieße, Polizei.«

Als keine Antwort kam, zog er seinen Revolver und gab zwei Schüsse ab. Unmittelbar darauf blitzte das Mündungsfeuer eines Maschinengewehrs auf, unheimlich hallten die Schüsse über das Wasser. Ein Kugelregen prasselte gegen die Brüstungsmauer, ein paar Fenster in den Häusern drum rum zerklirrten, aber weiterer materieller Schaden wurde nicht angerichtet.

Jetzt war das Boot mitten auf der Weser. Kurz darauf sahen die Zuschauer, die sich mittlerweile an dem Schauplatz versammelt haben, wieder das Mündungsfeuer des Maschinengewehres und hörten das unheimliche Rattern. Die Gangster waren auf ein Polizeiboot gestoßen, aber der Kampf blieb einseitig. Als Verstärkung herbeikam, war von dem Polizeiboot nichts mehr zu sehen, Es war in der Weser versunken.

…

Polizeidirektor Wessels trat bleich in Müllers Büro.

»Ist er tot?«, fragte Erwin.

Der Vorgesetzte nickte. »Er ist vollkommen erledigt, und das Präsidium auch. Wo steckt denn unser Freund Hagedorn?«

»Er ging vorhin fort, als der Bericht vom Parlamentsgebäude durchkam.«

»Er hatte doch nicht so ganz unrecht mit dem gepanzerten Zivilfahrzeug«, meinte Wessels bitter, sank in einen Stuhl und verbarg das Gesicht in den Händen.

»Mein Gott, für diese Aufgabe bin ich nicht geschaffen. Wenn ich daran denke, wie wir lachten, als wir die Nachrichten erhielten, dass die Polizei mit den Alkoholschmugglern nicht fertig werden konnte. Jetzt wissen wir, warum es ihnen nicht gelingt. Wir kämpfen mit Federn gegen Knüppel.«

Er lehnte sich seufzend in seinem Stuhl zurück. »Das Motorboot, in dem der Kerl entkommen ist, muss die ganze Zeit im tiefen Schatten an der Ufermauer entlanggefahren sein, sodass es von der Wasserschutzpolizei nicht bemerkt wurde. Der Beamte, der das Patrouillenboot steuerte, ist schwer verletzt und liegt in hoffnungslosem Zustand im Krankenhaus, sie haben ihn noch lebend aus dem Wasser gefischt. Hagedorn hatte uns den Rat gegeben, alle Polizeiboote auf der Weser mit Maschinengewehren zu bewaffnen, und ich habe nicht auf ihn gehört.«

Hauptkommissar Hagedorn kam in diesem Augenblick zur Tür herein. »Hallo, Chef. Tut mir leid, dass es so kommen musste.«

Wessels nickte. »Irren ist nun mal menschlich, oder anders, manche Menschen sind irre. Sie können sich freuen, dass alles so eintraf, wie Sie sagten.«

Hagedorn sah ihn düster an. »Ich freue mich nicht. Aber ich werde Ihnen sagen, was Sie tun müssen, Lassen Sie Eliot Danner und Michael Michelsen verhaften und ins Präsidium bringen.«

»Und was dann?«, fragte Wessels nach einer kleinen Pause. Er stellte seinen Kaffeebecher wieder auf den Schreibtisch und sein halb gegessenes belegtes Brötchen daneben.

»Dann können Sie sie niederschießen, wenn sie fliehen wollen.«

Wessels starrte ihn an. »Was? Wir sollen sie unterwegs einfach erledigen?«

»Ja, wenn sie zu fliehen versuchen.«

»Aber wenn sie nicht fliehen?«

»Falls Sie mir die Sache überlassen, sorge ich schon dafür, dass sie einen Fluchtversuch machen«, sagte Hagedorn energisch, »die haben es nicht anders verdient.«

Wessels schüttelte den Kopf. »Das wäre doch glatter Mord, oder sehen Sie das anders, Hagedorn?«

»Nein, Notwehr«, antwortete Hagedorn ärgerlich.

»Was ist denn heute Abend und während der ganzen Woche passiert? War das vielleicht eine Warnung auf Schlimmeres? Sie haben es hier mit organisierten Verbrecherbanden zu tun, die Mord für eine ganz normale Sache halten. Meiner Schätzung nach gibt es zurzeit ungefähr zweihundert solcher bezahlter Pistolenschützen in Bremen, und sie alle sind geübte Spezialisten. Schon seit Monaten hat man ihre Wohnungen und Verstecke vorbereitet. Alles ist sorgfältig geplant. Über zwei Millionen Euro sind in das Geschäft bereits hineingesteckt worden, aber es macht sich mehr als bezahlt. Heute Abend wird das Geld in vollen Strömen hereinkommen.«

Der Polizeidirektor erließ eine Verordnung, wonach alle uniformierten Polizisten auf den Straßen bewaffnet wurden. Ferner wurde eine Anregung Hagedorns angenommen, Man richtete Luftpatrouillen ein, die Tag und Nacht über Bremen Dienst taten. Die Beobachter im Hubschrauber blieben stets in Verbindung mit gewissen Erdstationen. Bei Tag konnten sie jedes Auto verfolgen, so schnell es auch fuhr, und genau angeben, welches Ziel es hatte.

Endlich beauftragte Polizeidirektor Wessels auch Detektiv Erwin Müller, dem verdächtigen Kommissar Beerbaum ernstlich auf den Zahn zu fühlen. »Ich habe ihm befohlen«, meinte Wessels, »sich in meinem Büro zu melden, aber ich werde ihn zu Ihnen schicken. Ich gebe Ihnen dem Mann gegenüber freie Hand. Bis morgen früh will ich wissen, welche Vorsichtsmaßregeln er getroffen hatte und wie es möglich war, dass der Verbrecher über die Terrasse des Parlamentsgebäudes fliehen konnte, ohne gefasst zu werden. Hauptkommissar Hagedorn soll Ihrer Unterredung beiwohnen.«

Kurze Zeit später kam Beerbaum zu den beiden in Erwins Büro. Er sah alt und verfallen aus, der sonst aufgezwirbelte Schnurrbart hing nach unten. Der Mann schien von Angst und Schrecken gepackt und dem Zusammenbruch nahe zu sein.

Beerbaum sah auf Hagedorn, dann auf Müller. »Ich möchte lieber mit Ihnen allein sprechen, Herr Müller. Ich glaube, nicht, dass Fremde ...«.

»Wir haben jetzt keine Zeit, auf Ihre Gefühle Rücksicht zu nehmen, Beerbaum. Sie wissen außerdem sehr wohl, dass Hauptkommissar Hagedorn unserem Präsidium als Beamter zugeteilt ist. Erklären Sie mir jetzt, wie dieses Unglück heute Abend überhaupt geschehen konnte. Warum waren die Ausgänge nicht genügend besetzt? Wie war es möglich, dass der Verbrecher entkam?«

»Ich tat mein Bestes«, beteuerte Beerbaum weinerlich, »und habe auf allen Korridoren Beamte aufgestellt. Ich kann nicht verstehen, dass ausgerechnet der Posten auf der Terrasse ...«.

»Wenn Sie es nicht verstehen können, dann will ich es Ihnen begreiflich machen«, erwiderte Erwin streng. »Er war nicht auf seinem Platz, weil man ihn nicht richtig instruiert hatte.«

Beerbaum widersprach nicht. »Wir machen alle unsere Fehler«, entschuldigte er sich. »Ich habe eine sehr schwere Zeit hinter mir, und heute Abend hatte ich so entsetzliche Kopfschmerzen, dass ich kaum noch wusste, was ich tat.«

»Sie melden sich morgen um zwölf wieder hier in meinem Büro«, erwiderte Erwin scharf. »Bringen Sie Ihr

Sparbuch mit – ebenso die Sparbücher Ihrer Frau. Sie hat zwei, eins davon unter ihrem Mädchennamen. Außerdem schaffen Sie mir den ganzen Inhalt Ihres Schließfaches von der Bank her. Es wartet bereits ein Beamter auf Sie, der Ihnen behilflich sein wird.«

Beerbaum verließ das Zimmer als gebrochener Mann.

»Das Merkwürdigste an der Sache war«, bemerkte Hagedorn, »dass ich kein Wort zu sprechen brauchte.«

***

20

Michael Michelsen hatte mit seiner Frau einen der eleganten Nachtklubs besucht und sie waren erst spät nach Hause gekommen.

Der Butler weckte ihn. Er war nicht besonders höflich, wenn er mit seinem Chef allein war. »Michael, der Polyp ist am Telefon.«

Michelsen erhob sich und sah den Mann unsicher an, der ihn in seinen Träumen gestört hatte. »Was für ein Polizist?«, fragte er ärgerlich. »Doch nicht Beerbaum?«

»Das ist doch Beerbaum, nicht wahr?«

Michael ging ins Wohnzimmer und nahm den Hörer ab. »Ich muss Sie dringend sprechen, Herr Michelsen. Kann ich in Ihr Hotel kommen?«

»Nein, das können Sie nicht. Das hab' ich Ihnen doch schon oft genug gesagt. Ich werde jemanden schicken, der Sie mit dem Wagen abholt.«

»Ich werde scharf beobachtet«, erwiderte Beerbaum aufgeregt. »Ich habe es erst erfahren, als Detektiv …«.

»Meinen Sie, ich werde nicht Tag und Nacht beobachtet?«, zischte Michelsen böse. »Ich werde mit Ihnen sprechen, nachdem ich geduscht und rasiert bin, in etwa einer halben Stunde.«

Er ging zu seinem Friseur in der Nachbarschaft und ließ sich einseifen. Dann brachte der Friseur das Telefon herein, ging wieder hinaus und schloss die Tür fest hinter sich.

Kommissar Beerbaum war nicht weit von Michael entfernt. Er befand sich in der ersten Etage, und zwar in einer schalldichten Telefonzelle. Michael hörte, was am vergangenen Abend vorgefallen war.

»Ich muss meinen Abschied einreichen«, klagte Beerbaum. »Ich werde ins Ausland gehen. Ich bin erledigt. Wenn dieser verdammte Hauptkommissar mich nach Strich und Faden verhört, kann er alles aus mir herausholen. Gestern hat er kein Wort gesagt. Michael, ich habe noch ein paar tausend Euro zu bekommen. Entschuldigen Sie, dass ich Sie beim Vornamen nenne.«

»Das passt mir ganz und gar nicht«, fuhr Michelsen ihn an. »Aber es wird schon alles in Ordnung kommen«, fügte er freundlicher hinzu. »Warten Sie heute Abend an der bekannten Stelle gegenüber dem Bürgerpark. Ich schicke einen Mann, der Ihnen das Geld bringt. Aber achten Sie darauf, dass Sie von niemanden gesehen werden, wenn Sie hingehen.« Er drückte auf eine Klingel, und als der Friseur wiederkam, reichte er ihm den Apparat. »Machen Sie jetzt schnell«, sagte er ärgerlich. »Die Seife trocknet schon ein.«

...

Elfriedes Lebensphilosophie war sehr einfach, als Frau musste sie sich schön erhalten für den Mann, der ihre Rechnungen bezahlte, und ihm treu bleiben, solange er sie nicht betrog. Ihre früheren Ehemänner hatten sich nicht so stark für sie interessiert wie Michael Michelsen, aber ihr war das gleichgültig. Wenn sie Michael durch eine Kugel verlieren sollte, dann war dieses Kapitel eben abgeschlossen, und sie machte sich schön für den Nächsten.

Aber jetzt sah sie sich einer anderen Gefahr gegenüber, Inga Lange. Mit dieser Nebenbuhlerin musste man abrechnen. Sie begann Pläne zu schmieden, verwarf sie wieder, überlegte aufs Neue und fasste endlich einen Entschluss.

»Warum gehst du eigentlich nicht mal aufs Land?«, erkundigte sich Michael eines Tages. »Wozu kaufe ich dir denn ein schönes Landhaus, wenn du dich dort nicht ausruhst?«

Sie lächelte ihn freundlich an, schüttelte aber den Kopf. Das kleine Haus, das Michael ihr im vergangenen Sommer geschenkt hatte, lag am Weserufer in Seehausen, in der Nähe eines kleinen Jachthafens. Es war neu hergerichtet und gut ausgestattet. Bei ihrem ersten Besuch hatte Elfriede es entzückend gefunden, aber schon beim zweiten Mal hatte es ihr nicht mehr gefallen.

»Ja, ich werde mich demnächst, wenn der ganze Trubel vorüber ist dort erholen, das verspreche ich dir«, antwortete sie.

Inga pflegte stets auswärts zu essen. Sie kehrte gerade zum Büro zurück und bog in die Schwachhauser Heerstraße ab, als sie plötzlich ihren Namen hörte. Ein kleines Auto hielt mit einem Ruck am Gehsteig an, und eine Dame stieg aus. Frau Michelsen war eine so glänzende

Erscheinung in dieser verhältnismäßig düsteren Umgebung, dass alle Passanten sie staunend begafften. Inga gefiel sie nicht, weil sie zu sehr einer Modepuppe glich.

»Das ist ja entzückend, dass ich Sie treffe«, rief Elfriede etwas zu freundlich. »Wollen Sie nicht mit mir speisen? Ich habe solche Langeweile. Michael reist in geschäftlichen Angelegenheiten nach Paris, und ich dachte schon immer, dass es sehr nett wäre, wenn wir beide etwas vertrauter miteinander werden könnten. Wo liegt denn Ihre Firma? Und wann sind Sie mit Ihrer Arbeit fertig?«

»Um fünf.«, erwiderte Inga zögernd.

»Würden Sie dann eine Spazierfahrt mit mir machen? Ich fühle mich so allein und sehne mich nach Gesellschaft und Unterhaltung.«

Inga hatte Mitleid. Man konnte der Frau ja schließlich den Gefallen tun. »Wenn Sie mich hier abholen, begleite ich Sie ganz gern.«

Frau Michelsen strahlte.

Es stimmte allerdings, dass Michael nach Paris reisen wollte, aber er änderte seine Absicht. »Du fährst noch weg?«, fragte er, mit einem Blick auf die Uhr. »Es ist halb fünf, meine Liebe. Es wäre besser, wenn du jemand zur Begleitung mitnimmst. Wohin willst du denn?«

»Ich hole das Mädel ab, diese Inga.«

»Inga Lange?« Er runzelte die Stirn. »Was hast du mit der vor?«

»Ach, ich möchte sie ein bisschen kennenlernen.«

»Das wäre gar nicht so übel. Eine ganz gute Idee sogar Ruf mich um sechs an. Vielleicht erzählt sie dir etwas von diesem Beamten aus dem Präsidium? Aber verplappere dich nur nicht.«

Es war ein schöner Nachmittag, und Inga freute sich, dass sie aus Bremen herauskam. Elfriede hatte vorgeschlagen, eine kleine Spazierfahrt zu ihrem Landhaus zu machen.

Es war bereits dunkel, als sie in eine lange Landstraße einbogen. Elfriede sagte ihrer Begleiterin, dass sie jetzt bald an Ort und Stelle wären. Nachdem sie mehrere Nebenwege passiert hatten, hielt das Taxi auch kurz darauf, vor einem hübschen, kleinen Gebäude, das von einem Garten eingefasst war. Inga stieg aus und öffnete das Tor. Das Taxi fuhr weiter und hielt direkt vor dem Eingang.

»Lange kann ich leider nicht bleiben«, sagte Inga.

»Aber Sie werden doch wenigstens einen Blick hineinwerfen?«, bat Elfriede.

Sie öffnete die Küchentür. Dumpfe abgestandene Luft schlug ihnen entgegen. Als sie ins Wohnzimmer kamen, bemerkte Inga einen Käfig und auf dem Boden einen gelben Kanarienvogel.

»Ach, sehen Sie doch – ich habe ganz vergessen, ihm Futter und Wasser zu geben«, sagte Elfriede ohne das mindeste Mitleid. »Ich mag eigentlich solche Singvögel nicht leiden, aber Michael glaubte, er würde mir eine Freude damit machen. Fünfundzwanzig Euro hat er dafür gezahlt.«

Inga sagte nichts.

»Gehen Sie nach oben«, befahl Elfriede plötzlich scharf. Sie stand hoch aufgerichtet und hatte die Augen weit aufgerissen. In ihrer Hand blitzte eine Pistole. »Haben Sie nicht gehört? Sie sollen nach oben gehen.«

Inga überlief ein kalter Schauer, und ihre Knie zitterten.

»Machen Sie doch keine Geschichten. Es ist höchste Zeit, dass wir wieder nach Hause fahren«, sagte Inga.

»Wollen Sie wohl nach oben gehen, wenn ich es ihnen sage?«, schrie Elfriede leidenschaftlich.

Inga ging hinaus und stieg die Treppe hinauf.

»In das Zimmer links, los vorwärts«.

Der Raum lag im Dunkeln, und Elfriede drehte das Licht an. Allem Anschein nach war dies ein Gästezimmer. Ein einfaches eisernes Bett, ein Tisch und ein Stuhl standen darin. Von einer offenen Tür aus konnte man ins Bad sehen.

»So. Und jetzt werde ich Ihnen mal was sagen, Ich wäre Ihretwegen beinahe umgebracht worden. Wussten Sie das? Ihr Kerl da, der Eliot Danner – wissen Sie, was der zu Michael gesagt hat? Er würde mir den Kopf abschneiden und ihn Michael in einem Obstkorb zum Frühstück schicken. Das hätte der Lump auch getan. Ich kenne Eliot genau – ich war früher mal mit ihm verheiratet. Und das hat er nur Ihretwegen gesagt.«

»Meinetwegen?«, fragte Inga. »Lächerlich.

»Das finden Sie auch noch lächerlich? Sie haben doch einen Brief bekommen, dass Sie fünfhundert Euro zahlen sollen? Den haben Sie zur Polizei gebracht, und daraufhin sollten Sie niedergeknallt werden. Aber da hat Eliot eingegriffen, mich in der Stadt angehalten und einsperren lassen. Und hätten die Kerle Sie gefasst, so hätte er mir die Gurgel durchgeschnitten.«

So unglaublich diese Geschichte auch klang, Inga fühlte, dass sie bei der Wahrheit bleiben musste.

»Diese Rechnung haben wir also miteinander zu begleichen. Aber nun kommt noch was viel Schlimmeres, Was fällt Ihnen ein, Michael den Kopf zu verdrehen? Sie brauchen mir nicht zu erzählen, dass Sie das nicht getan hätten. Ich weiß, genau, wie die Weiber sind.« Elfriede machte aus ihrem Herzen keine Mördergrube, Sie wählte die Worte nicht, und Inga bekam die gemeinsten Ausdrücke zu hören. »Ich schließe Sie jetzt hier für ein Weilchen ein – genauso, wie ich selbst eingesperrt war. Wenn ich morgen wieder in besserer Stimmung bin, komme ich vielleicht zurück und lasse Sie heraus. Aber wenn mein Ärger noch nicht verflogen ist.« Ihr Gesicht sah plötzlich alt und verfallen aus, und sie atmete schwer. »Nun – ich werde wahrscheinlich zurückkommen.«

Sie öffnete ihre Handtasche und nahm zwei Handschellen heraus, die sie vor einigen Tagen in einem Laden in der Obernstraße gekauft hatte. Die Pistole hielt sie immer noch in der einen Hand, mit der anderen legte sie Inga die Fesseln an. Die beiden Handschellen waren an einer Kette befestigt, die sie hinter einer eisernen Röhre im Badezimmer entlangführte, bevor sie das Eisen schloss. »So, nun sind Sie gefangen. Ohne Schlüssel können Sie die Dinger nicht öffnen. Ich wünsche Ihnen viel Vergnügen. Jetzt können Sie mal erfahren, wie mir zumute war, mein Fräulein.«

Elfriede fuhr in die Stadt zurück. Aber je mehr sie sich Bremen näherte, desto unruhiger wurde sie. An ein solches Ende ihres Abenteuers hatte sie nicht gedacht, sie hatte sich so sehr auf den ersten Teil ihres Plans konzentriert, dass sie sich nur unklare Gedanken über den Abschluss gemacht hatte. Was würde Michael sagen. Sie hielt an und war in größter Versuchung, umzukehren und Inga zu befreien. Wenn das Mädel erst am nächsten Morgen herausgelassen wurde, schlug sie sicher Lärm. Und wenn Eliot davon hörte, würde er Michael die Hölle heißmachen, und am Ende brach dann das ganze Geschäft zusammen.

Elfriede erschrak. Mit unsicheren Schritten ging sie einmal um das Auto herum, nahm ihr Handy und rief ihren Mann an, der schon sehr besorgt um sie war. Er fragte, wo sie wäre und was sie gemacht hätte.

Ihre Nerven versagten. »Michael, ich glaube, es wäre das Beste, wenn ich – wenn ich wieder zum Landhaus zurückfahre.«

»Du kommst sofort nach Hause. Wo bist du? Ich werde ein Taxi schicken, dich abzuholen, du ...«.

Er schimpfte, aber das machte ihr nichts aus. Im Gegenteil, sie fühlte sich erleichtert. »Ja, Michael«, sagte sie zahm. »Ich komme zu dir.« Damit war das Los ihrer Gefangenen entschieden.

Als sie im Hotel ins Wohnzimmer trat, machte Michael ein düsteres Gesicht. Er war ärgerlich. »Wo bist du gewesen?«, fragte er und maß sie von Kopf bis Fuß. »Wo ist deine Handtasche geblieben?« Sie atmete schwer und taumelte einen Schritt zurück. Sie hatte die Tasche im Landhaus liegenlassen. Und es befand sich etwas darin, dass niemand sehen durfte.

»Ach, Michael, warum brüllst du mich denn so an? Ich hab' sie nicht mitgenommen, sie liegt in meiner Schublade. Brauchst du sie?«

Wenn er weniger erregt gewesen wäre, hätte er erkannt, dass sie ihn anlog. »Nein, ich brauche sie nicht. Setz dich hierher. Das Zimmer ist durchsucht worden, während ich fort war. Besinnst du dich auf das Buch, das ich dir neulich gab? Du solltest es auf die Bank bringen und dort einschließen.

Sie nickte verstört.

»Hast du das getan?«

Sie nickte wieder, sprechen konnte sie nicht.

»Dann ist alles in Ordnung, Elfriede. Es war eine Dummheit von mir, dass ich es dir gab. Ich weiß doch, was für ein Dummkopf du bist.« Er stand auf und schritt im Zimmer auf und ab. Die Spannung in seinen Zügen ließ allmählich nach, und schließlich lächelte er sogar. »Wie wäre es, wenn wir ins Theater gehen? Oder in ein Varieté?«

»Großartig, Michael«, entgegnete sie erleichtert. Aber ihre Gedanken arbeiteten fieberhaft, Was würde nun geschehen, wenn sie Michael erzählte, dass sie vergessen hatte, das Buch auf die Bank zu bringen? Dass es sich in der Handtasche befand und dass die Handtasche im gleichen Haus lag, in dem sie Inga Lange eingesperrt hatte? –

Inga hatte die Handtasche wohl bemerkt, sich aber bemüht, nicht hinzusehen, um nicht Elfriedes Aufmerksamkeit darauf zu lenken. Die Tasche lag auf einem

Stuhl im Gästezimmer, wo sie jetzt gefesselt war, ungefähr einhalb Meter von ihr entfernt.

Inga hörte, wie die Haustür zugeschlagen wurde und wie der Wagen davonfuhr. Die Schlüssel mussten sich in der Tasche befinden, sie waren mit einer kleinen roten Schnur an den Handschellen befestigt gewesen, Elfriede hatte sie abgerissen und in die Handtasche gelegt.

Der Stuhl war zu weit entfernt, als dass Inga ihn ohne weiteres hätte erreichen können. Sie ließ die Kette so weit als möglich an der eisernen Röhre herabgleiten, legte sich dann auf den Boden und streckte sich aus, bis sie mit den Fußspitzen ein Stuhlbein berühren konnte. Noch einen Zentimeter – aber es reichte nicht.

In einer Ecke des kleinen Badezimmers stand ein Besen, den sie mit der Hand fassen konnte. Langsam schob sie ihn auf dem Boden entlang, hakte ein und zog den Stuhl näher. Zu ihrem größten Schreck stieß der Stuhl aber auf eine etwas hochstehende Fliese im Boden und kippte um. Die Tasche lag nun ziemlich weit weg.

Inga machte einen anderen Versuch, Sie legte sich der Länge nach auf den Boden und fasste den Besenstiel mit beiden Füßen. Sie konnte ihn nur ungeschickt bewegen, aber schließlich gelang es ihr doch, auf diese Weise die Tasche langsam näherzuziehen. Endlich hielt sie das Brillanten besetztes, kleine Ding in ihren zitternden Händen. Sie öffnete es, fand die Schlüssel und war einige Sekunden später frei.

Dauernd lauschte sie angestrengt, weil sie fürchtete, das Auto könne zurückkehren, aber es regte sich nichts.

Sie leerte nun den Inhalt der Tasche auf den Tisch. Die kleine Pistole legte sie beiseite.

Sie fand ein rotledernes Buch. Merkwürdigerweise war es mit zwei dünnen Ketten befestigt, die kreuzweise darum geschlungen und auf der Rückseite durch ein kleines Vorhängeschloss gesichert waren. Außerdem entdeckte sie fünfzig Euro in Banknoten und all die kleinen Gegenstände, die eine Frau in ihrer Handtasche trägt, Lippenstift, Puder, einen goldenen Bleistift, ein paar Silbermünzen. Dann packte sie alles wieder ein. Es würde ihr eine besondere Genugtuung bereiten, am nächsten Morgen ins Hotel zu gehen um Elfriede ihr Eigentum zurückzugeben.

Der Schreck, der Inga zuerst gepackt hatte, wich später der Empörung über die Gemeinheit, die ihr zugefügt worden war. Es dauerte einige Zeit, bis sie aus dem Haus herauskam. Schließlich kletterte sie durch ein Fenster ins Freie und machte sich zu Fuß auf den Rückweg. Sie traf niemand, und es war auch wenig wahrscheinlich, dass ihr ein Mensch begegnen würde, bevor sie die Hauptstraße erreichte.

Als sie zur Seehauser Landstraße kam, hatte sie ihre Fassung fast wiedererlangt. In der Nähe befand sich eine Tankstelle mit einer Werkstatt, und Inga ging dorthin, um ein Taxi rufen zu lassen. Sie hatte ja die fünfzig Euro aus der Handtasche von Elfriede, und sie konnte von dieser niederträchtigen Person wenigstens verlangen, dass sie ihr die baren Auslagen ersetzte.

Der Tankstellenbesitzer schüttelte den Kopf. »Tut mir leid, einen Wagen kann ich Ihnen geben, aber ich habe keinen Fahrer. Wenn Sie selbst fahren wollen.?«

Inga nahm den Vorschlag mit Freuden an. Sie wollte lieber allein sein – die Fahrt nach Bremen würde sie beruhigen. Sie hinterlegte eine größere Summe als Pfand, nebst ihrer Visitenkarte und Personalausweis.

Der Mann deutete auf die Uhr am Armaturenbrett.

»Zweiundzwanzig Uhr haben wir es jetzt, junge Frau, was machen Sie denn hier so allein in dieser Gegend?«

Inga antwortete nicht auf die Frage.

Sie bedankte sich noch einmal und sagte, »Ich bringe Ihnen den Wagen morgen zurück«, und fuhr los.

Jetzt erst kam Inga zum Bewusstsein, dass sie fast drei Stunden in dem schrecklichen Haus zugebracht hatte.

Der Mann an der Tankstelle war sehr liebenswürdig und versorgte sie mit allem. Nur hatte er vergessen, den Tank nachzufüllen.

Aber das merkte sie erst, als sie fast auf der Woltmershauser Straße war. Der Wagen ruckelte ein paar hundert Meter und blieb dann stehen. Gewöhnlich herrschte hier starker Verkehr, aber an diesem Abend, um diese Uhrzeit kamen in fünf Minuten nur zwei Wagen vorbei, und beide beachteten ihre Handzeichen nicht.

In der Nähe war ein kleiner Abhang. Sie löste die Bremse und ließ den Wagen die Böschung hinunterrollen, bis er auf dem Feld stand. Sie fürchtete, die Batterie würde auch ausbrennen, weil die Scheinwerfer schon flackerten, und drehte das Licht völlig aus. Dann wartete sie auf ein langsam fahrendes Auto, das sie anhalten könnte.

Plötzlich bemerkte sie einen Wagen, der die Straße entlang kam. Merkwürdigerweise hielt er ein paar Schritte von der Stelle entfernt, an der sie im Dunkeln stand.

Sie entdeckte, dass es ein leichtes Lastauto war, und wollte gerade vortreten und um Hilfe bitten, als sie eine Stimme vernahm.

»Sie werden doch das nicht tun – um Himmels willen«, flehte jemand.

Inga schauderte und duckte sich verstört. Wo hatte sie nur diese Stimme schon gehört? In ihrer Erinnerung tauchte jäh eine Szene auf, Verkehrsstau – rechts und links viele Wagen – ein Mann, der sie unerwartet ansprach. Es war Kommissar Beerbaum, der Mann mit dem aufgezwirbelten Schnurrbart. Gleich darauf hörte sie, wie er in Todesangst aufschrie.

***

21

Zwei Stunden bevor Inga am Straßenrand stand, wartete Kommissar Beerbaum bereits einige Zeit an der verabredeten Stelle, wo ihm von Michael Geld übergeben werden sollte, als ihm gegenüber ein Wagen hielt, ein leichter Transporter, seitlich war mit roten Buchstaben der Name einer Firma aufgemalt.

»Steigen Sie ein Herr Beerbaum«, hörte er eine freundliche Stimme aus dem Innern.

Er setzte sich auf den Beifahrersitz und von dort nach hinten. Im Hintergrund glühten zwei Zigarren. »Setzen Sie sich rechts hin.« Eine Tür wurde hinter ihm zugemacht, und der Wagen fuhr an. »Michael konnte heute nicht kommen«, sagte der Mann mit der freundlichen Stimme. »Er hat mir den Auftrag gegeben, mit Ihnen zu sprechen. Wie sieht es denn im Präsidium aus?«

Beerbaum hatte nicht die Absicht, im Augenblick über die Beamten zu sprechen, besonders, da er gar nicht wusste, wem er gegenübersaß. Vielleicht war es sogar eine Falle der Polizei?

»Wir müssen erst aus der Stadt heraus, bevor ich Ihnen das Geld geben kann, Herr Beerbaum«, fuhr der Mann fort. Der Zweite schwieg.

Beerbaum lehnte sich zurück. Er hatte es hier mit Leuten zu tun, die er nicht kannte, und er wollte seine jetzigen Auftraggeber bei der nächsten Gelegenheit verraten, denn nachdem er behördlicherseits aufgefordert worden war, seine Sparbücher vorzulegen, musste er schnell handeln. Es war ihm auch alles gleichgültig, er wollte nur noch eine kleine Extrabezahlung herauspressen.

»Michael ist ein tüchtiger Kerl«, sagte er zu seinen unbekannten Begleitern.

»Ja – da haben Sie wohl recht.«

Er steckte sich eine Zigarette an. Als das Streichholz aufleuchtete, konnte er die beiden sehen. Sie hatten breite Gesichtszüge, waren glattrasiert und trugen tadellos weiße Hemden. Es musste sich also doch um anständige Leute handeln. »Ich habe natürlich niemals etwas von diesen Schießereien gewusst, und ich habe auch nicht danach gefragt. Sicher hatte das seine Gründe. Von meinem Standpunkt aus ist das eigentlich nicht in Ordnung.«

Die beiden ließen ihn reden, so viel er wollte. Dann drehte der Fahrer sich um und sagte etwas.

Als Beerbaum hinaussah, bemerkte er, dass sie an einer kleinen Kneipe am Ende der Woltmershauser Straße vorbei, stadtauswärts in Richtung Seehausen fuhren.

»Wohin geht denn die Fahrt?«, fragte er.

»Das werden Sie schon sehen. Sie sind ein feiger Hund, Beerbaum, Sie wollen uns verpfeifen.«

Die Stimme klang hart und drohend.

Beerbaum hörte, dass der Mann eine Pistole entsicherte. »Was haben Sie denn vor?«, rief er entsetzt.

»Halten Sie die Schnauze. Wir jagen Ihnen nur ein paar Kugeln durch den Schädel und zeigen der Welt mal, was man mit Bullen macht, wenn sie zu quaken anfangen.«

»Sie wollen mich doch nicht umbringen?«, schrie Beerbaum außer sich.

Das Auto fuhr langsamer und hielt dann an. Einer der beiden packte ihn am Kragen und zog ihn heraus.

Inga, die in die Dunkelheit zurückgetreten war, hörte ihn gellend protestieren. Dann fielen kurz hintereinander zwei Schüsse. Sie sah Beerbaum taumeln und zu Boden stürzen.

»Machen wir, dass wir fortkommen«, flüsterte eine heisere Stimme. Dann fuhr das Auto davon.

Hätte Inga die Scheinwerfer nicht ausgedreht, so wäre sie bestimmt entdeckt worden. Von der Straße aus konnte man das Auto von Inga nicht sehen. Verstört klammerte sich Inga an einen Baum. Wenn nur ein Wagen käme. Sie schaute sich um, der Transporter war schon so weit entfernt, dass sie kaum noch das Schlusslicht erkennen konnte.

Dann erschienen plötzlich zwei große, helle Scheinwerfer aus der Richtung der Woltmershauser Straße. Der Wagen fuhr verhältnismäßig langsam. Inga trat in die Straßenmitte und hob beide Arme. Als das Auto hielt, sank sie vor Schwäche zusammen.

Gleich darauf trug sie jemand auf die Seite der Straße.

»Was ist denn los? Mein Gott – das ist ja Frau Lange.«

Sie erkannte Hauptkommissar Hagedorn, der sich über sie beugte. »Wo waren Sie denn?«

»Auf dem Land.« Sie lächelte schwach.

»Wir haben nach Ihnen gesucht.« Hagedorn hielt eine kleine Flasche an ihre Lippen. Sie schluckte und hustete, denn der Hauptkommissar bevorzugte besonders scharfen Kognak. »Das schadet Ihnen nichts.«

Sie erinnerte sich nun wieder an das Entsetzliche und zeigte auf den Seitenweg.

Er konnte nicht sehen, was sie meinte, da die Stelle im Dunkeln lag. »Was ist?«, fragte er.

»Beerbaum«, flüsterte sie.

»Können Sie sich aufrecht halten?«

Er stellte sie auf die Füße, lehnte sie gegen den Wagen und rief nach dem Fahrer.

Dann gingen die beiden auf die Stelle zu. »Holen Sie die Polizei und einen Krankenwagen«, sagte Hagedorn.

»Ich war auf dieses Ende gefasst.«

Er kam zu Inga zurück, und sie unterrichtete ihn nun über die Ursache ihrer Panne.

»Ihr Wagen hat Sie also im Stich gelassen?« Hagedorn ging zu seinem eigenen Auto, holte eine Kanne Benzin und goss den Inhalt in ihren Tank. »In Ordnung«, sagte er dann zu dem Fahrer, der eben abfahren wollte. »Ich will Frau Lange zur nächsten Polizeiwache bringen.«

Sie schüttelte den Kopf. »Nein, ich will lieber hierbleiben. Ich bin nicht so ängstlich.«

Hagedorn trat näher an sie heran, beide stützten sich mit den Ellbogen auf den Zaun und warteten. »Wir haben nach Ihnen Ausschau gehalten«, sagte der Hauptkommissar. »Als Erwin hörte, dass Sie in einem Auto fortgefahren seien, wurde er wild. Das Merkwürdigste ist, dass niemand erkennen konnte, wer außer Ihnen im Wagen saß. Wer war es denn?«

»Frau Michelsen.«

»Doch nicht etwa Elfriede?«

»Ja. Ich erzähle Ihnen später alles.«

Ein langes Schweigen folgte. Nach einiger Zeit erschienen wieder die beiden Scheinwerfer eines anderen Wagens auf der Brücke.

»Da kommt unser Mann – und auch der Krankenwagen. Fahren Sie doch im Dienstwagen zur Stadt und lassen Sie Ihren Wagen ruhig hier stehen. Ich kann mit der Tankstelle telefonieren und die Leute veranlassen, ihn morgen abzuholen, die werden sich schon um ihr Eigentum bemühen. Ich muss einstweilen noch hierbleiben und mich um Beerbaum kümmern.«

***

22

Elfriede sprach während der ersten Pause im Theater kein Wort.

»Was ist denn heute mit dir los?«, fragte Michael.

Sie schüttelte nur den Kopf. Als aber der Vorhang zu Beginn des zweiten Aktes aufging, packte sie plötzlich seinen Arm. »Komm mit nach draußen, Michael.«

Er folgte ihr in den Vorraum, der fast leer und verlassen war. Nur ein Pärchen stand an der Bar.

»Erinnerst du dich an das Buch?« Sie brachte die Worte kaum heraus, jede Silbe musste sie sich abringen.

»Ja.« Er war auf das Kommende vorbereitet.

»Ich habe es nicht auf die Bank gebracht. Ich wollte es tun, habe es aber vergessen. Es liegt immer noch in meiner Handtasche, und die habe ich verloren. Ich weiß, wo sie ist. Ich habe sie liegenlassen.«

Schließlich erzählte sie ihm, dass sie sich an Inga hatte rächen wollen. »Ich war so außer mir über sie.«

»Darüber brauchst du jetzt keine Worte zu verlieren«, sagte er ruhig. »Geh ins Hotel, Elfriede.«

Er schnippte geistesabwesend mit den Fingern. Ein Mann, der ihn beobachtete, entfernte sich vom Eingang des Theaters, kam ein paar Minuten später mit dem Wagen wieder und setzte sich neben den Fahrer.

Michael stieg ein. Dumm war Elfriede, das ließ sich nicht bestreiten. Aber er war ihr nicht böse. Außerdem war er selber noch viel dümmer als sie. Warum musste er auch alle Summen, die er aus diesem neuen Geschäft erhalten hatte, in ein Notizbuch eintragen? Warum hatte er das Abkommen mit Eliot überhaupt zu Papier gebracht? Mit ihm verglichen war Elfriede geradezu intelligent. Allerdings würde es schwer sein, die Sache mit Inga Lange aus der Welt zu bringen. Dadurch wurden die Zeitungen und das Publikum auf ihn aufmerksam, und das durfte in diesem Augenblick unter keinen Umständen geschehen. Nur wenn er in das Haus gelangen konnte, bevor jemand anders Inga gefunden hatte, ließ sich vielleicht noch alles in Ordnung bringen.

Als er die Woltmershauser Straße entlang fuhr, begegnete er einem Krankenwagen und einem Streifenwagen und schüttelte den Kopf. Heute ging auch alles schief. Warum mussten seine Leute ausgerechnet diese Gegend wählen, wenn ihnen doch das ganze Land um Bremen herum offenstand? Er atmete schwer.

Endlich erreichte er Elfriedes Landhaus. Als er das offene Fenster sah, erschrak er. Der Schlüssel steckte noch in der Hintertür, ein anderer hing am Schlüsselring. Daran erkannte er wieder Elfriedes Nachlässigkeit. Er machte Licht, eilte die Treppe hinauf und ging durch das Gästezimmer in das kleine Bad. Da lagen die Handschellen, der Schlüssel steckte noch in der einen Fessel. Die Handtasche war nirgends zu sehen. Inga musste beobachtet haben, dass Elfriede den Schlüssel wieder in die Handtasche steckte.

245

Nachdem Michael das ganze Haus durchsucht hatte, gab er es auf und ging zum Wagen zurück. »Nach Hause, James«, sagte er und grinste – wie gewöhnlich, wenn er sich in einer fatalen Lage befand.

Elfriede hatte sich angekleidet aufs Bett geworfen und den Kopf in den Armen vergraben.

Michael klopfte ihr bei seiner Rückkehr freundlich auf die Schulter. »Hör auf zu weinen. Was verloren ist, ist verloren.«

Sie starrte ihn enttäuscht an. »Hast du die Tasche nicht gefunden?«

Er schüttelte den Kopf. »Ich glaube, die hat sie als Andenken mitgenommen.« Er legte seine Kleidung ab und zog eine Hausjacke an. Eine Möglichkeit blieb ihm noch. Er ging zum Telefon und wählte Ingas Nummer.

»Gott sei Dank, dass Sie wohl und munter sind«, sagte er, als er ihre Stimme hörte. »Meine Frau hat mir alles gebeichtet. Schauderhaft, was sie da gemacht hat. Ich bin sofort hinausgefahren, um Sie freizulassen.«

Inga war ein wenig verblüfft, aber seine Worte klangen so aufrichtig, dass sie ihm glaubte. »Ich bin eben erst zurück«, erwiderte sie. »Und, Herr Michelsen, ich habe die Handtasche Ihrer Frau.«

»Ach, sehen Sie mal an. Hätten Sie was dagegen, wenn ich sie gleich bei Ihnen abhole?«

»Ich bringe sie Ihnen morgen ins Hotel.«

»Sie täten mir aber den größten Gefallen, Frau Lange, wenn Sie mir erlauben, Sie heute noch aufzusuchen und mich bei Ihnen zu entschuldigen.«

Es dauerte eine Weile, bis sie antwortete. »Schön. Dann müssen Sie aber gleich kommen.«

Schnell kleidete er sich wieder an und ging fort, ohne Elfriede zu sagen, wohin er fuhr.

Als er Ingas Haus erreichte, war der Fahrstuhl oben, und er musste eine Minute warten. Sie erschien ihm wie eine Ewigkeit.

Vor ihrer Tür stand ein Mann.

»Ist Frau Lange zu Hause? Ist jemand bei ihr?«

»Nein«, sagte der Mann.

»Mein Name ist Michael-Anton Michelsen. Sie brauchen niemandem zu sagen, dass ich hier war, wenn man danach fragt.«

»Ich kenne Ihren Namen.«

»Das glaube ich schon«, Michael lächelte. »Sie heißen Oppermann und sind Kommissar in der Abteilung Betrug. Seit drei Wochen sind Sie hier.«

Der Mann war erstaunt. »Ich weiß nicht, woher Sie das erfahren haben.«

»Durchs Radio«, grinste Michelsen belustigt.

Als sich die Tür öffnete, blieb er einen Augenblick draußen stehen. Erst als Inga ihn einlud, folgte er ihrer Aufforderung, er benahm sich sehr zuvorkommend.

Die Handtasche lag auf dem Tisch. Er nahm sie und öffnete sie. Das Buch mit der Kette war noch da. Auf den Rest kam es nicht an. Er war dankbar, aber – es war dumm von ihr, ihm die Tasche zu geben. Sie war nicht ganz so beschränkt wie Elfriede, aber klug war sie auch nicht. Sie hätte doch Erwin anläuten können. Sie hätte doch wissen müssen, dass ein mit einer Kette verschlossenes Buch etwas bedeutete.

Michael eilte wieder zu seinem Wagen und fuhr zum Hotel zurück. Elfriede fand er in derselben Stellung, in der er sie verlassen hatte. Er warf die Handtasche auf das Bett.

Sie schrie auf und öffnete sie. »Wo ist das Buch?«, fragte sie mit zitternder Stimme.

»In meiner Tasche.« Er nahm es heraus. Der Verschluss war nach seinen Angaben gefertigt, und er war stolz darauf. »Morgen kommt es auf die Bank, Elfriede. Ich bringe es persönlich hin.«

Doch in der Nacht hatte er einen bösen Traum, stand auf und verbrannte das Buch.

Eliot Danner kam unangemeldet zum Frühstück. Er kam ohne Begleitung, passierte den unsichtbaren Schutzkreis, der Michael umgab, und trat ins Wohnzimmer.

Michael wusste sofort, dass es eine böse Auseinandersetzung geben würde. »Bevor Sie irgendetwas sagen, mein Junge, es war nicht meine Idee. Setzen Sie sich und frühstücken Sie bitte mit mir.«

»Wessen Idee war es dann?«, fragte Eliot.

»Elfriede hat die ganze Sache angerissen. Komm herein, Elfriede, und erzähle Eliot, wie übel du dich benommen hast.«

Sie erschien in einem entzückenden Negligé.

Aber Eliot hatte sie viele Male so gesehen, und deshalb machte das keinen Eindruck auf ihn. »Was hast du mit Inga gemacht?« Sie sah zu Michael hinüber, der ihr zunickte. Mit stockenden Worten und düsterem Gesicht erzählte sie die Geschichte.

Eliots Züge glichen einer Maske. »Nun, da bist du ja gerade noch mal glücklich davongekommen, liebes Fräulein«, sagte er liebenswürdig. »Über Frau Lange brauchen wir also nicht mehr zu sprechen. Der Fall ist erledigt.«

»Interessieren Sie sich nicht mehr für sie, Eliot?«

Danner nickte. »Wissen Sie auch, was Sie angerichtet haben, Sie beide? Sie haben sie direkt in die Arme der Polizei getrieben.«

»Nun, da könnten wir sie doch wieder herausholen«, meinte Michael.

»Wer soll das machen?«

Diese Worte bedeuteten eine Herausforderung und Drohung zugleich. Eliot Danner lächelte nicht mehr, und er gab sich auch nicht die Mühe, gleichgültig zu erscheinen. »Wer soll das tun? Ich brauche nur den Namen zu wissen – dann wird er ebenso tot sein wie Kommissar Beerbaum. Und sie weiß, dass der erschossen wurde. Weil sie es sah.«

Das spöttische Lächeln verschwand aus Michaels Gesicht. »Wer sagt das?«

»Ich. Sie hat alles genau beobachtet, denn sie stand bei ihrem Auto abseits auf dem Feld, als Ihre Leute ihm zwei Kugeln durch den Kopf jagten.«

Michael schien wenig erfreut zu sein. »Wenn meine Leute sie dort gesehen hatten … «.

»Dann wäre mindestens einer nicht mehr am Leben, wahrscheinlich aber alle beide nicht. Sie hatte nämlich eine Pistole, nämlich Elfriedes Waffe aus der Handtasche, die sie bei sich trug.«

»Wo haben Sie nur all die Neuigkeiten her?«, knirschte Michael wütend. »Haben Sie etwa mit der Polizei gemeinsame Sache gemacht?«

Danner hielt die Hand in der Hosentasche, seitdem er das Zimmer betreten hatte. Michael hatte das beinahe vergessen, als er sich an die Hüfte fasste.

»Wir wollen heute ruhig miteinander sprechen«, beschwichtigte ihn Eliot gelassen. »Es ist nahe daran, dass Sie sich überhaupt keine Sorgen mehr machen brauchen. Sie wissen es noch nicht, Ich scheide aus dem Geschäft aus.«

Michaels Züge hellten sich auf, und er lächelte wieder.

»Dann soll ich das Baby also allein schaukeln?«

»Es wird kein Baby mehr da sein, das sich schaukeln lässt.« Eliot ging zur Tür.

Michael glaubte draußen ein Geräusch zu hören, und seine Vermutung wurde dadurch bestätigt, dass Eliot die Tür hastig aufriss. Im nächsten Augenblick war Danner gegangen.

Michael starrte ihm noch ein paar Sekunden nach, dann eilte er zu Elfriede ins Schlafzimmer. »Elfie«, begann er. Wenn er sie so nannte, lag stets etwas in der Luft. »Ein Kreuzfahrtschiff fährt heute um Mitternacht in Bremerhaven ab. Ich habe eine Kabine für dich gebucht. Das Mädchen soll deine Sachen packen. Du kannst mit dem Auto nach Bremerhaven fahren. Warte in New York, bis du von mir hörst. Und stell jetzt keine dummen Fragen. Mach einfach, was ich dir sage.«

***

23

Die Firma Finanz-Consulting machte glänzende Geschäfte. Zweiunddreißig neue Konten waren eröffnet worden, und es handelte sich nicht nur um kleine Summen, sondern um namhafte Depots. Das war das Ergebnis der ersten vierzehn Tage.

Inga konnte sich indes in den verschiedenen Abteilungen der Firma nicht immer zurechtfinden. Jedes Mal war es dann der sonst so schweigsame Kassierer, der ihr eine Auskunft gab. Vom Chef des Finanz-Consultings und seinem Partner sah und hörte sie nichts.

Eines Tages speiste sie mit einer Dame zu Mittag, die eine wichtige Stellung in einem Bankhaus einnahm. Diese Dame erzählte Inga einiges über die Finanz-Consulting AG. Nichts Negatives, sondern einfach nur ein paar Realitäten.

Als Inga ins Büro zurückkehrte, sah sie aus dem Augenwinkel Sonja, die Schreibkraft vom Kassierer, im Kopierraum eifrig Papiere sortieren. Sonja bemerkte es und winkte Inga hinein. Sie schloss die Tür, lächelte Inga an, ging auf sie zu und nahm sie in den Arm. Es war eine innige Umarmung, mit Gefühlen, die Inga nicht kannte. Ihr stiegen die Tränen in die Augen und als sie Sonja ins Gesicht sah, bemerkte sie, dass sie auch weinte. Ohne Worte küssten sie sich leidenschaftlich und drückten ihre Körper fest aneinander. Wie ein offenes Feuer, loderten die erotischen Gefühle. Sonja flüsterte: »Ich habe mich in dich verliebt.«

»Ich liebe dich auch«, erwiderte Inga.

Wie eine Bombe haben diese Worte bei beiden alles durcheinandergebracht. Es ist Liebe auf den ersten Blick, echte Gefühle.

Sie verabredeten sich noch für den gleichen Abend zum Essen, und sahen sich lächelnd und glücklich an.

Inga zog sich vor dem Spiegel noch den von Tränen verlaufenen Lidstrich nach und ging glücklich lächelnd in ihr Büro.

Sie war jetzt wieder einigermaßen klar im Kopf und ließ den Kassierer rufen, um ihm ein paar wichtige Fragen zu stellen.

Gut gelaunt erschien der Kassierer in ihrem Büro.

»Stimmt es, Herr Morris, dass einen Monat vor meinem Eintritt die Firma insolvent war und beinahe ihre Zahlungen eingestellt hätte?«

Er nickte. »Ja, die Firma wurde dann saniert. Unser Herr Dörries nahm einen neuen Partner auf, man kann ja wohl besser sagen, er verkaufte das Geschäft. Er selber behielt nur noch einen kleinen Anteil.«

Sie schüttelte ratlos den Kopf. »Ich verstehe dann aber nicht, wieso es der Firma plötzlich wieder so gut geht. Warum vertrauen uns die Leute plötzlich? Warum werden uns große Frachtaufträge nach Übersee gegeben? Heute Morgen sah ich doch ein solches Schriftstück, als ich die Schiffspapiere kontrollierte. Für viertausend Euro Geschirr. Verkaufen wir denn derartige Waren?«

Er lächelte. »Nein, Frau Lange. Wir handeln in solchen Fällen nur als Agenten. Sie werden eine Menge von Geschäftsaufträgen finden, die Sie zunächst nicht verstehen. Aber mit der Zeit arbeiten Sie sich schon ein und begreifen alles.«

Am Nachmittag vor Beerbaums Tod hatte die Regierung den Entschluss gefasst, Michael-Anton Michelsen zu verhaften und aus Deutschland abschieben zu lassen, denn er hatte keine deutsche Staatsangehörigkeit.

Nur Hauptkommissar Hagedorns Einspruch war es zu verdanken, dass diese Maßnahme unterblieb. »Tun Sie das nicht«, riet er. »Behalten Sie ihn hier. Sie müssen seine Zuversicht und sein Selbstvertrauen erschüttern – dann entrümpeln Sie seine Organisation.«

Und es zeigte sich auch, dass seine Auffassung die richtige war.

Michael Michelsen las die Morgenzeitung in seinem Hotelzimmer. Der Kellner hatte eben das Frühstück abgeräumt, und Michael fühlte sich in Frieden mit der ganzen Welt. Nur Eliot Danner verursachte ihm Missbehagen, der hatte kalte Füße bekommen und ging aus dem Geschäft, als gerade sozusagen das Korn reifte.

Der Butler kam aus dem Schlafzimmer.

»Michael«, sagte er leise. »Die Polizei hat heute Morgen eine Razzia bei dem Friseur gemacht, alle Telefone besetzt und den Friseur verhaftet. Man hatte alle Telefonleitungen seit einer Woche überwacht.«

Michael machte ein sonderbares Gesicht, als ob er pfeifen wollte. »Ich dachte, sie wüssten nichts von dem Platz?«

»Die Polizei kann nicht immer taub und blind bleiben. Den Safe haben sie auch gefunden.«

»Es war nichts drin«, entgegnete Michael schnell.

Der Butler schüttelte den Kopf. »Nein, er wurde gestern ausgeräumt. Aber sie wussten, dass etwas drin gewesen war, und sie haben den Friseur verhört, wie viele Briefe er in letzter Zeit verschickt hätte.«

»Wer hat ihn denn ausgefragt?«

»Hagedorn, und den kennst du doch?«

»Ja, den kenne ich«, knurrte Michael grimmig. »Aber ich kenne auch den Friseur – der verrät nichts.«

»Das wäre ja möglich.« Geräuschlos ging der Mann wieder ins Schlafzimmer zurück.

Verteufelte Situation, dachte Michael. Der Friseur war einer der drei Kassierer der Bande, Zahlmeister und hervorragender Buchhalter. Das kleine Wettbüro im ersten Stock hatte sehr glückliche Kunden, Er schickte mit jeder Post Pakete von französischen und amerikanischen Banknoten in die Vereinigten Staaten. Leute, die hereinkamen, um sich rasieren oder das Haar schneiden zu lassen, gingen reicher hinaus, als sie gekommen sind.

»Die verdammte Schießerei ist dran schuld«, brummte Michael erbost.

Kurze Zeit danach kam unerwartet Elfriede zurück, die man wegen eines Formfehlers in ihrem Pass nicht hatte abfahren lassen.

Wenn sie nicht mal Elfriede aus dem Land ließen, welche Möglichkeit hatte er dann, auf normale und gesetzmäßige Weise fortzukommen? Aber sie konnten ihn nicht zurückhalten, wenn er reisen wollte. In zwei Stunden war er notfalls mit dem Flugzeug in Paris, und das Flugzeug wartete Tag und Nacht. Immerhin war die Lage äußerst bedrohlich. Hinter allem steckte natürlich Hagedorn. Mit diesem Kerl musste endlich Schluss gemacht werden.

Am nächsten Morgen wurde während Michaels Abwesenheit sein Butler verhaftet, und er erkannte, dass seine Lage allmählich verzweifelt wurde. Die beiden besten Führer seiner Organisation waren ihm genommen, und in einer halben Stunde mussten die Posten neu besetzt sein.

Und noch andere Dinge hatten sich geändert. Über Bremen lag ein lähmender Bann, als die Gangsterschießereien begannen, aber jetzt brach die allgemeine Wut los. Die Atmosphäre war geladen. Michael fühlte es.

Er nahm das Mittagessen auf seinem Zimmer ein und schickte eine Nachricht zu seinem geheimen Flugplatz in Ganderkesee. Dann ging er nach unten, um mit dem Geschäftsführer zu sprechen.

»Am nächsten Mittwoch gebe ich ein Dinner. Fünfzig Gedecke. Stellen Sie das beste Menü zusammen. Es soll ein fürstliches Mahl werden«, sagte Michael großkotzig.

Der Geschäftsführer war sehr zufrieden.

…

Michael fuhr in die Obernstraße und kaufte ein. Die Detektive, die ihn beobachteten, berichteten Hauptkommissar Hagedorn darüber.

»Großartig«, sagte Hagedorn und gab einen Befehl.

Als Michael ins Hotel zurückkam, fand er Elfriede nicht und klingelte. »Wo ist Frau Michelsen?«, erkundigte er sich, als der Flurkellner erschien.

»Sie ist nicht mehr da. Zwei Herren kamen und nahmen sie mit. Ich glaube, sie waren von der Polizei. Hauptkommissar Hagedorn war der eine.«

Der beste und tüchtigste Rechtsanwalt Bremens rief im Präsidium an und bat um Aufklärung, sie wurde ihm jedoch höflich verweigert. Michael ließ durch seine Vertrauten alle Polizeistationen absuchen, aber nirgends fand sich Elfriede, und nirgends sein Butler.

Am Nachmittag wurde im Parlamentsgebäude ein rotgedruckter Brief abgegeben. Es wurde jedoch kein Geld verlangt, sondern nur Straflosigkeit für alle, die an den letzten Unruhen teilgenommen hatten. Man sollte ihnen die Abreise gestatten und eine Frist von sieben Tagen gewähren, um Deutschland zu verlassen.

»Michael wird der Boden zu heiß, er will sich aus dem Staub machen«, meinte Hagedorn, als Erwin ihn den Brief hatte lesen lassen.

»Was macht übrigens zurzeit der Bürgermeister? Hat er öffentliche Verpflichtungen?«

»Er eröffnet eine neue Schule am Weserufer, an der Schlachte.«

»Innerhalb der City?«

»Ja.«

»Aha, nun durchschaue ich die Sache.«

»Wessels meint, der Bürgermeister solle die Feierlichkeit absagen.«

»Nichts wird abgesagt«, erklärte Hagedorn. »Er soll die Feier ruhig abhalten. Es wird ihm nichts passieren. Glauben Sie mir.«

Erwin lächelte wehmütig. »Ich wünschte nur, wir könnten unserer Sache tatsächlich so sicher sein.«

Fast ganz Bremen wusste von dem Drohbrief, den der Bürgermeister erhalten hatte. Und ganz Bremen strömte an dem betreffenden Tag am Weserufer an der Schlachte zusammen.

Alle Polizeibeamten, die irgendwie abkömmlich waren, wurden hingeschickt, nicht nur, um die Menschenmenge zu kontrollieren, sondern vor allem, um die Person des Bürgermeisters zu schützen. Die Schlachte vom Brill bis zur Weserbrücke in Richtung Neustadt wurden abgeriegelt.

Hagedorn sah sich vom Präsidium aus der obersten Etage den Menschenauflauf an. Die Weserbrücke war schwarz von Menschen. Um zehn Uhr musste der Verkehr über die Stephanie Brücke gesperrt werden, ebenso die Zugänge zum Brill. Inga Lange brauchte anderthalb Stunden, um zum Büro zu kommen. Als sie es schließlich erreichte, fand sie den alten Prokuristen verzweifelt und sehr erregt.

»Alle neuen Konten sind wieder geschlossen worden, alle zweiunddreißig. Und alle ziehen ihr Geld aus der Firma zurück, in Dollars.«

Inga starrte ihn ungläubig an. »Was hat denn das zu bedeuten?«

Herr Morris, der gewandte Kassierer, schien durchaus nicht beunruhigt. »Das ist doch nichts Außergewöhnliches«, meinte er. »Diese Konten wurden von einer Anzahl von Leuten angelegt, die zusammen ein Syndikat bilden. Sie haben einen Beschluss gefasst, das ganze Kapital in die Gesellschaft zu stecken, das heißt, auf eine Stelle zu konzentrieren. Sie haben uns nur gebeten, ihre Depotbilanz auszuzahlen. Das kommt doch auch sonst vor.« Er lächelte. »Wenn wir das Geld nicht hätten, Frau Lange, wäre es eine böse Sache. Aber wir sind doch liquide. Ich werde zur Bank gehen und die nötigen Anordnungen treffen.«

Kurz vorm Mittagessen brachte er ihr das Geld in einer großen Ledertasche. Sie schloss sie in dem Safe ein, der in ihrem Büro stand. »Heißt das nun, dass die Firma Finanz-Consulting wieder insolvent geworden ist?«, fragte sie traurig.

»Nein, die Firma ist solvent. Auf der Bank sind noch fünfzigtausend Euro. Wir haben nur ein paar Kunden verloren, in Wirklichkeit nur einen Kunden. Es sind auch gewisse Aufträge von außerhalb zu annullieren, aber Sie brauchen sich deshalb keine Sorgen zu machen.« Er sah ihr offen in die Augen. »Um genau zu sein, wir haben neunundvierzigtausend Euro auf der Bank. Die Miete für das Büro ist im Voraus auf lange Zeit bezahlt, und es ist auch noch genügend Geld vorhanden, um die Gehälter auf ein Jahr zu decken. Wollen Sie sich übrigens nicht auch das große Schauspiel ansehen, wenn der Bürgermeister die neue Schule eröffnet?«

Sie schüttelte den Kopf. Fünf Minuten vor zwei saß sie in ihrem Büro und schrieb einen Brief. Das Büro des Kassierers lag neben dem ihren, und die beiden Räume waren durch eine Tür verbunden. Als sie eine Pause machte, hörte sie plötzlich ein scharfes Krachen nebenan. Sie öffnete die Tür. »Ist etwas passiert?«, fragte sie und blieb dann, starr vor Schrecken, stehen. Sie sah sich um, ob sie Sonja irgendwo entdecken konnte, da fiel ihr ein, dass Sonja an diesem Tag Urlaub hatte. Erleichtert atmete Inga auf. Ihr Pulsschlag normalisierte sich wieder.

Der Kassierer war über den Schreibtisch gesunken. Neben ihm stand Michael-Anton Michelsen. Die weiße Schreibunterlage hatte sich rot gefärbt. Noch ein anderer Mann war im Zimmer.

»Schreien Sie nicht, Frau Lange«, flüsterte Michael und gab dem andern mit einem Kopfnicken das Zeichen, hinauszugehen. Geräuschlos zog sich der Mann zurück. Inga ging rückwärts in ihr Büro. Er folgte ihr und schloss die Tür.

»Sie haben eine Ledertasche in Ihrem Safe. Wollen Sie mir diese aushändigen? Machen Sie keine Schwierigkeiten. Eliot hat sein ganzes Geld bei Ihnen deponiert. Er hat es auf diese Weise recht schlau versteckt.«

»Herr Danner hat nichts mit der Firma Finanz-Consulting zu tun«, brachte sie ängstlich hervor. Sie atmete kurz und stoßweise.

Michael grinste, »Danner selbst ist doch der Besitzer des Finanz-Consultings. Aber nun öffnen Sie gefälligst den Safe, oder geben Sie mir den Schlüssel. Wenn Sie

Lärm machen, schieße ich Sie nieder. Eliot wird sein Geld nicht mitnehmen können.«

Die Tür zum äußeren Büro wurde plötzlich geöffnet und wieder geschlossen. Eliot Danner stand im Eingang. In seiner rechten Hand hielt er eine Pistole.
Blitzschnell sprang Michael hinter Inga Lange und hielt sie fest. Im gleichen Augenblick feuerte er zweimal. Eliot Danner sank in die Knie, die Waffe fiel aus seiner Hand. Michael schleuderte Inga von sich und zog die Schublade auf. Ein paar Sekunden später hatte er den Safe geöffnet und hielt die Ledertasche in der Hand. Da knallten kurz hintereinander drei Schüsse.

»Hände hoch, ich verhafte Sie, Michael-Anton Michelsen«, Hagedorn stand in der andern Tür.

Die Pistolen der beiden krachten zu gleicher Zeit. Aus dem Büro des Kassierers eilten drei Männer herein. Inga kauerte in einer Ecke und beobachtete mit weit aufgerissenen Augen den Kampf. Hagedorn feuerte mit beiden Händen, und zwei der Angreifer wälzten sich auf dem Boden. Michael stand noch. Seine Pistole hatte Ladehemmung, gedankenschnell zog er eine zweite Pistole aus seinem Hosengürtel. Im nächsten Moment schoss er, aber gleichzeitig hatte auch Hagedorn abgedrückt.

Michael Michelsen taumelte und fiel langsam auf die Knie und anschließend ganz in sich zusammmen..

Zwei Ärzte waren bis spät in die Nacht damit beschäftigt, Hauptkommissar Hagedorn zu verarzten. Er war schwer verwundet, aber am dritten Tag saß er wieder aufrecht und vergnügt im Krankenbettbett. Drei Beamte bewachten vor der Tür das Zimmer.

»Ich sterbe so schnell nicht, glauben Sie mir das einfach. Michael Michelsen kann einen Polizeibeamten aus Bremen nicht um die Ecke bringen. Ich wusste, dass die Firma Finanz-Consulting nur eine Fassade war. Eliot kaufte sie, weil er eine Bank für sein Geld brauchte, und übertrug Inga Lange die Leitung, weil er ihr vertraute. Der Kassierer war sein Buchhalter für das Erpressergeschäft, außerdem ein glänzender Pistolenschütze. Ich habe die Firma beobachtet, seit Frau Lange dort war. Und ich ahnte, dass Michael eines Tages hinter dem Geld her sein würde. Der Brief an den Bürgermeister war allerdings eine geniale Idee, Michael konzentrierte dadurch alle Polizeibeamten auf eine ganz andere Stelle, und konnte frei Schalten und Walten. Sicher wäre er auch unbehelligt entkommen, wenn nicht Danner auf der Bildfläche erschienen wäre. Der arme Eliot, der hat nun auch seinen Teil. Haben Sie sein Testament gesehen, Erwin? Ich glaube, es wird Sie interessieren, wem er sein Vermögen vermacht hat.«

Er begegnete Ingas Blick und zwinkerte mit den Augen. »Wirklich, alles in allem ein feiner Kerl. Er hat sich an dieser Sache nicht deshalb beteiligt, weil er Geld machen wollte, sondern weil er ein geborener Feind von Gesetz, Ordnung und ruhigem Leben war. Ob er seinen Onkel erschossen hat? Aber natürlich.«

»Warum wollte er denn plötzlich nichts mehr mit der Geschichte zu tun haben?«, fragte Erwin. »Hat er sich gefürchtet?«

Hagedorn schüttelte den Kopf. »Nein, Eliot konnte man keine Angst einjagen.« Diesmal vermied er Ingas Blick. »Ich glaube, er hatte sich verliebt. Das kann auch andern Leuten passieren«, er grinste Erwin bei diesen Worten an.

Eine besorgte Krankenschwester neigte sich über ihn.

»Sie dürfen nicht so viel sprechen, Herr Hauptkommissar, das habe ich Ihnen heute morgen schon gesagt.«

Hagedorn sah sie ärgerlich an.

»Was, ich soll nicht sprechen?«, brummte er.

»Warum denn nicht? Glauben Sie vielleicht, ich wäre tot oder behindert?«

***

24

Erwin fuhr zum Präsidium zurück, um noch ein paar Dinge zu erledigen, die ihm sehr wichtig erschienen.

Nach dem Mittagessen, diesmal in der Kantine, die im Erdgeschoss lag, es gab Rinderroulade mit Salzkartoffeln und Rotkohl, wollte er noch eine Zigarette rauchen und dann Hagedorn im Krankenhaus besuchen.

Er hatte sich gerade eine Zigarette angesteckt, als sein Handy klingelte.

Noch nicht mal in der Mittagszeit hat man seine Ruhe, dachte er und seufzte genervt in das Handy, »Erwin Müller hier, was gibt's?«, sagte er ohne Betonung und kratzte sich an der Stirn.

»Strecker am Apparat, vom Einbruchsdezernat Mitte, entschuldigen Sie bitte, wenn ich Sie bei der Mittagspause störe, lispelte er in das Telefon, aber es ist wichtig.«

»Schießen Sie los«, wo brennt's?«

»Wir haben hier einen Einbruch in eine Gemeinschaftspraxis in der Stadtmitte zu bearbeiten. Es wurden sämtliche Unterlagen der Patienten entwendet und auch der Computer ist verschwunden. Einen der Beteiligten haben wir festgenommen, aber der sagt nichts. Bei ihm fanden wir aber eine Visitenkarte, eines Mitarbeiters der

Versicherungsgesellschaft für die Sie tätig sind, Herr Müller. Über Ihren Auftraggeber, der Industrie Versicherung AG in Hamburg habe ich Ihre Telefonnummer. Es wird vermutet, dass diese Unterlagen von einer Organisation gestohlen wurden, die in Hamburg, Bremen oder wo auch immer, einen Organhandel betreiben. Ihr Chef hat mir gesagt, dass Sie der richtige Mann für diese Aufgabe seien.«

Erwin hörte sehr aufmerksam zu, wurde langsam rot im Gesicht und ballte seine linke Faust.

»Das ist richtig Herr Strecker, ich bin an dem Fall dran, seien Sie bitte so freundlich und schicken mir den Vorgang doch per Fax, ich bin morgen früh wieder im Büro und werde mich der Sache annehmen.«

»Das ist sehr freundlich von Ihnen, das Fax schicke ich sofort los. Halten Sie mich bitte auf dem laufenden Herr Müller.« »Vielen Dank.«

Erwin verabschiedete sich freundlich, setzte sich aufrecht hin und fuhr mit den Händen über seine Glatze.

»Also doch, dachte er, habe ich doch gesagt, dass hier etwas im Busch ist.«

Erwin holte sich einen Becher Kaffee und steckte sich noch eine Zigarette an. Auf seinem Notizblock machte er noch ein paar Notizen, und fuhr anschließend mit dem Fahrstuhl in die Etage, wo sein Büro lag.

Als er die Bürotür öffnete, hörte er gerade das Faxgerät surren. Es waren einige Blätter, welche das Gerät ausspuckte. Hastig nahm er den Stapel Papier vom Fax, setzte sich und fing an zu lesen. Es stellte sich ganz klar heraus dass dieser Einbruch nichts mit Michelsen, Beerbaum oder Eliot Danner zu tun hat. Hier war eine ganz andere Organisation am Werk, die nichts mit Bomben und dergleichen am Hut hat, sondern Organe per Katalog verkaufen.

Jetzt verstehe ich auch den Einbruch in die Arztpraxis, dachte Erwin für sich. Er kräuselte die Nase und zog die Augenbrauen hoch, die Unterlagen der lebenden Patienten dienen als internes Adressmaterial für die Organopfer. Hauptkommissar Hagedorn wird sich freuen, grinste er, schnappte sich die Papiere, steckte sie in einen Ordner und ging zum Fahrstuhl. Als er im Erdgeschoss ankam, verspürte er den Drang seine Blase entleeren zu müssen. Er hüpfte mit zusammengekniffenen Knien zur Toilette am Ende des Flures.

An diesem Nachmittag fuhr Erwin mit einem Streifenwagen zum Krankenhaus, um Hagedorn zu besuchen. Unter dem Arm hatte er die dicke Akte. Der Hauptkommissar wird das schon verkraften, dachte er für sich, so wird niemand arbeitslos.

Während der Fahrt sagte er im Selbstgespräch grinsend vor sich hin, »Irgendwie muss ich Hagedorn davon überzeugen, dass ich jetzt erst mal ein paar Tage Urlaub brauche und nach meinem Urlaub sehen wir dann weiter. Na ja, es wird schon klappen.«

***

Epilog

Nach ein paar Tagen war Hauptkommissar Hagedorn wieder fit, und aus dem Krankenhaus entlassen. Die ursprünglichen Verletzungen sind kaum noch zu erkennen. Der Fall ist aufgeklärt, alle Berichte zu diesem Fall sind geschrieben und der normale Alltag kam wieder zum Vorschein.

Kommissar Beerbaum ist tot, Eliot Danner ist auf dem Weg ins Krankenhaus an seinen Verletzungen gestorben, und Michael-Anton Michelsen war sofort tot. Eine Frage ist noch offen: Wo ist Michaels Frau Elfriede geblieben?

Inga hat jetzt eine sehr intensive Liebesbeziehung mit Sonja und ist überaus glücklich.

Kopfzerbrechen machte dem Hauptkommissar jetzt die Erklärung von Erwin Müller zum Thema Versicherungsbetrug mit Organhandel. Er wollte gerade Erwin anrufen, als ihm einfiel, dass der ja im Urlaub ist.

Er kratzte sich genüsslich am Hinterkopf und verschob das Gespräch auf Montag, denn da kommt Erwin Müller ja mit Hauptkommissar Thalheimer ins Büro, damit die Vorgehensweise in dem neuen Fall besprochen wird.

Hagedorn machte sich noch ein paar Notizen, verließ sein Büro und stieg in seinen Dienstwagen. Er klopfte sich selbst auf die Schulter, grinste dabei und sagte laut zu sich selbst: »Das hast du gut gemacht, Heiner.«

Er fuhr in Richtung Küste, nach Bremerhaven.

***

Zum Autor:

Der Musiker, Autor, Singer – Songwriter, Alfred Zech, ist 1950 in Bremen geboren, jetzt wohnhaft in Bremerhaven. Er träumte schon als Kind davon, an der Nordseeküste zu wohnen, Bücher und Songs zu schreiben und zu komponieren.

Mit 12 Jahren begann er seine Songs selbst auf der Gitarre zu begleiten und gründete seine erste Band.
Die selbst gemachte Musik, in Richtung Swing, Jazz, Blues, Rock, begleitet ihn sein ganzes Leben. Nach Jahrzehnten aktiver Rockmusik in verschiedenen Bands wird er sich jetzt seinen eigenen Songs widmen, sowie Bücher schreiben. Zu jedem seiner Bücher komponiert Alfred Zech auch den dazu passenden Song, mit gleichem Titel.

Nach seiner langjährigen Berufstätigkeit im Versicherungsgewerbe schreibt er jetzt, unter anderem, Kriminalromane aus der Region seines früheren beruflichen Umfeldes wie: Bremen – Hamburg – Bremerhaven.

***

Weitere Informationen zum Autor unter:
www.alfred-zech.de
Bereits erschienene Werke des Autors:

Detektiv Erwin Müllers Fälle:

Erster Fall

Zweiter Fall

Dritter Fall

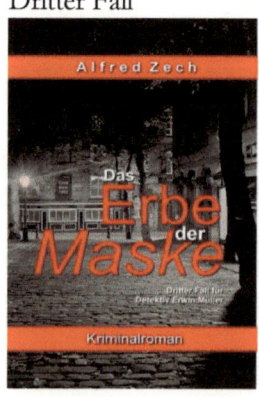

Vierter Fall

Das alte Schloss (ein Pharma-Thriller)
Erster Fall für Detektiv Erwin Müller

© 2018 Alfred Zech

2. überarbeitete Auflage am 03. Mai 2019

ISBN 978-3-7528-8583-5
Taschenbuch (408 Seiten)
(D) 12,49 Euro

Wer die Schönheit beherrscht - hat die Macht

In bestimmten Kreisen der High Society in Deutschland herrscht die grenzenlose Gier nach Profit. Erwin Müller bewegt sich in einem Milieu zwischen Betrug, Korruption, Erpressung und Mord.

Ein Netzwerk von Ärzten, einer Partnervermittlung und einem Lieferanten aus England, sollen hier illegal mit nicht zugelassenen Medikamenten – die in Indien produziert werden - Frauen in einer Schönheitsklinik behandeln. Die gesamte Situation eskaliert. Rücksichtslos handeln hier einige Personen, denen offensichtlich alle medizinischen Anforderungen, als auch die Gesundheit und die Gefühle der ahnungslosen Frauen, völlig egal sind.

Eine ungeheuerliche Entdeckung bringt Erwin Müller in Gefahr, als er eine Morddrohung erhält. ***

Der Schrei der Katze (ein Kriminalroman)
Zweiter Fall für Detektiv Erwin Müller

© 2019 Alfred Zech

1. Auflage 02. Mai 2019
ISBN   978-3-7322-4379-2
Taschenbuch (252 Seiten)
(D) 8,99 Euro

Geld – Gift – und Gefühle

Versicherungsdetektiv Erwin Müller und Kommissar Thalheimer kommen nicht zur Ruhe.
Sie ermitteln in Hamburg und Umgebung und sind einem Giftmörder auf der Spur. Zu ihrer Überraschung stellen sich Verbindungen zu einem vorherigen Fall ein.

Was als ganz normale Recherchearbeit für Kommissar Thalheimer und Erwin Müller beginnt, endet in einem undurchschaubaren dramatischen Kampf um Geld, Gefühle, Leben und Tod.
   Der plötzliche, unheimlich grelle Schrei, wie der einer Katze, nahm der Luft den Sauerstoff zum Atmen und den beiden Ermittlern gefror das Blut in den Adern. …

***

Das Erbe der Maske (Kriminalroman)
Dritter Fall für Detektiv Erwin Müller

© 2019 Alfred Zech

1. Auflage 31. Mai 2019
ISBN   978-3-7386-4564-4
Taschenbuch (288 Seiten)
(D) 9,99 Euro

Hass – Eifersucht – und eine Maske

Der amerikanische Ingenieur Ludwig Lange sah entsetzt auf den Mann, den er zu Boden geschlagen hatte. Hass hatte ihn dazu getrieben, aber nun packte ihn wahnsinnige Angst. Er sah sich rasch um. Direkt gegenüber war das Haus eines Arztes, eine rote Lampe leuchtete schwach über der Haustür. Er konnte auch sehen, dass jemand vor der Tür stand. Sollte er Hilfe holen? Nein, er verwarf den Gedanken sofort wieder. Die eigene Sicherheit ging vor. Das alles soll nicht von meiner Vergangenheit beschattet werden, dachte er.

Detektiv Erwin Müller und Hauptkommissar Hagedorn stehen in Bremen vor einem Rätsel.

Wer steckt hinter der Maske?

***